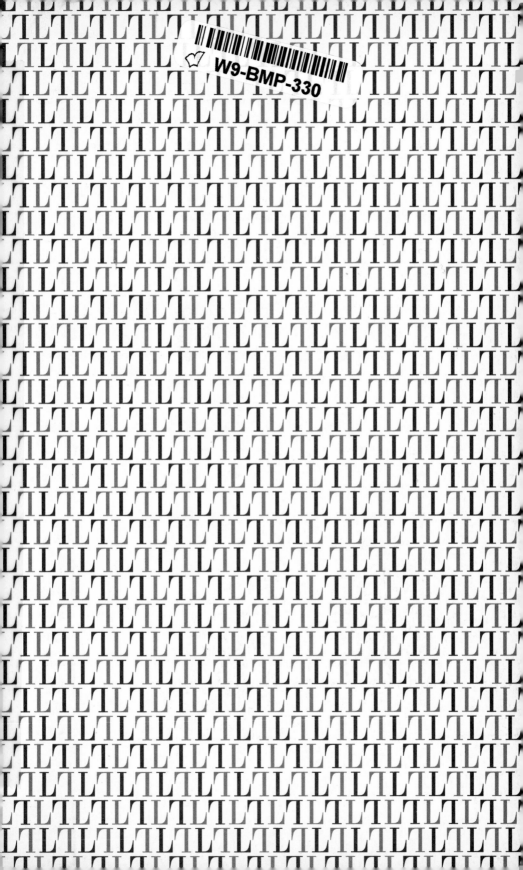

La casa de los nombres

La casa de los nombres

Colm Tóibín

Traducción de
Antonia Martín

Lumen

narrativa

Título original: *House Of Names*

Primera edición: octubre de 2017

© 2017, The Heather Blazing Ltd.
© 2017, Penguin Random House Grupo Editorial, S. A. U.
Travessera de Gràcia, 47-49. 08021 Barcelona
© 2017, Antonia Martín Martín, por la traducción

Printed in Spain – Impreso en España

ISBN: 978-84-264-0462-6
Depósito legal: B-16.994-2017

Compuesto en La Nueva Edimac, S. L.
Impreso en Egedsa
Sabadell (Barcelona)

H404626

Penguin
Random House
Grupo Editorial

Para Hedi El Kholti

Clitemnestra

Me he familiarizado con el olor de la muerte. El olor nauseabundo y dulzón que se coló con el viento en las estancias de este palacio. Ahora me resulta fácil sentirme serena y contenta. Paso la mañana contemplando el cielo y la luz cambiante. El trino de los pájaros se eleva a medida que el mundo se llena de sus propios placeres, y más tarde, al declinar el día, el sonido declina con él y se apaga. Observo cómo se alargan las sombras. Es mucho lo que se ha esfumado, pero el olor de la muerte permanece. Tal vez haya entrado en mi cuerpo y este lo haya acogido como a un viejo amigo de visita. El olor del miedo y del pánico. El olor está aquí igual que el mismísimo aire; retorna igual que retorna la luz de la mañana. Es mi compañero constante; ha dado vida a mis ojos: ojos que se empañaron con la espera y que ya no están empañados, ojos que ahora refulgen de vida.

Ordené que se dejaran los cadáveres a la intemperie, al sol, un par de días, hasta que el dulzor dio paso al hedor. Y me gustaron las moscas que acudieron, sus cuerpecitos perplejos y valientes, zumbando en busca del festín, acuciadas por el hambre incesante que sentían en su interior, un hambre que yo había llegado a conocer y había llegado a apreciar.

Todos tenemos hambre. La comida tan solo azuza nuestro apetito y nos afila los dientes; con la carne nos entran ganas de más carne, de la misma manera que la muerte ansía más muerte. El asesinato nos vuelve voraces, llena el alma de una satisfacción violenta y tan deliciosa que genera el gusto por buscar más satisfacción.

Un cuchillo que, con pericia y precisión, penetra la carne blanda debajo de la oreja y cruza la garganta sigiloso como el sol cruza el cielo, aunque más deprisa y con mayor fervor, y acto seguido la sangre oscura del hombre mana con el mismo silencio inevitable con que la oscura noche cae sobre las cosas conocidas.

Le cortaron el pelo antes de llevarla a rastras al lugar del sacrificio. Mi hija tenía los tobillos inmovilizados y las manos atadas con fuerza a la espalda, las muñecas desolladas por las cuerdas. La amordazaron para que dejara de maldecir a su padre, ese hipócrita cobarde. Aun así, se oyeron sus gritos apagados cuando por fin comprendió que su padre en verdad tenía intención de matarla, que pretendía sacrificar su vida por el ejército que capitaneaba. La raparon con precipitación y sin miramientos; una de las mujeres le clavó una cuchilla oxidada en la piel del cráneo, y cuando Ifigenia comenzó el maleficio, le taparon la boca con un trapo viejo para impedir que se oyeran sus palabras. Me enorgullece que no cesara de forcejear, que en ningún momento, ni por un segundo, pese al discurso complaciente que había pronunciado, aceptara su destino. Una y otra vez trató de aflojarse el bramante que le sujetaba los tobillos y las cuerdas de las muñecas para zafarse. No dejó de maldecir a su padre, Agamenón, para que sintiera el peso de su desprecio.

Nadie está dispuesto ahora a repetir las palabras que profirió momentos antes de que ahogaran su voz, pero yo sé cuáles fueron. Yo se las enseñé. Eran palabras que inventé para apocar a Agamenón y a sus huestes, con sus necios propósitos; palabras que anunciaban qué les sucedería, a él y también a cuantos lo rodeaban, apenas se propagara la noticia de que habían llevado a la fuerza a nuestra hija, la orgullosa y bella Ifigenia, a ese lugar, que la habían arrastrado por el polvo para sacrificarla a fin de que ellos vencieran en su guerra. Me han contado que en aquel último segundo de vida gritó con todas sus fuerzas para que su voz perforase el corazón de quienes la oyeran.

A los chillidos que lanzó cuando la asesinaron los reemplazaron el silencio y la maquinación una vez que Agamenón, su padre, regresó y le induje a creer que no me vengaría. Esperé, atenta a las señales, sonreí y lo recibí con los brazos abiertos y una mesa servida. ¡Pan para el patán! Me había puesto el perfume que lo excitaba. ¡Perfume para el patán!

Yo estaba preparada y él no: el héroe que llegaba a casa envuelto en el esplendor de la victoria, con la sangre de su hija en las manos, aunque en ese momento eran unas manos blancas, lavadas como si estuvieran libres de toda mancha; con los brazos extendidos para estrechar a sus amigos y el rostro sonriente; el gran soldado que pronto —creía él— alzaría una copa en señal de celebración y se llevaría a la boca alimentos exquisitos. ¡Con la boca abierta de par en par! ¡Con la tranquilidad de estar en casa!

Vi que cerraba las manos con un dolor repentino, que las cerraba con la certeza, sombría y pasmosa, de que finalmente le había llegado, y en su propio palacio, y en un momento de laxitud en el que estaba convencido de que iba a disfrutar de un baño en la vieja tina de piedra y del bienestar de encontrarse allí.

Según dijo, eso era lo que le había animado a seguir: el pensamiento de que le aguardaban las especias y el agua curativas, la suavidad de la ropa limpia y el aire y los ruidos conocidos. Parecía un león cuando, acabados ya los rugidos, se desarmó, relajó el cuerpo y ahuyentó de sus pensamientos todo posible peligro.

Sonreí y le dije que sí, que yo también había pensado en la acogida que le iba a dispensarle. Le conté que él había ocupado mis sueños y mi vida en vigilia. Había soñado que se levantaba completamente limpio del agua perfumada de la tina. Le indiqué que estaban preparándole el baño, de la misma manera que ya cocinaban la comida y ponían la mesa, y sus amigos comenzaban a congregarse. Y añadí que fuera de inmediato, que fuera a la tina. Debía bañarse, bañarse con la tranquilidad de estar en casa. Sí, en casa. Ahí es adonde llegó el león. Yo sabía qué hacer con el león una vez que ya estaba en casa.

Tenía espías para que me informaran de cuándo regresaría. Cada hombre encendió una hoguera para transmitir la noticia a montes más lejanos, donde otros hombres encendieron fogatas para avisarme. La noticia la trajo el fuego, no los dioses. Entre los dioses no hay nadie que me ofrezca ayuda, que supervise mis actos y conozca mis pensamientos. No hay nadie entre ellos a quien pueda recurrir. Vivo sola con la estremecedora certeza solitaria de que el tiempo de los dioses ha pasado.

No les rezo. Estoy sola entre los de aquí porque no rezo ni pienso volver a rezar. Hablaré con los bisbiseos acostumbrados. Hablaré con palabras que proceden del mundo, y esas palabras estarán cuajadas de pesar por lo que se ha perdido. Emitiré sonidos como plegarias, aunque serán plegarias que no tendrán origen ni destino, ni siquiera un destino humano, puesto que mi hija está muerta y no puede oír.

Nadie mejor que yo sabe que los dioses son distantes, que tienen otras preocupaciones. Los deseos y las patochadas de los humanos les interesan tanto como me interesan a mí las hojas de los árboles. Sé que las hojas están ahí, que se marchitan y vuelven a crecer y de nuevo se marchitan, del mismo modo que las personas aparecen, viven y por último son reemplazadas por otras semejantes. No puedo hacer nada por ayudarlas o impedir que se marchiten. No me ocupo de sus deseos.

Desearía levantarme y reír. Oírme reír entre dientes y luego a carcajadas de puro regocijo al pensar que los dioses permitieron a mi esposo ganar su guerra, que le inspiraron cada uno de los planes que discurrió y todos los pasos que dio, que conocían el humor sombrío que lo dominaba por las mañanas y la curiosa euforia idiota que en ocasiones rezumaba por la noche, que escucharon sus súplicas y hablaron de ellas en sus divinas moradas, que contemplaron el asesinato de mi hija, aprobándolo.

El trato era simple, o eso creyó él, o eso creyeron sus tropas: matar a la joven inocente a cambio de que el viento virase. Llevársela de este mundo, sajarle la carne con un cuchillo para asegurarse de que no volviera a entrar en ninguna sala ni a despertar por la mañana. Privar al mundo de la gracia de la muchacha. Y, en recompensa, los dioses se encargarían de que el viento soplara a favor del padre el día en que a sus velas les hiciera falta. Aquietarían el viento los días en que los enemigos lo necesitaran. Los dioses volverían despiertos y valerosos a los hombres del padre y llenarían de miedo a sus enemigos. Los dioses fortalecerían las espadas del padre y las tornarían rápidas y afiladas.

Cuando estaba vivo, él y los hombres que lo rodeaban creían que los dioses seguían sus destinos y se preocupaban por ellos. Por cada uno de ellos. Sin embargo, afirmo que no fue así, que no es así. Nuestra invocación a los dioses es como la invocación que una estrella realiza en el cielo por encima de nosotros antes de caer: un sonido que no oímos; un sonido al que, aunque lo oyéramos, seríamos del todo indiferentes.

Los dioses tienen sus preocupaciones ultraterrenales, que nosotros ni imaginamos. Apenas si son conscientes de que estamos vivos. Si nos oyeran, seríamos para ellos como el sonido apacible del viento en los árboles: un susurro lejano e impersistente.

Me consta que no siempre ha sido así. En otro tiempo los dioses acudían por las mañanas para despertarnos, nos peinaban y nos llenaban la boca de la dulzura de la palabra, escuchaban nuestros deseos y procuraban que los viéramos cumplidos, conocían nuestros pensamientos y nos enviaban señales. No hace mucho —aún lo recordamos—, por las noches se oía el llanto de las mujeres antes de que llegara la muerte. Era una forma de llamar a los moribundos, de apresurar su vuelo, de suavizar su vacilante viaje hacia la última morada. Mi esposo estuvo conmigo en los días anteriores al fallecimiento de mi madre y ambos lo oímos, y a ella, que también lo oyó, le confortó que la muerte estuviera dispuesta a atraerla hacia sí con sus plañidos.

Ese sonido ha cesado. Ya no se oyen llantos semejantes al viento. Los muertos desaparecen a su debido tiempo. Nadie les ayuda, nadie se entera salvo quienes han estado a su lado durante su breve estancia en el mundo. Cuando desaparecen de la tierra, los dioses no acechan con su inquietante silbido. Lo he observado aquí: el silencio que rodea a la muerte. Los que controlaban la muerte han partido. Se han ido y no volverán.

Mi esposo tuvo suerte con el viento, nada más, y suerte de que sus hombres fueran valerosos, y suerte al vencer. Bien podría haber ocurrido lo contrario. No hacía falta que ofreciera a nuestra hija en sacrificio a los dioses.

Mi nodriza estuvo a mi lado desde que nací. En sus últimos días no creíamos que se estuviera muriendo. Me quedé con ella y charlamos. Si hubiera habido el menor rumor de llanto, lo habríamos oído. No hubo nada, ningún sonido que la acompañara hacia la muerte. Hubo silencio, o los ruidos corrientes de la cocina y el ladrido de los perros. Y al final murió, dejó de respirar. Todo acabó para ella.

Salí y contemplé el cielo. Y la única ayuda con que conté fueron los restos del lenguaje de la oración. Lo que antaño había sido poderoso y había prestado sentido a todo se había vuelto lúgubre y extraño, con su triste poder quebradizo y con el recuerdo, anquilosado en sus ritmos, de un pasado lleno de vitalidad en el que nuestras palabras se elevaban y hallaban su culminación. Ahora nuestras palabras se encuentran atrapadas en el tiempo, están plagadas de límites, son simples distracciones; son fugaces y monótonas como el aliento. Nos mantienen vivos, lo que tal vez haya que agradecer, al menos de momento. No hay nada más.

He mandado retirar los cadáveres y enterrarlos. Cae el crepúsculo. Abro los postigos y contemplo los últimos vestigios dorados del sol y los arcos que trazan los vencejos al moverse como látigos en la espesa luz sesgada. A medida que se adensa el aire distingo los bordes desdibujados de lo que hay en el patio. No es este un momento de nitidez; tampoco la quiero. No me hace falta la claridad. Necesito un momento como este, en el que cada objeto deja de ser él mismo y se disuelve en lo que tiene al lado, igual que cada acto que los demás y yo hemos llevado a cabo deja de destacarse en solitario a la espera de que alguien venga a juzgarlo o a consignarlo.

Nada es estable, con esta luz ningún color está quieto; las sombras se vuelven más oscuras y los objetos de la tierra se funden entre sí, del mismo modo que lo que hicimos todos nosotros se funde en un solo acto y nuestros gritos y gestos se funden en un único grito y un único gesto. Por la mañana, cuando la oscuridad haya desterrado la luz, volveremos a enfrentarnos a la claridad y a la individualidad. Entretanto, el lugar que habita mi memoria es un ambiguo lugar en sombras, tranquilo con sus bordes blandos que van erosionándose, y por ahora me basta. Podría incluso dormir. Sé que, con la plenitud de la luz del día, mi memoria se aguzará, será certera, penetrará cuanto sucedió como una daga con la hoja afilada para el uso.

En una de las polvorientas aldeas situadas al otro lado del río, en dirección a las montañas azules, vivía una mujer. Era anciana y arisca, pero poseía poderes que los demás habían perdido. No los usaba de manera arbitraria, según me habían contado, y la mayor parte de las veces se negaba a utilizarlos. En la aldea solía pagar a impostoras, viejas marchitas como ella, que se sentaban a la puerta de las casas con los ojos entrecerrados por el sol. La anciana les pagaba para que la sustituyeran, para que hicieran creer a los visitantes que eran ellas las que tenían poderes.

Habíamos espiado a la mujer. Con la ayuda de unos hombres a sus órdenes, Egisto, con quien comparto mi lecho y que compartiría este reino conmigo, aprendió a distinguir entre las otras, los señuelos, las que carecían de poderes, y la auténtica, quien, cuando quería, sabía entretejer un veneno en cualquier tela.

Quien vistiera la tela quedaría paralizado, incapaz de moverse, además de mudo, sin voz. Por muy repentino que fuera el impacto o muy intenso el dolor, le resultaría imposible gritar.

Planeé atacar a mi esposo a su regreso. Le esperaría sonriente. El borboteo que se oiría cuando le cortara la garganta se convirtió en mi obsesión.

Los guardias trajeron a la anciana. La tuve encerrada en uno de los almacenes interiores, un lugar seco donde se guarda el grano. Egisto, con unas dotes de persuasión tan desarrolladas como la capacidad de la anciana para causar la muerte, supo qué decirle.

Ambos eran sigilosos y astutos, pero yo era diáfana. Habitaba la luz. Aunque arrojaba sombras, no vivía en la sombra. Mientras me preparaba para esto, viví en la más pura luminosidad.

Lo que pedí era sencillo. Había una túnica de malla que mi marido se ponía a veces al salir del baño. Deseaba que la anciana le cosiera unos hilos que tuvieran el poder de inmovilizarlo en cuanto la tela le rozara la piel. Los hilos serían lo más invisibles posible. Egisto advirtió a la anciana de que yo deseaba no solo sigilo, sino también silencio. No quería que se oyeran los gritos de Agamenón cuando lo matara. No quería que emitiera ningún sonido.

Durante un tiempo la mujer fingió ser en realidad una impostora. Y pese a que no permití que nadie salvo Egisto la viera y le llevara comida, adivinó el motivo de su presencia: que la habíamos traído para colaborar en el asesinato de Agamenón, el rey, el gran guerrero sanguinario, victorioso en las guerras, que no tardaría en regresar. Creía que los dioses estaban de parte del monarca. No deseaba inmiscuirse en los propósitos de los dioses.

Desde el primer momento supe que la anciana supondría un reto, pero había descubierto que resultaba más sencillo trabajar con quienes abrigaban las creencias de antaño, con quienes creían que el mundo era inmutable.

Por consiguiente, me preparé para tratar con la anciana. Disponía de tiempo. Agamenón tardaría unos días en regresar, y me avisarían cuando se acercara. Por entonces ya teníamos espías en su campamento y hombres en los montes. No dejé nada al azar. Planeé hasta el último movimiento. En el pasado había fiado demasiadas cosas a la suerte y a las necesidades y caprichos ajenos. Había confiado en demasiadas personas.

Ordené que llevaran a la mala pécora a una ventana alta del pasillo donde se encontraba la habitación en que la teníamos encerrada. Mandé que la auparan para que atisbara el jardín amurallado. Sabía lo que vería ese ser maligno. Vería a su preciosa nieta, la luz de su vida. Nos la habíamos llevado de la aldea. También teníamos presa a la niña.

Encargué a Egisto que comunicara a la mujer que si entretejía el veneno y este surtía efecto, ella y su nieta quedarían de inmediato en libertad y volverían a casa. Le ordené que dejara inacabada la frase siguiente, la que empezaba por «Si no…», y la mirara con una resolución y una maldad tan manifiestas que la anciana se echara a temblar o, más probable aún, se esforzara por no mostrar la menor señal de miedo.

Así pues, fue sencillo. Según me informaron, urdió el veneno en cuestión de minutos. Cuando terminó, Egisto fue incapaz de localizar los hilos añadidos a la túnica, pese a que había permanecido junto a la mujer mientras ella trabajaba. Acabada la labor, la anciana se limitó a pedirle que tratara bien a su nieta mientras estuviera en palacio y que cuando las llevaran de vuelta a la aldea, se asegurara de que nadie las viera, de que nadie se enterara de quiénes las habían acompañado ni de dónde habían estado. Se lo quedó mirando con frialdad, y de esa mirada él dedujo que la tarea se había completado con éxito y que aquella deliciosa magia mortífera daría resultado.

El funesto destino de mi esposo quedó grabado en piedra cuando nos envió el mensaje de que deseaba asistir a la boda de una de sus hijas antes de que comenzaran las batallas, de que quería que lo rodeara una aureola de amor y regeneración que le infundiera fuerza a él y llenara de alegría a sus huestes antes de que partieran a matar y a conquistar. Contó que entre los soldados jóvenes se encontraba Aquiles, el hijo de Peleo, destinado a ser un héroe mayor que su padre. Aquiles era apuesto, escribió mi esposo, y el cielo mismo resplandecería cuando lo viera entregarse a nuestra hija Ifigenia, ante la admiración de sus hombres, allí presentes.

«Debéis venir en carro —rezaba el mensaje—. Tardaréis tres días. Y no escatimes nada en los preparativos de la boda. Trae a Orestes. Tiene edad suficiente para recrearse con la imagen de los soldados en los días previos a la batalla y para asistir a las nupcias de su hermana con un hombre tan noble como Aquiles.

»Cuando partas deberás depositar el poder en manos de Electra y advertirla de que lo use bien y de que se acuerde de su padre. Los hombres que dejé, demasiado mayores para combatir, la aconsejarán, la arroparán con sus atenciones y su sabiduría hasta que la madre regrese con la hermana y el hermano. Ha de escuchar a los ancianos del mismo modo que los escucha su madre durante mi ausencia.

»Cuando volvamos de la guerra, el poder regresará a la fuente de la que emana. Después del triunfo reinará la estabilidad. Los dioses están de nuestra parte. Se me ha asegurado que están de nuestra parte.»

Le creí. Busqué a Ifigenia y le anuncié que viajaría conmigo al campamento de su padre y que iba a desposarse con un guerrero. Le informé de que pondríamos a las costureras a trabajar día y noche para que le prepararan las prendas que nos llevaríamos. Añadí palabras mías a las de Agamenón. Dije a mi hija que su futuro esposo, Aquiles, era un hombre de voz dulce. Y añadí otras palabras, palabras que ahora me resultan amargas, palabras vergonzosas. Que era un hombre valiente y admirado y que, pese a su fuerza, su atractivo no se había vuelto tosco.

Seguía hablando cuando en la habitación entró Electra, que nos preguntó por qué cuchicheábamos. Le anuncié que Ifigenia, un año mayor que ella, iba a casarse, y ella sonrió y le estrechó las manos al oírme decir que se había extendido la fama de la belleza de su hermana, de la que se tenía noticia en numerosos lugares; que Aquiles estaría esperándola, y que mi esposo no dudaba de que en los tiempos venideros se contarían historias acerca de la novia en el día de su boda, con el sol alto en un cielo luminoso, los dioses sonrientes y los soldados convertidos, por obra de la luz del amor, en hombres valerosos y endurecidos días antes de la batalla.

Sí, dije «amor», dije «luz», dije «los dioses», dije «novia». Dije «soldados endurecidos antes de la batalla». Dije el nombre de él y el de ella. «Ifigenia», «Aquiles». Y acto seguido llamé a las costureras para que se pusieran a la tarea de confeccionar a mi hija una túnica que igualara su propio resplandor, que en el día de sus nupcias igualara el resplandor del sol. E informé a Electra de que su padre confiaba en ella hasta el punto de dejarla con los ancianos, que su padre se enorgullecía de su agudo ingenio y de su capacidad para observar y recordar.

Y al cabo de unas semanas, una mañana radiante, partimos con algunas de nuestras mujeres.

Agamenón nos esperaba cuando llegamos. Se acercó despacio con una expresión en la cara que nunca le había visto. Me pareció que su rostro reflejaba pena, y también sorpresa y alivio. Tal vez trasluciera otras emociones, pero en aquel momento solo reparé en esas. Pena, pensé, porque nos había echado de menos, llevaba mucho tiempo lejos de casa e iba a entregar a su hija; y sorpresa porque había dedicado muchos ratos a imaginarnos y por fin nos tenía delante, en persona, en carne y hueso, y Orestes, cumplidos los ocho años, había crecido más de lo que su padre hubiera soñado, e Ifigenia, de dieciséis, se había convertido en una joven hermosa. Y le aliviaba, pensé, que todos, tanto nosotros como él, nos encontráramos sanos y salvos, y que estuviéramos juntos. Cuando se acercó a abrazarme percibí en él un afecto doliente; sin embargo, en cuanto se apartó y observó a los soldados que le habían acompañado, advertí el poder que irradiaba: el poder del caudillo preparado para la batalla, concentrado en la estrategia, en las decisiones. Con sus hombres, Agamenón era una estampa de pura voluntad. Recuerdo que cuando contrajimos matrimonio me fascinó esa imagen de voluntad que vi en él con mayor intensidad aún que aquel día.

También vi que, a diferencia de otros hombres de su condición, estaba dispuesto a escuchar, como me pareció que lo estaba en ese momento, o que lo estaría una vez que nos quedáramos a solas.

Y a continuación cogió en brazos a Orestes y riendo lo llevó hacia donde estaba Ifigenia.

Derrochaba encanto al volverse hacia ella. Y cuando miré a mi hija fue como si se hubiera producido un milagro, como si en la tierra hubiera aparecido de manera espontánea una mujer con una aureola de ternura mezclada con reserva, con un distanciamiento respecto a los asuntos corrientes. Todavía con el niño en brazos, el padre fue a estrecharla y, si en aquel momento alguien hubiera querido saber qué aspecto ofrece el amor, si alguien que se dispusiera a entrar en batalla hubiera necesitado una imagen del amor que llevar consigo para que lo protegiera o le espoleara, la habría encontrado ahí, como algo valioso grabado en piedra: el padre, el hijo, la hija, la madre que observaba con cariño la escena, la expresión anhelante en el rostro del padre con todo el misterio del amor, y la calidez y la pureza de este sentimiento, cuando con dulzura dejó al hijo en el suelo para abrazar a la hija.

Lo vi y estoy segura de ello. Durante esos segundos estuvo ahí. Pero fue fingido.

Sin embargo, ninguno de nosotros, los que habíamos realizado el viaje, adivinó la verdad ni por un segundo, si bien algunos de los que nos rodeaban, tal vez incluso la mayoría, debían de estar al corriente. Aun así, nadie dio señales de conocerla, ni la más mínima señal.

El cielo siguió azul, el sol ardiente en el cielo, y pareció que aquel día los dioses (¡oh, sí, los dioses!) sonreían y miraban con buenos ojos a nuestra familia: a la novia y a su hermano pequeño, a mí y al padre entregado al abrazo del amor, del mismo modo que más adelante se entregaría a la victoria en la batalla con su ejército triunfante. Sí, los dioses sonrieron aquel día en que llegamos con toda nuestra inocencia para ayudar a Agamenón a ejecutar su plan.

Al día siguiente de nuestra llegada, mi esposo se presentó temprano para llevarse a Orestes y encargar que le forjaran una espada y una coraza ligera a fin de que el chiquillo pareciera un guerrero. Las mujeres acudieron a ver a Ifigenia, y hubo mucho bullicio y admiración mientras se maravillaban de la ropa que habíamos llevado, y se pidieron muchas bebidas frías, y se doblaron y desdoblaron una y otra vez las prendas. Al cabo de un rato me quedé en el espacio que separaba nuestros alojamientos de las cocinas escuchando la cháchara de las mujeres, hasta que oí a una mencionar que algunos soldados se habían demorado fuera. Entre los nombres que citó estaba el de Aquiles.

¡Qué raro, pensé, que se acerque tanto a nuestros alojamientos! Y acto seguido me dije que no, que no tenía nada de raro, que querría ver si atisbaba a Ifigenia. ¡Era lógico que acudiera! ¡Cuántas ganas debía de tener de verla!

Salí al patio y pregunté a los soldados cuál de ellos era Aquiles. Era el alto, según descubrí, el que estaba solo. Cuando me acerqué, se volvió hacia mí y advertí algo en su mirada —la franqueza que reflejaba— y en el tono de voz con que pronunció su nombre —la honradez que transmitía—. Este será el final de nuestras tribulaciones, pensé. Aquiles nos había sido enviado para que acabara lo que había comenzado antes de que yo naciera, antes de que naciera mi esposo. Un veneno en nuestra sangre, en toda nuestra sangre. Antiguos crímenes y deseos de venganza. Antiguos asesinatos y recuerdos de asesinatos. Antiguas guerras y traiciones. Antiguas salvajadas, antiguos ataques, momentos en que los hombres se habían comportado como lobos. Todo eso terminará cuando este hombre despose a mi hija, pensé. Vi el futuro como un lugar de la abundancia. Vi a Orestes crecer a la luz de ese joven soldado casado con mi hija. Vi el fin de las rencillas, una época en que los hombres envejecerían en paz, las batallas serían tema de conversaciones grandilocuentes cuando cayera la noche y se desvaneciera el recuerdo de los cuerpos despedazados y de los alaridos proferidos a lo largo de varias millas de alguna llanura cubierta de sangre. Luego hablarían de los héroes.

Cuando dije quién era, Aquiles sonrió y asintió para indicar que ya me conocía y se dio la vuelta para alejarse. Le llamé y le ofrecí la mano para que uniera a ella la suya como símbolo de lo que pronto sucedería y de los años venideros.

El cuerpo pareció darle una sacudida en cuanto me oyó. Miró alrededor para ver si alguien nos observaba. Comprendí la reserva que mostraba y me aparté unos pasos antes de hablar de nuevo.

—Puesto que vas a casarte con mi hija, sin duda te está permitido tocarme la mano.

—¿Casarme? —preguntó—. Estoy impaciente por entrar en batalla. No conozco a tu hija. Tu marido...

—Estoy segura de que mi marido —le interrumpí— te ha pedido que te mantengas a distancia antes del día del banquete, pero con respecto a mi hija, no a mí. En los próximos días la situación cambiará; aun así, si te preocupa que te vean hablando conmigo antes del enlace con mi hija, volveré con las mujeres y me apartaré de ti.

Hablé con voz queda. Su rostro reflejaba dolor, perplejidad.

—Te equivocas —repuso—. Yo espero la batalla, no una esposa. No se celebrará ninguna boda mientras aguardamos a que el viento cambie, a que deje de empujar nuestras naves contra las rocas. Mientras aguardamos a...

Frunció el ceño y pareció refrenarse para no acabar lo que había empezado a decir.

—Tal vez mi marido haya mandado traer a mi hija para que después de la batalla...

—Después de la batalla volveré a casa —me interrumpió—. Si sobrevivo a la batalla, me iré a casa.

—Mi hija ha venido para casarse contigo. La mandó llamar su padre, mi esposo.

—Te equivocas —repitió, y una vez más vi en él gentileza, matizada de firmeza y determinación.

Por un instante tuve una visión del porvenir, un porvenir que Aquiles transformaría para nosotros, un futuro en un lugar con bordes protegidos y sombras nutridas, donde yo envejecería mientras Aquiles alcanzaba la madurez, mi hija Ifigenia se convertía en madre y Orestes adquiría juicio. De pronto pensé que en ese mundo del futuro no veía ningún sitio para Agamenón, y tampoco para Electra; me sobresalté un momento y casi se me cortó la respiración ante una ausencia oscura y amenazadora. Traté de situar a ambos en la imagen y no lo conseguí. No lograba vislumbrar a ninguno de los dos, y había algo más que tampoco veía. Aquiles alzó el tono para que le prestara atención.

—Te equivocas —repitió, y enseguida bajó la voz—. Tu marido te habrá contado por qué ha mandado llamar a vuestra hija.

—Mi marido se limitó a recibirnos cuando llegamos. No dijo nada.

—Entonces ¿no lo sabes? —me preguntó—. ¿Es posible que no lo sepas?

Se le había ensombrecido el semblante y casi se le quebró la voz al pronunciar la última pregunta.

Encorvada, me alejé de él y volví a donde se encontraban mi hija y las mujeres. Apenas repararon en mí porque admiraban un bordado, sosteniendo la tela en alto. Me senté sola, apartada de ellas.

Ignoro quién comunicó a Ifigenia que no iba a casarse sino a ser sacrificada. Ignoro quién le informó de que no tomaría a Aquiles como esposo, sino que un fino cuchillo afilado le cercenaría la garganta en público ante numerosos espectadores —entre ellos su padre—, quienes la contemplarían boquiabiertos en tanto que unas personas designadas a ese efecto cantarían plegarias a los dioses.

Cuando salieron las mujeres hablé con Ifigenia, que en aquel momento nada sabía. En las dos o tres horas siguientes, mientras esperábamos el regreso de Orestes, yo tumbada despierta y ella entrando y saliendo de la habitación, alguien se lo contó sin rodeos y con todo detalle. Comprendí que me había engañado a mí misma al creer que debía de haber una explicación sencilla al hecho de que Aquiles no conociera los planes de boda. En varias ocasiones tuve un penetrante atisbo de la verdad, pero consideré improbable que alguien pretendiera hacer daño a Ifigenia, dado el modo en que nos había recibido mi esposo, rodeado de sus huestes, y el entusiasmo con que las mujeres de su campamento habían acudido a ver los vestidos.

Repasé la conversación con Aquiles rememorando cada palabra. Cuando Ifigenia se acercó a mí, tuve la certeza de que antes del anochecer recibiría alguna noticia tranquilizadora, de que todo se solucionaría. Estaba convencida de que así sería incluso cuando empezó a hablar, cuando compartió conmigo lo que había descubierto.

—¿Quién te lo ha contado? —le pregunté.

—Han enviado a una mujer a contármelo.

—¿A cuál?

—No la conozco. Solo sé que la mandaron para que me lo contara.

—¿Quién la mandó?

—Mi padre —respondió.

—¿Cómo podemos estar seguras? —le pregunté.

—Yo lo estoy.

Esperamos a que Orestes regresara, esperamos para implorar a quien lo acompañara que nos llevara ante Agamenón o nos permitiera enviarle recado de que acudiera a hablar con nosotras. De vez en cuando Ifigenia me cogía la mano, me la apretaba y luego la soltaba, suspiraba, cerraba los ojos aterrada y cuando los abría se quedaba mirando al vacío con expresión ausente. Aun así, mientras aguardábamos me parecía que no sucedería nada, que todo aquello quizá quedara en nada, que la idea de sacrificar a Ifigenia a los dioses era un rumor propagado por las mujeres y que los rumores como ese debían de extenderse con facilidad entre los soldados y quienes los seguían, nerviosos días antes de una batalla.

Pasé de dudar y sentirme inquieta a tener la impresión de que lo peor estaba por llegar cuando mi hija volvió a agarrarme la mano y me la apretó con más fuerza y mayor furia. En varias ocasiones me pregunté si podríamos huir, partir juntas en la noche y dirigirnos a casa, o a un santuario, un refugio, o bien encontrar a alguien que se llevara a Ifigenia, la disfrazara, le buscara un lugar donde ocultarse. Sin embargo, ignoraba en qué dirección debíamos ir y sabía que nos seguirían y darían con nosotras. Estaba segura de que, puesto que nos había atraído con un señuelo, Agamenón nos tenía vigiladas y custodiadas.

Permanecimos varias horas en silencio. Nadie se acercó. Poco a poco tuve la sensación de que éramos prisioneras, de que lo éramos desde nuestra llegada. Habíamos acudido engañadas. Agamenón, consciente de que me emocionaría la perspectiva de una boda, había recurrido a esa estratagema para hacernos ir al campamento. Nada más habría dado resultado.

Primero oímos la voz de Orestes, que gritaba jugando, y luego la de su padre, lo que me sobresaltó. Cuando entraron, bulliciosos y con la mirada vivaracha, nos levantamos para encararnos a él. Agamenón comprendió en un segundo que, siguiendo sus órdenes, la mujer enviada por él había informado a Ifigenia. Inclinó la cabeza, la levantó y se echó a reír. Indicó a Orestes que nos enseñara la espada forjada y pulida especialmente para él; le indicó que nos enseñara la coraza que también le habían fabricado. Desenvainó su propia espada y la blandió con seriedad fingida para retar a Orestes, que, dirigido con cuidado por su padre, cruzó su acero con el de este y adoptó una posición de combate.

—Es un gran guerrero —dijo Agamenón.

Lo observamos con frialdad, impasibles. Estuve a punto de llamar a la nodriza de Orestes para que se lo llevara, para que lo acostara, pero me contuvo lo que ocurría entre Agamenón y el pequeño. Era como si mi esposo supiera que debía representar todo el tiempo posible ese papel del padre con el niño. En el ambiente, o en la expresión de nuestro rostro, había algo tan intenso que debió de comprender que, cuando se relajara y se encarara a nosotras, la vida cambiaría y jamás volvería a ser la misma.

Agamenón no dirigió la vista hacia mí, y tampoco miró a Ifigenia. Cuanto más duraba el combate, más me percataba de que le dábamos miedo, o de que temía lo que tuviera que decirnos una vez que acabara. Agamenón no quería interrumpir la lucha. Continuó el juego; no era un hombre valiente.

Sonreí porque sabía que ese sería el último episodio de felicidad que conocería en la vida, un episodio representado por mi esposo, quien, con toda su debilidad, lo alargaba cuanto podía. El falso combate entre padre e hijo era todo teatro, puro espectáculo. Vi que Agamenón se entretenía alborotando a Orestes sin llegar a agotarlo; el pequeño tenía la sensación de que hacía alarde de su habilidad, y por eso quería lucirse más y más. Agamenón controlaba a Orestes mientras las dos observábamos la escena.

Por un instante pensé que eso mismo hacían los dioses con nosotros: nos distraían con simulacros de conflictos, con el grito de la vida; también nos distraían con imágenes de armonía, de belleza y de amor mientras observaban con actitud distante, desapasionados, a la espera del momento en que terminaran, en que se instalara el agotamiento. Se mantenían apartados, igual que nosotras nos manteníamos a distancia. Y cuando todo acababa se encogían de hombros. Habían perdido el interés.

Orestes no quería que acabara el simulacro de lucha, pero las normas limitaban lo que podía hacerse. En una ocasión se acercó demasiado a su padre y quedó expuesto a la espada de este. Agamenón lo apartó con delicadeza, y el niño comprendió que se trataba tan solo de un juego y que nosotras nos habíamos percatado al ver lo ocurrido. En cuanto se dio cuenta de esto no tardó en perder el interés, y con la misma rapidez pasó a mostrarse cansado e irritable. Aun así, no deseaba que el juego terminara. Llamé a gritos a la nodriza, y Orestes rompió a llorar. No quería a la nodriza, dijo cuando su padre lo cogió en brazos y lo llevó a nuestro dormitorio como si fuera un haz de leña.

Ifigenia no me miró ni yo la miré a ella. Permanecimos de pie. Ignoro cuánto tiempo transcurrió.

Cuando Agamenón regresó, se dirigió presuroso hacia la entrada de la tienda y se volvió.

—Entonces ¿las dos lo sabéis? —preguntó con voz queda.

Asentí, incrédula.

—No hay más que añadir —susurró—. Debe hacerse. Por favor, creedme cuando digo que debe hacerse.

Antes de salir me dirigió una mirada apagada. Casi se encogió de hombros al extender los brazos con las palmas hacia arriba. Era la imagen de una persona sin poder, o lo parecía. Apocado, fácil de engañar o de convencer.

Con su postura, el gran Agamenón dejó claro que, fuera cual fuese la decisión, no la había tomado él, sino otros. Logró que diera la sensación de que estaba sobrepasado, de que todo aquello le había superado, antes de salir como una flecha hacia la noche, donde lo esperaban sus guardias.

Entonces se propagó el silencio, ese silencio que solo llega cuando el ejército duerme. Ifigenia se acercó a mí y la abracé. No lloró ni sollozó. Dio la impresión de que no volvería a moverse y de que por la mañana nos encontrarían así.

Al alba recorrí el campamento en busca de Aquiles. Cuando lo encontré, se alejó cauteloso de mí, tanto por orgullo como por temor, tanto por decoro como por miedo a que nos vieran. Me acerqué, pero no le hablé en voz baja.

—Mi hija ha venido engañada. Se utilizó tu nombre.

—Yo también estoy reñido con su padre.

—Me arrojaré a tus rodillas si es necesario. ¿No puedes ayudarme en mi desgracia? ¿No puedes ayudar a la muchacha que vino para convertirse en tu esposa? Por ti tuvimos a las costureras trabajando día y noche. Toda la agitación fue por tu causa. Y ahora le dicen que van a sacrificarla. ¿Qué pensarán de ti los hombres cuando se enteren de este engaño? No tengo a nadie más a quien implorar; por eso te imploro a ti. Por el honor de tu nombre al menos, debes ayudarme. Pon tu mano sobre la mía y entonces sabré que estamos a salvo.

—No te tocaré esa mano. Solo lo haré si consigo disuadir a Agamenón. Tu marido no debió utilizar mi nombre a modo de trampa.

—Si no te casas con ella, si no logras…

—Entonces mi nombre no es nada. Mi vida no es nada. Solo debilidad; un nombre usado para atrapar a una muchacha.

—Traeré a mi hija, si quieres. Nos pondremos las dos delante de ti.

—Dejémosla al margen. Hablaré con tu marido.

—Mi marido… —Me interrumpí.

Aquiles se volvió a mirar al grupo de hombres que estaban más cerca de nosotros.

—Es nuestro jefe —afirmó.

—Serás recompensado si triunfas —dije.

Me sostuvo la mirada serenamente hasta que di media vuelta para cruzar sola el campamento. Los hombres se apartaban de mi camino, de mi vista, como si, con mis esfuerzos por impedir el sacrificio, fuera una pestilencia atroz enviada a su lugar de acampada, peor que el viento que había estrellado las embarcaciones contra las rocas y después había arreciado con mayor furia aún.

Oí llorar a Ifigenia al llegar a nuestra tienda, que estaba llena de mujeres: las pocas que nos habían acompañado, las que habían acudido la víspera y otras que habían añadido su presencia para crear un ambiente de caos alrededor de mi hija. Cuando les ordené a voces que salieran y no me obedecieron, arrastré a una hasta la entrada tirándole de la oreja y, tras echarla, avancé hacia otra hasta que empezaron a dispersarse las demás, salvo las que habían viajado con nosotras.

Ifigenia se cubría la cara con las manos.

—¿Qué ha ocurrido? —pregunté.

Una mujer nos contó que tres hombres de aspecto tosco con armadura completa habían entrado preguntando por mí. Cuando se les informó de que no me encontraba en la tienda, creyeron que me había escondido y registraron las estancias, los dormitorios y las cocinas. Luego se fueron llevándose consigo a Orestes. Ifigenia se echó a llorar cuando las mujeres me comunicaron que se habían llevado a su hermano. El niño había pataleado y forcejeado, según contaron.

—¿Quién envió a esos hombres? —pregunté.

Se hizo el silencio. Nadie quiso responder, hasta que por fin habló una mujer.

—Agamenón —dijo.

Pedí a dos mujeres que me acompañaran a los dormitorios para preparar mi cuerpo y mi atuendo. Me lavaron con dulce agua especiada y perfumada, y me ayudaron a elegir la ropa y a arreglarme el cabello. Me preguntaron si debían ir conmigo, pero decidí atravesar sola el campamento en busca de mi esposo, llamarlo a gritos, amenazar e intimidar a quienes no me ayudaran a localizarlo.

Cuando por fin encontré la tienda, uno de sus hombres me cerró el paso y me preguntó qué asuntos quería tratar con él.

En el momento en que le apartaba de un empujón apareció mi esposo.

—¿Dónde está Orestes? —le pregunté.

—Aprendiendo a utilizar la espada —contestó—. Estará bien cuidado. Hay otros niños de su edad.

—¿Por qué has mandado a hombres en mi busca?

—Para comunicarte que tendrá lugar muy pronto. Primero inmolarán a las vaquillas. Ya se dirigen al lugar señalado.

—¿Y luego?

—Y luego a nuestra hija.

—¡Di su nombre!

Ignoraba que Ifigenia me había seguido, y, todavía no entiendo cómo, dejó de ser una niña asustada, sollozante y desconsolada para convertirse en la joven serena, de porte solitario y adusto, que se acercó a nosotros.

—No es necesario —intervino—. Conozco mi nombre.

—Mírala. ¿Te propones matarla? —pregunté a Agamenón.

No contestó.

—Responde a la pregunta —le apremié.

—Debo dar cuenta de muchas cosas —dijo.

—Responde primero a la pregunta. Respóndela. Después podrás dar las explicaciones.

—Ya sé por tu mensajera qué pretendes hacerme —dijo Ifigenia—. No tienes por qué responder.

—¿Por qué quieres matarla? ¿Qué preces pronunciarás cuando muera? ¿Qué bienes pedirás para ti cuando cortes la garganta a tu hija?

—Los dioses… —Se interrumpió.

—¿Los dioses miran con buenos ojos a los hombres que ordenan matar a sus hijas? —le pregunté—. Y si el viento no cambia, ¿matarás también a Orestes? ¿Ese es el motivo de su presencia?

—¿A Orestes? ¡No!

—¿Quieres que mande traer a Electra? ¿Quieres buscarle el nombre de un marido y engañarla también a ella?

—¡Basta! —dijo Agamenón.

Ifigenia se acercó a mi esposo, que casi pareció tenerle miedo.

—No soy una persona elocuente, padre. Mi único poder reside en las lágrimas, y ya no tengo lágrimas. Tengo voz y tengo un cuerpo y puedo arrodillarme y pedirte que no me mates tan joven. Como a ti, me parece dulce ver la luz del día. Fui la primera en llamarte «padre» y la primera a quien llamaste «hija». Sin duda recordarás que dijiste que con el tiempo sería feliz en la casa de mi esposo y yo te pregunté: «¿Más feliz que contigo, padre?». Y tú sonreíste y meneaste la cabeza; yo apoyé la mía en tu pecho y te abracé. Imaginé que cuando fueras anciano te recibiría en mi casa y seríamos felices. Te lo conté. ¿Te acuerdas? Si me matas, eso se convertirá en un sueño amargo que a buen seguro te proporcionará un infinito pesar. He venido sola hasta ti, desprevenida y sin lágrimas. Carezco de elocuencia. Solo me cabe pedirte con mi sencilla voz que nos mandes a casa. Te pido que me salves. Pido a mi padre lo que ninguna hija debería suplicar jamás. ¡Padre, no me mates!

Agamenón bajó la cabeza como si él fuera el condenado a muerte. Se acercaron algunos de sus hombres, a los que miró nervioso antes de hablar.

—Me doy cuenta de que esto mueve a compasión —afirmó—. Quiero a mis hijos. Quiero a mi hija aún más ahora que la he visto tan serena y en flor. Sin embargo, ¡mirad qué grande es esta flota naval! Está preparada e impaciente, pero el viento no cambiará para permitirnos el ataque. Pensad en los hombres. Mientras están retenidos aquí, los bárbaros raptan a sus mujeres y arrasan su tierra. Todos saben que se ha consultado a los dioses y que los dioses me han ordenado lo que debo hacer. No depende de mí. En este asunto no tengo opción. Y si nos derrotan nadie sobrevivirá. Seremos aniquilados todos, cada uno de nosotros. Si el viento no cambia, nos enfrentamos a la muerte.

Con una inclinación se despidió de alguna presencia invisible situada ante él y con un gesto indicó a los dos hombres más próximos que lo acompañaran a la tienda; otros dos fueron a montar guardia en la entrada.

Pensé que si en verdad los dioses mostraban interés, que si velaban por nosotros según se suponía, sin duda se apiadarían y se encargarían sin dilación de que cambiara el viento sobre el mar. Imaginé que llegaban voces procedentes de las aguas, del puerto, y que acto seguido los hombres lanzaban vítores y las banderas ondeaban con el nuevo viento que permitiría a sus embarcaciones navegar veloces y sigilosas, de modo que conocerían la victoria y comprenderían que los dioses tan solo habían puesto a prueba su determinación.

Los ruidos que imaginaba no tardaron en dar paso a un vocerío cuando Aquiles corrió hacia nosotras seguido de hombres que lo insultaban a gritos.

—Agamenón me ordenó que me dirigiera personalmente a los soldados para informarles de que el asunto no estaba en sus manos —dijo—. Acabo de hablarles y afirman que hay que sacrificarla. Me han amenazado a mí también.

—¿A ti?

—Han dicho que debería morir apedreado.

—¿Por tratar de salvar a mi hija?

—Les he suplicado. Les he dicho que la victoria conseguida en una batalla mediante el asesinato de una muchacha era una victoria de cobardes. Sus gritos han ahogado mi voz. No están dispuestos a ceder.

Me volví hacia la masa de hombres que habían seguido a Aquiles. Pensé que si encontraba un rostro y lo miraba con fijeza, el rostro del más débil o el del más fuerte, sería capaz de mirarlos de uno en uno y avergonzarlos. Sin embargo, se negaron a alzar la vista. Hiciera lo que hiciese, ninguno alzaría los ojos.

—Haré cuanto esté en mi mano para salvarla —afirmó Aquiles, aunque su voz sonaba a derrota.

No mencionó lo que haría, o lo que le sería posible hacer. Observé que también él mantenía baja la vista. Sin embargo, cuando Ifigenia empezó a hablar, sí la miró, al igual que los otros hombres, que ya la contemplaban como si se hubiera convertido en un icono cuyas últimas palabras hubiera que recordar, una figura cuya muerte estaba destinada a cambiar la dirección misma del viento y cuya sangre enviaría un mensaje urgente a los cielos.

—Mi muerte —dijo— salvará a cuantos están en peligro. Moriré. No puede ser de otra manera. No debería estar enamorada de la vida. Ninguno de nosotros debería estarlo. ¿Qué es una sola vida? Siempre hay otras. Otros como nosotros llegan y viven. A cada respiración le sigue otra, a cada paso otro paso, a cada palabra la siguiente; a cada presencia en el mundo, otra presencia. Poco importa quién deba morir. Se nos reemplazará. Me entregaré por el ejército, por mi padre, por mi patria. Aceptaré mi sacrificio con una sonrisa. La victoria en la batalla será entonces mi victoria. El recuerdo de mi nombre durará más que la vida de muchos varones.

Mientras Ifigenia hablaba, su padre salió despacio de la tienda junto con sus hombres, y se congregaron otros que se encontraban cerca. Yo la observaba sin saber si se trataba de una estratagema, si su tono dulce y su voz queda en señal de humildad y resignación, aunque lo bastante alta para que se oyera, eran algo que había planeado con el propósito de salvarse.

Nadie se movió. No se oyó un solo ruido en el campamento. Sus palabras se extendieron en la quietud del aire como un bálsamo aún mayor. Vi que Aquiles se disponía a hablar y luego decidía permanecer en silencio. En esos momentos Agamenón intentó adoptar una actitud de comandante: recorría con la vista el lejano horizonte para dar a entender que cuestiones de calado ocupaban su pensamiento. Aun así, hiciera lo que hiciese, a mis ojos aparecía como un hombre envejecido y menguado. Pensé que en el futuro se le consideraría con desprecio por haber atraído a su hija con engaños al campamento y por haberla matado para aplacar a los dioses. Advertí que todavía inspiraba temor, y me di cuenta de que eso no duraría mucho tiempo.

Por lo tanto, era más peligroso que nunca, como un toro con una espada clavada en el costado.

Con dignidad y orgulloso desdén, me alejé de ellos, seguida de la dulce Ifigenia. Estaba segura de que el débil caudillo y la turba furiosa e inquieta se impondrían. Sabía que nos habían derrotado. Ifigenia seguía hablando: me pidió que no la compadeciera ni llorara su muerte; me pidió que refiriera a Electra cómo había muerto y que le implorara que no vistiera luto por ella, y que empleara mi energía en salvar a Orestes del veneno que nos rodeaba.

A lo lejos oíamos los bramidos de los animales que habían conducido al lugar de sacrificio. Exigí que desaparecieran de nuestra vista las mujeres que habían acudido una vez más, excepto las pocas en que confiábamos, las que nos habían acompañado al campamento. Ordené que dispusieran las vestiduras nupciales de Ifigenia y me prepararan las prendas que había decidido ponerme para la ceremonia de la boda. Pedí agua para bañarnos las dos, luego un ungüento blanco especial para aplicárnoslo en la cara, y nos pintaríamos líneas negras alrededor de los ojos a fin de que se nos viera pálidas y espectrales cuando nos dirigiéramos al lugar de la muerte.

Al principio nadie habló. Después el silencio quedó roto a intervalos por el griterío de los hombres, por las plegarias que se elevaban y por los bramidos y los furiosos chillidos que lanzaban los animales.

Cuando nos anunciaron que fuera había hombres que se preparaban para acceder a la tienda, fui hacia la entrada. Se asustaron al verme.

—¿Sabéis quién soy? —les pregunté.

No me miraron ni respondieron.

—¿Tan cobardes sois que no habláis?

—No somos cobardes —contestó uno.

—¿Sabes quién soy? —pregunté a ese hombre.

—Sí —respondió.

—De mi madre recibí un conjunto de palabras que ella había recibido a su vez de la suya. Esas palabras se han usado con moderación. Tienen el poder de secar las tripas de los hombres que las oyen, y luego las tripas de su prole. Solo se libran las esposas, cuyo destino es rebuscar en el polvo comida que picotear.

Vi que eran tan supersticiosos que cualquier sarta de palabras que nombraran a los dioses o una maldición antigua les infundiría un temor instantáneo. Ninguno me interrogó ni siquiera con la mirada, no pasó ninguna sombra sobre lo que había dicho, no hubo la menor insinuación de que no existía y nunca había existido tal maleficio.

—Si alguno de vosotros nos pone un dedo encima a mi hija o a mí —continué—, si alguno de vosotros nos adelanta o habla, proferiré la maldición. A menos que vengáis detrás de nosotras como perros, pronunciaré las palabras de la maldición.

Se mostraron sumisos. Las razones no tendrían efecto en ellos, ni siquiera la piedad, pero les cautivaba la menor mención de un poder que trascendiera el suyo. Si hubieran alzado los ojos, habrían visto la sonrisa de puro desprecio que me cruzó el rostro.

En la tienda, Ifigenia ya estaba preparada, como una versión muy cincelada de sí misma; majestuosa y plácida, no mostraba la más mínima reacción ante los bramidos de dolor que los animales lanzaban en el mismísimo lugar donde pronto vería la luz por última vez.

—Les asustan nuestras maldiciones —le susurré—. Espera a que se haga el silencio y entonces alza la voz. Cuéntales lo antigua que es la maldición, transmitida de madres a hijas a lo largo del tiempo, y lo poco que se ha recurrido a ella debido a su poder. Amenázales con pronunciarla si no ceden, amenaza con lanzársela primero a tu padre y después a cada uno de ellos, empezando por los que tengas más cerca. Adviérteles de que no quedará ejército, tan solo perros gruñendo en la quietud sepulcral que dejará el maleficio.

A continuación le indiqué qué debían decir las palabras de la maldición. Caminamos con aire ceremonioso desde la tienda hasta el lugar de la muerte, Ifigenia en primer lugar, seguida a cierta distancia por mí; luego venían las mujeres que habían viajado con nosotras y, por último, los soldados. Era un día caluroso; el hedor de la sangre y de las vísceras, de los efectos del miedo y de la carnicería nos llegaba de tal modo que necesitamos toda nuestra fuerza de voluntad para no taparnos la nariz. El sitio donde se le daría muerte no era un espacio digno, sino un lugar caótico, con soldados que deambulaban y restos de animales esparcidos por doquier.

Quizá fuera esa escena, unida a lo fácil que me había resultado nombrar a los dioses en la maldición que había inventado, lo que agudizó algo que ya estaba en mí. Mientras nos dirigíamos al lugar del sacrificio, por primera vez estuve segura, completamente segura, de que no creía en el poder de los dioses. Me pregunté si sería la única. Me pregunté si a Agamenón y a los hombres que lo rodeaban en verdad les preocupaban los dioses, si en verdad creían que un poder oculto superior al de ellos retenía a las tropas con un sortilegio que ningún poder mortal sabría invocar.

Por supuesto que ellos sí creían. Por supuesto que estaban seguros de aquello en lo que creían, hasta el punto de sentir la necesidad de llevar a cabo ese plan.

Nos acercamos a Agamenón.

—Tu nombre se recordará para siempre —susurró a su hija. Se volvió hacia mí y, con un tono de solemnidad y prepotencia, musitó—: Su nombre se recordará para siempre.

Vi que uno de los soldados que nos habían acompañado avanzaba hacia él y le susurraba algo. Agamenón le escuchó con atención y acto seguido se dirigió con voz queda y firme a los cinco o seis hombres que lo rodeaban.

En ese momento se inició el canto, la invocación a los dioses con frases repletas de repeticiones y extrañas inversiones del orden. Cerré los ojos y escuché. Percibía el olor de la sangre de los animales, que empezaba a agriarse, y en el cielo volaban buitres, de modo que todo era muerte. Al cántico solitario le siguió el creciente sonido ondulante del cántico repetido por los más obedientes a los dioses; después resonó un súbito estruendo multitudinario dirigido al cielo cuando millares de hombres respondieron con una sola voz.

Miré a Ifigenia, que estaba sola. Con la belleza de sus vestiduras, la blancura del rostro, la negrura del cabello, las líneas negras alrededor de los ojos, con su silencio y su quietud, irradiaba una fuerza sobrenatural.

En ese momento apareció el cuchillo. Dos mujeres se acercaron a Ifigenia y le desprendieron las agujas del cabello, le bajaron la cabeza y a toda prisa, de mala manera, le cortaron el pelo. Una le hizo un corte en la piel e Ifigenia chilló, y fue el chillido de una muchacha, no el de la víctima propiciatoria, el chillido de una niña asustada y vulnerable. Y por un momento se rompió el hechizo sagrado. Comprendí lo frágil que era aquella multitud. Los hombres empezaron a gritar. Agamenón miró consternado a su alrededor. Observándolo me di cuenta del escaso control que ejercía.

Cuando Ifigenia logró zafarse y empezó a hablar, nadie la oyó al principio y tuvo que elevar la voz para imponer silencio. En cuanto quedó claro que se disponía a pronunciar una maldición contra su padre, por detrás de ella apareció un hombre con un trapo blanco y viejo con el que la amordazó, tras lo cual la arrastró, mientras ella pataleaba y se defendía con los codos, hasta el sitio de sacrificio, donde le ató las manos y los pies.

Entonces no titubeé. Extendí los brazos y alcé la voz para proferir la maldición con la que les había amenazado. La dirigí contra todos ellos. Algunos de los que tenía delante echaron a correr despavoridos, pero por detrás se acercó un hombre con un trapo hecho jirones con el que, a pesar de mis esfuerzos, me ciñó con fuerza la boca. También a mí me llevaron a rastras, aunque en la dirección opuesta a Ifigenia, lejos del lugar de sacrificio.

Cuando el gentío ya no podía verme ni oírme, me golpearon y me patearon. Vi que levantaban una piedra en la linde del campamento. Hicieron falta tres o cuatro hombres para moverla. Los que me habían llevado a rastras me metieron de un empujón en el espacio excavado debajo de la piedra.

El tamaño del hueco me permitía estar sentada, pero no ponerme de pie ni estirarme. En cuanto me tuvieron dentro, se apresuraron a tapar la abertura con la piedra. Como no me habían atado las manos, me quité el trapo de la boca; sin embargo, me resultó imposible mover la piedra, pues pesaba demasiado, de modo que no podía salir. Estaba atrapada; hasta los gritos insistentes que emitía parecían atrapados.

Estaba medio enterrada cuando mi hija murió sola. No llegué a ver su cuerpo, no oí sus chillidos ni la llamé a voces. Pero otros me hablaron de sus gritos. Y ahora creo que esos últimos sonidos agudos que emitió, con todo el desvalimiento y el miedo que reflejaban, al convertirse en alaridos, al horadar los oídos de la multitud congregada, se recordarán para siempre. Nada más.

No tardó en llegar el dolor, un dolor en la espalda de estar encogida bajo tierra. Al poco comenzaron a dolerme las piernas y los brazos, que tenía entumecidos. Noté que se me irritaba la base del espinazo y llegué a tener la sensación de que me ardía. Habría dado lo que fuera por estirar el cuerpo, por relajar las piernas y los brazos, por ponerme de pie y moverme. Fue lo único que pensé al principio.

Más tarde llegó la sed, junto con el miedo, que pareció intensificarla. Pasé a pensar solo en el agua, en la menor porción de agua. Recordé momentos de la vida en los que había tenido al alcance cántaros de agua fresca. Imaginé manantiales, pozos hondos. Me arrepentí de no haber saboreado más el agua. El hambre que sentí después no fue nada comparada con la sed.

Pese al olor repugnante y a las hormigas y arañas que pululaban a mi alrededor; pese al dolor que me atenazaba la espalda, los brazos y las piernas; pese al hambre, cada vez más acuciante; pese al temor a no salir viva de aquel agujero, fue la sed lo que me transformó, lo que me cambió.

Comprendí que había cometido un error. No debería haber amenazado con una maldición a los hombres que se habían presentado para acompañarnos al lugar de la muerte. Tendría que haber dejado que actuaran a su aire, que caminaran por delante de nosotras o a nuestro lado, como si Ifigenia fuera una prisionera. Sin duda el soldado que había susurrado a Agamenón le había advertido. Le había prevenido, y me lo reproché todo el tiempo que pasé enterrada. Tuve la certeza de que a consecuencia de mis palabras, verbalizadas con excesiva precipitación, mi esposo había ordenado que, si mi hija o yo empezábamos a pronunciar la maldición, nos acallaran al punto con una mordaza.

Imaginé que, si no le hubieran prevenido, sus hombres se habrían dispersado aterrorizados en cuanto Ifigenia hubiera empezado a maldecirlos. La imaginé amenazándolos con continuar el maleficio, con terminar la retahíla de palabras que los dejarían secos si no la liberaban. Imaginé que podría haberse salvado.

Era culpa mía. En aquel tiempo bajo tierra, a fin de distraerme y no pensar en la sed, resolví que si me salvaba sopesaría cada una de las palabras que articulara y todas las decisiones que tomara. En el futuro sopesaría hasta el menor acto.

Como habían colocado de cualquier manera la piedra que cubría el agujero, veía un resquicio de luz; cuando desapareció y no vi nada, deduje que había anochecido. Durante esas horas de oscuridad repasé lo ocurrido desde el principio. No deberíamos haber dejado que nos convencieran con engaños para que fuéramos al campamento. Y tendríamos que haber ideado un plan para huir en cuanto las intenciones de Agamenón quedaron claras. Esos pensamientos agudizaron aún más la sed que sufría. La sed vivía en mi interior como algo que jamás lograría saciar.

A la mañana siguiente oí risotadas cuando alguien echó un jarro de agua al hoyo donde me habían enterrado. Intenté beber la que me había empapado la ropa y vi que no era casi nada. El agua tan solo nos había humedecido a mí y la tierra que había debajo. Me permitió saber, por si necesitaba saberlo, que no se habían olvidado de mí. Durante los dos días siguientes me arrojaron más agua de vez en cuando. Al mezclarse con mis excrementos creó un olor semejante al de un cadáver que se pudre. Pensé que ese olor no me abandonaría jamás.

Además del olor me acompañó un pensamiento. Empezó como si no fuera nada, como una brizna de mal genio por el malestar y la sed. Luego creció y llegó a ser más importante que ningún otro pensamiento y que ninguna otra cosa. Si los dioses no velaban por nosotros, me pregunté, entonces ¿cómo sabríamos lo que debíamos hacer? ¿Quién nos lo indicaría? Comprendí que nadie nos lo diría, nadie en absoluto; que nadie me ordenaría qué debía hacer o dejar de hacer en el futuro. En el futuro sería yo, y no los dioses, quien decidiera mis actos.

Y en ese momento determiné matar a Agamenón en venganza por lo que había hecho. No consultaría ningún oráculo ni a ningún sacerdote. No rezaría a nadie. Lo planearía a solas en silencio. Estaría preparada. Y sería algo que Agamenón y quienes le rodeaban, tan imbuidos de la convicción de que todos debíamos esperar el oráculo, nunca adivinarían, nunca llegarían a sospechar.

El tercer día, cerca del alba, cuando levantaron la piedra, me encontraba demasiado entumecida para moverme. Trataron de sacarme tirándome de los brazos, pero había quedado encajada en el angosto espacio en que me habían enterrado. Tuvieron que auparme poco a poco. Me agarraron por debajo de las axilas porque no me tenía en pie; había perdido el uso de las piernas. Pensé que de nada servían las palabras y no esbocé una sonrisa de satisfacción cuando se taparon la nariz para evitar el hedor que, con el sol de la mañana, salía del agujero donde me habían retenido.

Me llevaron a donde aguardaban las mujeres. Esa mañana, durante varias horas, después de lavarme y proporcionarme ropa limpia, me dieron de comer y beber. Ninguna habló. Temían, según comprendí, que les preguntara por los últimos momentos de la vida de mi hija y qué había sido de su cuerpo.

Se disponían a dejarme a solas para que durmiera cuando oímos voces y carreras. Uno de los hombres que nos habían acompañado al lugar de la muerte entró sin aliento en la tienda.

—El viento ha cambiado —anunció.

—¿Dónde está Orestes? —le pregunté.

Se encogió de hombros y salió corriendo para fundirse con la multitud. Entonces se oyó un ruido, un estruendo de instrucciones y órdenes. Poco después dos soldados irrumpieron en la tienda de las mujeres y montaron guardia junto a la entrada; enseguida apareció mi esposo, que tuvo que agacharse para llegar hasta nosotras porque llevaba a Orestes sobre los hombros. Mi hijo empuñaba su pequeña espada; se echó a reír cuando su padre hizo como si quisiera desmontarlo.

—Será un gran guerrero —dijo Agamenón—. Orestes es príncipe de hombres. —Lo dejó en el suelo y sonrió—. Zarparemos esta noche cuando se ponga la luna. Tú te irás a casa con Orestes y las mujeres y me esperarás. Os cederé a cuatro hombres para que os protejan por el camino.

—No quiero cuatro hombres —dije.

—Los necesitarás.

Al verlo retroceder, Orestes se dio cuenta de que se proponía dejarlo con nosotras. Se echó a llorar. Su padre lo cogió en brazos y me lo entregó.

—Esperadme los dos. Volveré una vez cumplida la misión.

Salió ufano de la tienda. Al poco se presentaron cuatro hombres, los mismos a los que había amenazado con mi maldición. Nos informaron de que querían emprender el viaje antes del anochecer. Parecieron atemorizados cuando les dije que necesitaríamos tiempo para prepararnos. Les indiqué que se quedaran fuera hasta que les llamara.

Uno de ellos era más dulce y más joven que los demás. Se ocupó de Orestes y lo distrajo con juegos y relatos durante el trayecto a casa. Mi hijo estaba lleno de vida. Sin soltar la espada, hablaba de guerreros y batallas y aseguraba que seguiría a su enemigo hasta el fin de los tiempos. Sin embargo, una hora antes de dormirse empezaba a gimotear, se arrimaba a mí en busca de calor y consuelo, y a continuación me empujaba y rompía a llorar. Sus sueños nos despertaron algunas noches. Quería estar con su padre, con su hermana, con los amigos que había hecho entre los soldados. También quería estar conmigo, pero cuando lo abrazaba y le susurraba, se apartaba asustado. Así pues, Orestes colmó los días y las noches de nuestro viaje, hasta el punto de que no pensamos en lo que diríamos cuando llegáramos a casa.

Las demás debieron de preguntarse, igual que yo, si la noticia del sino de Ifigenia habría llegado a oídos de Electra, o a oídos de los ancianos encargados de aconsejarla. La última noche del viaje estaba concentrada en sosegar a Orestes bajo el firmamento estrellado cuando empecé a reflexionar sobre lo que haría en adelante, sobre cómo viviría y en quién confiaría.

No me fiaría de nadie, pensé. De nadie. Era la idea más práctica que debía tener presente.

Durante las semanas en que nos habíamos ausentado, Electra había oído rumores, y los rumores la habían envejecido y le habían vuelto aguda la voz, o más aguda de lo que yo recordaba. Corrió hacia mí en busca de noticias. Ahora sé que el primer error que cometí con mi hija fue no concentrarme en ella y solo en ella. Al parecer, el aislamiento y la espera habían desquiciado en parte a Electra, por lo que resultaba difícil conseguir que escuchara. Tal vez debí quedarme la noche entera en vela confiándome a ella, relatándole lo ocurrido paso a paso, minuto a minuto, y pedirle que me abrazara y me consolara. Sin embargo, todavía me dolían las piernas y me costaba caminar. Seguía teniendo un hambre canina y una sed que no se saciaba por mucho que bebiera. Quería dormir.

Aun así, no debí quitármela de encima. De eso estoy segura. Soñaba con ropa limpia y mi lecho de siempre, con un baño, comida y un cántaro de la dulce agua del pozo de palacio. Soñaba con el sosiego, cuando menos hasta el regreso de Agamenón. Ya trazaba planes. Dejé que las otras le refirieran la historia de la muerte de su hermana. Crucé como un fantasma hambriento las estancias de palacio para alejarme de ella, de su voz, una voz que con el tiempo me seguiría como ninguna otra.

Cuando desperté la primera mañana, comprendí que era una prisionera. Agamenón había mandado a los cuatro hombres para que me vigilaran, velaran por Electra y Orestes, y se aseguraran de que los ancianos le eran leales. Se alegraron al ver que me quedaba en mis aposentos, que no pedía nada más que comida, agua y tiempo para dormir y para pasear por el jardín, para recuperar el uso de las piernas. Si salía de mis dependencias, dos de ellos me seguían. No permitían que me viera nadie aparte de las mujeres que cuidaban de mí, y las interrogaban todas las noches para saber qué había hecho y dicho.

Pensé que tenía que matarlos a los cuatro en una sola noche. Era imposible que sucediera nada hasta que lo hubiera hecho. Cuando no dormía, pensaba en la mejor manera de llevar a cabo la tarea.

Aunque las mujeres me traían noticias, no debía fiarme de ellas. No debía fiarme de nadie.

Electra seguía corriendo por palacio, perturbando el mismísimo aire. Adquirió la costumbre de repetirme las mismas frases, las mismas acusaciones: «Dejaste que la sacrificaran. Volviste sin ella». Por mi parte, seguí sin hacerle caso. Tendría que haberle hecho comprender que su padre no era el hombre valeroso que ella creía, sino una rata entre hombres. Tendría que haberle hecho comprender que la debilidad de su padre había provocado la muerte de Ifigenia.

Tendría que haber conseguido que compartiera mi rabia. En cambio, la dejé a su aire para que alimentara la suya, en su mayor parte dirigida contra mí.

Cuando Electra entraba en mi habitación, yo solía fingir que dormía o bien me apartaba de ella. Mi hija tenía mucho que contar a los ancianos y a los cuatro hombres enviados por su padre. Advertí que también ellos estaban cada vez más hartos de Electra.

Un día en que se mostró más agitada de lo normal, la escuché con atención.

—Egisto recorre estos pasillos por la noche —afirmó—. Entra en mi alcoba. En ocasiones me despierto y lo encuentro a los pies de la cama, sonriéndome, y después retrocede y se esfuma en las sombras.

Egisto era un rehén; llevaba más de cinco años en la mazmorra, a nuestro cuidado, según expresión de mi esposo. Todos estaban de acuerdo en que había que alimentarlo bien y en que no debía causársele ningún daño porque era un trofeo relumbrante: listo, apuesto y despiadado, según me contaron, con muchos adeptos en los confines, en las zonas agrestes.

Cuando nuestros ejércitos conquistaron la fortaleza de la familia de Egisto, nadie se explicaba cómo era posible que todas las mañanas aparecieran dos guardias de mi esposo bañados en su propia sangre. Algunos creyeron que se trataba de una maldición. Se apostaron guardias para proteger a los guardias. Se destinaron espías para que vigilaran a lo largo de la noche. Aun así, todos los días, al despuntar la aurora, aparecían dos guardias tendidos de bruces en su propia sangre. No tardó en sospecharse que Egisto era el asesino, y así se confirmó cuando fue tomado como rehén, pues no se encontraron más guardias muertos. Sus huestes se ofrecieron a pagar el rescate, pero mi esposo comprendió que, dado el enorme prestigio de Egisto, resultaba más efectivo tenerlo aquí recluido, encadenado, que enviar un ejército a aplastar a sus secuaces, que habían huido a los montes.

En las reuniones con sus consejeros, mi esposo solía preguntar de buen humor si habían llegado noticias de insubordinaciones en los territorios conquistados, y al oír que todo iba bien, sonreía y afirmaba: «Mientras retengamos a Egisto, reinará la paz. Aseguraos de que las cadenas están firmemente sujetas. Que le echen un vistazo todos los días».

En el transcurso de los años se habló de nuestro prisionero: de sus buenos modales y su buena planta. Algunas de las mujeres que me servían me informaron de que había amaestrado a los pájaros que entraban por la ventana de la celda. Una me susurró que Egisto también sabía atraer a su cubículo a las muchachas, e incluso a los jóvenes sirvientes. Un día pregunté a mis mujeres por qué intentaban contener la risa y al final me contaron que una había oído el resonar de las cadenas en la celda de Egisto y había aguardado hasta que uno de los muchachos del servicio había salido, furtivo y avergonzado, para regresar volando a la cocina a reanudar sus tareas.

Además, mi madre me había contado algo cuando me casé. Según dijo, corría la historia de que mi suegro, en un ataque de rabia, había mandado matar a dos hermanastros de Egisto, los había cocinado con especias y se los había servido al padre. El relato me rondaba la mente cada vez que pensaba en nuestro prisionero. Quizá tuviera sus propios motivos para sentir el deseo de vengarse de mi esposo si se le presentaba la oportunidad.

La siguiente vez que Electra me contó que había visto en su alcoba al prisionero, le dije que lo había soñado. Lo negó.

—Me sacó del sueño. Me susurró palabras que no oí. Desapareció antes de que yo llamara a los guardias. Cuando estos llegaron, juraron que no se habían cruzado con nadie, pero se equivocaban. Egisto recorre el palacio por las noches. Si no me crees, pregunta a tus mujeres.

Le dije que no quería saber más del asunto.

—Sabrás del asunto cada vez que ocurra —replicó con insolencia.

—Lo dices como si quisieras que apareciera.

—Quiero que regrese mi padre. Hasta entonces no me sentiré a salvo.

Estuve a punto de decirle que no habría que apelar con tanta confianza al interés de Agamenón por la seguridad de sus hijas, pero preferí preguntarle por Egisto. Le pedí que me lo describiera.

—No es alto. Cuando me despierto, levanta la cabeza y sonríe. Tiene cara de niño, y el cuerpo también.

—Lleva preso muchos años. Es un asesino.

—La figura que vi —dijo— es la misma que describen las mujeres que lo han visto encadenado en la celda.

Empecé a acostarme temprano con la idea de despertarme cuando aún fuera de noche. Advertía el silencio que me rodeaba. Los centinelas apostados a mi puerta dormían. En ocasiones, como práctica, avanzaba descalza de una estancia a otra, sin apenas respirar. No me alejaba. Tan solo oía los ronquidos de unos hombres en una habitación lejana. Me gustaba el sonido porque de ese modo el ruido que yo hacía no era nada, era un ruido que no se captaría con facilidad.

Tenía un plan, y el plan implicaba localizar a Egisto y conseguir su apoyo.

Al cabo de una semana o un poco más me arriesgué a internarme en las entrañas del edificio. Decidí que si me veía alguien, fingiría que era sonámbula. Sin embargo, no logré averiguar dónde tenían encerrado a Egisto, si en un calabozo situado debajo de las cocinas y los almacenes o en una mazmorra exterior.

Empecé a recorrer los pasillos como un fantasma en las arduas horas de la noche en que reinaba el silencio. Y una de esas noches me encontré cara a cara con nuestro rehén. Era un joven de aspecto aniñado, tal como lo había descrito Electra, y no mostraba el menor indicio de llevar años recluido en una mazmorra.

—He estado buscándote —susurré.

No se asustó ni hizo ademán de dar media vuelta para huir. Me escrutó con serenidad.

—Eres la mujer cuya hija sacrificaron. Te enterraron en un agujero. Desde hace unos días recorres estos pasillos. He estado observándote.

—Si me delatas, los guardias te encontrarán muerto.

—¿Qué quieres? Ve al grano —me dijo—. Si no sacas provecho de mí, quizá lo haga otra persona.

—Apostaré centinelas a tu puerta toda la noche.

—¿Centinelas? —Sonrió—. Sé quiénes son los que importan. No se me escapa nada. Dime, ¿qué quieres?

Dispuse de un segundo para tomar una decisión, aunque al hablar supe que lo había decidido hacía tiempo. Estaba preparada.

—Los cuatro hombres que vinieron del campamento con nosotros… Los quiero muertos. Te conduciré al lugar donde descansan. Hay centinelas apostados a su puerta, pero por la noche duermen.

—¿Deben morir los cuatro la misma noche? —me preguntó.

—Sí.

—¿Y a cambio?

—Todo —respondí, y me llevé un dedo a los labios antes de regresar a mis aposentos con el mayor sigilo posible.

No ocurrió nada. Aunque era consciente de que quizá me había arriesgado en exceso, comprendí que tendría que arriesgarme aún más para que sucediera algo. Observé a los cuatro guardias. Observé a los ancianos que se habían quedado cuando mi esposo partió a la guerra. Escuché con atención los murmullos y chismorreos de las mujeres. Utilicé a Orestes como pretexto para aventurarme más allá de mis aposentos. Contemplé los combates a espada que libraba con un guardia y su hijo menor, al que con frecuencia el hombre llevaba consigo. En ese extraño período, con rumores de victorias de nuestro ejército, comprendí que se produciría algún movimiento o cambio, que alguien me daría algún indicio, aun sin querer, una señal que me ayudara; una señal antes de que llegara la noticia oficial del regreso triunfal de Agamenón.

Todas las noches emprendía mi silencioso recorrido por los pasillos y al volver a la habitación dormía, a menudo hasta después del amanecer, cuando Orestes venía a mi lado, aún rebosante de energía, con ganas de parlotear sobre su padre, los soldados y las espadas. Una de esas noches me sacó del sueño más profundo el ulular de una lechuza en mi ventana, al que siguieron otros sonidos. Permanecí atenta en el lecho y al otro lado de la puerta oí pasos, voces y gritos dirigidos a los guardias pidiendo que me protegieran con su vida.

Cuando me asomé a la puerta, se negaron a dejarme salir y a permitir que entrara nadie. De pronto estalló un estruendo: hombres que impartían órdenes a gritos, otros que corrían y la estridente voz de Electra. Dos hombres metieron a Orestes en mi alcoba a toda prisa.

—¿Qué ocurre? —pregunté.

—Los cuatro hombres que llegaron contigo han aparecido bañados en su propia sangre, asesinados por sus centinelas —respondió uno de los que acababan de entrar.

—¿Por sus centinelas?

—No te preocupes. Se les ha dado muerte.

Me asomé y vi que trasladaban los cadáveres por el pasillo. Regresé a la alcoba y hablé en voz baja a Orestes para distraerlo. Cuando entró Electra, le indiqué por señas que no mencionara lo ocurrido en presencia de su hermano. Cansada de tener que guardar silencio, no tardó en dejarnos a solas. Más tarde volvió y me susurró que había hablado con los ancianos, quienes le habían asegurado que los centinelas y los cuatro hombres se habían peleado por una partida de cartas o de dados; habían bebido.

—Los centinelas llevaban el distintivo de la sangre en la cara, así como en las dagas. Debían de estar ebrios. No volverán a beber ni a matar.

No había sido más que una reyerta entre los hombres, añadió Electra, y su padre no le daría mayor importancia cuando volviera. Había dictado en mi nombre una orden que prohibía jugar a las cartas y a los dados. Agregó que hasta el regreso de Agamenón también quedaría prohibido beber.

Salí al aire libre con Orestes. Le hablé con dulzura mientras íbamos en busca de un soldado que siguiera instruyéndole en el arte del combate a espada.

Consideré que aventurarme por los pasillos en la noche entrañaba demasiado peligro. Me quedé junto a mi puerta en las horas oscuras, vigilante, atenta al menor ruido.

Una noche, tal como sabía que ocurriría, apareció Egisto, igual que un zorro siguiendo un rastro. Me indicó por señas que entrara en una cámara donde no había nadie.

—Tengo hombres a mi mando —susurró—. Estamos preparados. Haremos lo que sea.

—Id a casa de los ancianos que mi esposo dejó al gobierno —murmuré—. Llevaos un muchacho de cada casa: un hijo o un nieto. Tus hombres deberán decir que lo he ordenado yo y que para recuperar al chico deberán acudir a mí. Llevadlos lejos. No les hagáis daño. Protegedlos.

Sonrió.

—¿Estás segura?

—Sí —respondí, y en silencio me alejé de él para volver a mi alcoba.

Durante unos días no ocurrió nada. Llegaron más rumores de victorias de Agamenón y del enorme botín que transportaba hacia palacio. Los ancianos vinieron a consultarme cuando quedó claro que mi esposo regresaría una vez conseguido el control de unos cuantos territorios más.

—Debemos organizarle un recibimiento adecuado —afirmaron.

Hice una inclinación, asentí y les pedí permiso para llamar a Orestes y a Electra a fin de que supieran de la gloria de su padre, de que se prepararan también ellos para el regreso de Agamenón. Orestes entró con aire solemne, la espada al costado. Escuchó como un hombre, sin sonreír e imitando los gestos viriles. Electra pidió saludar a su padre antes que los ancianos y que yo, pues ella se había quedado y había garantizado que durante mi ausencia imperara el gobierno de Agamenón. Se aceptó la solicitud. Hice una inclinación.

Días más tarde, unas mujeres se presentaron en mis aposentos horas después del amanecer para comunicarme que los ancianos deseaban verme, que se habían congregado al despuntar la aurora y que parecían agitados. Algunos habían pretendido incluso entrar en mi alcoba y se les había informado de que estaba dormida y no se me podía molestar. Mandé a una mujer con Orestes para que mi hijo no viniera a pedirme que lo acompañara al jardín. Me vestí con esmero y sin prisa. Consideré que era mejor que los hombres esperaran.

Lo primero que hicieron fue preguntarme por el paradero de los niños capturados, y cuando les pregunté a mi vez: «¿Qué niños? ¿Qué queréis decir con "capturados"?», se dieron cuenta de que se habían precipitado.

—¿Por qué habéis venido?

Interrumpiéndose unos a otros me contaron que un grupo de hombres, forasteros todos ellos, se habían presentado por la noche para llevarse a un muchacho —un hijo o un nieto—, y que esos grupos de intrusos habían afirmado que actuaban siguiendo mis órdenes.

—Yo no doy órdenes —dije.

—¿Sabes algo sobre este asunto? —me preguntó uno.

—Sé que estaba dormida y que me han despertado para anunciarme que estabais aquí. No sé nada más.

Algunos comenzaron a retroceder, nerviosos.

—¿Habéis buscado a los muchachos? Estoy segura de que eso es lo que mi esposo querría que hicierais. Cuanto antes iniciéis la búsqueda, mejor.

—Nos dijeron que de nada serviría buscarlos —afirmó uno.

—¿Y les habéis creído? —repliqué.

Hablaron entre sí hasta que llegó Electra, momento en que se marcharon. Pasé el día a solas en mi habitación o en el jardín con Orestes. Noté más inquietos, más alertas, a los guardias, y decidí que esa noche y las siguientes no saldría de mi alcoba. A no mucho tardar caminaría durante el día, a plena luz, por donde se me antojara.

Teodoto, el más eminente y perspicaz de los ancianos, vino a verme horas después. Me dijo que el muchacho capturado era el único hijo que había tenido su único descendiente. Que era mucha la confianza depositada en el pequeño, llamado Leandro. Acariciaban la esperanza de que se convirtiera en un gran caudillo. Mientras le escuchaba, desplegué toda la compasión que me era posible expresar. Cuando por último me preguntó si no podía hacer nada, si de verdad nada sabía, dudé. Lo acompañé por el pasillo y al despedirnos le dije: «Recibiremos noticias pronto. De momento, ¿tendrías la bondad de comunicar a los otros que si alguno tratara de ponerse en contacto con Agamenón antes de su regreso, le mandara un mensaje para informarle de lo ocurrido o se lo contara cuando volviera, no os beneficiaría en nada? No os beneficiaría en absoluto. En cambio, si calláis y respetáis la ley, sería sensato abrigar esperanzas. ¿Tendrías la bondad de decírselo a los otros de mi parte?».

Le propuse que volviera a verme pronto y añadí que a lo mejor para entonces ya teníamos noticias. Estaba segura de que al acabar la jornada habría confiado a los otros que me creía enterada de quién había capturado a los niños y que, por cómo me había expresado, era incluso posible que fuera responsable del rapto.

Antes del anochecer advertí una disposición de ánimo distinta, incluso entre los guardias. Se mostraban más humildes, hasta asustados. Electra era la única que no había cambiado. Me contó que los hombres buscaban a los niños por todas partes. Coincidía con ellos en que unos bandidos estaban detrás de lo sucedido y en que debíamos redoblar la vigilancia ahora que faltaba poco para el regreso de su padre. Hablaba como si estuviera al mando.

Al cabo de dos días llegaron más rumores de victorias nuestras y del gran número de esclavos capturados. Recorrí sola el palacio y bajé a las cocinas y los almacenes para preguntar dónde estaba encerrado Egisto. Al principio nadie quiso decírmelo. Cuando les advertí de que no me iría a menos que me indicaran dónde se encontraba, me condujeron a un almacén, donde levantaron una trampilla.

—Las mazmorras están ahí abajo.

—Traed una antorcha —ordené.

Bajamos por una escala hasta el suelo del subterráneo.

—¿Dónde está Egisto? —pregunté al ver tres puertas estrechas.

Una vez más se negaron a decírmelo, hasta que manifesté no solo mi determinación, sino también mi impaciencia. Cuando por fin abrieron una puerta, encontré a mi presa jugando tranquilamente en un rincón con un pájaro. El cubículo tenía algunos muebles, entre ellos una cama. Estaba iluminado por un ventanuco, que proporcionaba un hilo de luz.

—No iré contigo a menos que dejes en libertad a los prisioneros de las otras dos celdas —dijo.

—¿Cuántos son?

—Dos.

Cuando exigí ver las otras dos celdas, los guardias se mostraron aún más nerviosos.

—No estamos autorizados a abrirlas —respondió uno.

—Yo soy la autoridad —afirmé—. En adelante estaréis a mis órdenes. Abridlas.

En la del medio no había luz. Abrimos la puerta, y al ver que no salía nadie pensé que estaba vacía. La última albergaba a un joven que se asustó de nosotros y que preguntó por Egisto. Le dije que, puesto que pensábamos quitarle las cadenas, sería libre de ir a buscarlo él mismo. Negó con la cabeza y aseguró que no saldría hasta que hubiera hablado con Egisto. De la celda central nos llegó un sonido cavernoso, un sonido que semejaba una voz masculina, pero sin palabras. Agarré la antorcha y al entrar encontré a un anciano en un rincón. Me alejé despacio y volví al cubículo de Egisto.

—¿Quiénes son esos dos hombres?

—El viejo está encerrado desde que se tiene memoria. Nadie sabe quién es ni por qué lo trajeron. Necesito hablar con el otro.

—¿Quién es?

—Lo ignoro.

Egisto salió de su celda y se dirigió a la del joven. Cerró la puerta para que no los oyéramos. Cuando salieron los dos y Egisto comenzó a impartir órdenes, me mantuve apartada y lo observé sorprendida.

—Quitadle las cadenas. Dadle ropa limpia y comida —dijo—. Acogedlo hasta el anochecer. Entonces partirá. Y desencadenad también al viejo. Dejadle la puerta abierta y dadle de comer. Después, que se marche. —Vaciló antes de sonreír—. Y dad de comer a los pájaros —añadió—. Están acostumbrados a que les den de comer.

Los guardias que nos habían seguido hasta el interior de ese subterráneo frío y húmedo lo escrutaron incrédulos y luego me miraron a mí. Unos minutos antes Egisto era su prisionero.

—Obedecedle —ordené.

Cruzamos juntos el palacio hasta mi cámara, donde Electra nos plantó cara.

—Este hombre, este tal Egisto, es un prisionero y un rehén. Debe volver a su celda. Los guardias lo llevarán a las mazmorras.

—Es mi escolta —afirmé—. Estará conmigo a todas horas hasta que regrese tu padre.

—Tenemos nuestros propios guardias —repuso.

—Que se emborracharon y asesinaron a cuatro hombres —repliqué—. Egisto permanecerá a mi lado y será mi guardia. Quien desee verme o hablar conmigo tendrá que saber que Egisto está ojo avizor.

—Mi padre querrá saber…

—Tu padre querrá saber —la interrumpí— qué ha sido de los cuatro hombres que envió, hombres a los que le unía una estrecha amistad, y también querrá saber qué ha sido de los niños capturados. Vivimos tiempos peligrosos. Te aconsejo que tú también tomes precauciones.

—Nadie se atrevería a tocarme —aseguró.

—Entonces no tomes ninguna precaución.

Al poco se presentaron buena parte de los ancianos, que querían verme. Egisto me acompañó y le ordené que no hablara, que caminara detrás de mí, que guardara silencio en todo momento.

Reaccionó como si le pareciera un juego divertido.

Advertí a los ancianos de que todos debíamos mostrarnos cautelosos antes del regreso de Agamenón. Había que redoblar la vigilancia, no debían producirse más sucesos que indujeran a mi esposo a pensar que no habíamos actuado con la mayor cautela. Por ese motivo tenía mi propio escolta.

—Egisto está preso —dijo uno—. Es un asesino.

—Estupendo —repuse—. Asesinará a quien se acerque a mi cámara sin permiso. Mi esposo decidirá a su regreso sobre todos los asuntos y gozaremos de mayor seguridad. Hasta entonces me protegeré por mi cuenta, y os aconsejo que sigáis mi ejemplo.

—¿Sabe Egisto dónde están nuestros hijos y nietos? —preguntó un anciano—. Ese hombre tiene secuaces.

—¿Secuaces? —repetí—. Este hombre solo sabe lo que le he dicho. Le he informado de que se han producido graves desórdenes y de que su tarea consiste en protegernos a mi hijo, a mi hija y a mí hasta el regreso de Agamenón. Mi esposo tendrá mucho que decir cuando se entere de que habéis permitido que capturen a los muchachos y de que sus hombres de mayor confianza han sido asesinados por los encargados de protegerlos.

Uno de los ancianos se dispuso a hablar y se interrumpió. Advertí que tenían miedo.

Pedí a Teodoto que se reuniera conmigo a solas. Se mostró impaciente y preguntó si había alguna noticia sobre su nieto.

—Un par de días después del regreso de mi esposo le plantearemos el asunto. Pero conoces a Agamenón tan bien como yo. No le gustará enterarse de los descuidos cometidos. Cuando haya dormido y vuelva la calma, le hablaremos de esto. No podemos abordarlo de otro modo. No queremos que dirija su cólera contra nosotros.

—Sí, es lo más prudente —convino.

Egisto, que había escuchado la conversación, me siguió a mi cámara, donde encontramos a Orestes en compañía de algunas mujeres. Vi que mi hijo escrutaba con recelo a Egisto. El pequeño no sabía si ese hombre era un guardia con el deber de jugar con él o si pertenecía a una categoría superior y, en consecuencia, no se le podía ordenar que participara en un combate a espada. Antes de que llegara a una conclusión, pedí a las mujeres que se lo llevaran y le buscaran un guardia con el que pudiera jugar a los combates a espada hasta que se cansara.

Ordené a Egisto que avisara a sus huestes de que avanzaran de colina en colina y se prepararan para encender hogueras con las que indicarnos dónde se encontraba Agamenón y cuándo llegaría con su séquito. Desapareció durante un breve período. A su regreso me informó de que ya tenía hombres al acecho y de que habría más, y de que les había autorizado a prender fogatas en las colinas.

—¿Adónde has ido? —le pregunté.

—Tengo cerca a mi gente —contestó.

—¿En el palacio?

—Sí, cerca —repitió.

Aquel día cené sola en mi mesa, servida, como siempre, por las mujeres. A Egisto le llevaron la comida a una mesa más pequeña colocada junto a la puerta.

Cuando Orestes se durmió, pedí que lo trasladaran, como de costumbre, a su cámara.

Egisto permaneció entre las sombras sin despegar los labios. Estábamos solos. En los planes que había trazado no había contemplado lo que podía ocurrir en esa situación. Había alejado de mi pensamiento toda fantasía íntima. No obstante, no quería que se fuese. Pese a que lo suponía armado y vigilante, pensé que con solo una palabra podría mandarlo de vuelta a la celda.

Necesitaba estar segura de él antes del regreso de Agamenón y todavía no lo estaba. ¿Pensaba pasarse toda la noche vigilándome? Si me dormía, ¿cómo sabría que no se iría o que no me haría daño?

Comprendí que Egisto tenía dos opciones: huir y salvar la vida, o bien esperar a ver qué más podía obtener. A fin de cuentas, le había prometido todo. ¿Qué creía él que había querido decir? Puesto que yo misma no lo sabía, no entendía cómo podía saberlo él.

A medida que me observaba su sonrisa se volvía más tímida, más enigmática. En el silencio instalado entre los dos, de pronto comprendí qué me había impedido a mí misma pensar en los días anteriores. Me di cuenta de qué había alejado del pensamiento desde la primera vez que había oído hablar del prisionero encadenado. Lo quería en mi lecho. Supuse que él lo sabía. Aun así, no se movió. No dio la menor señal de lo que haría si le ordenaba cruzar la habitación.

Me observaba y luego bajaba la cabeza. Era como un niño. Imaginé que sopesaba lo que iba a hacer. Y yo esperaría a que tomara una decisión.

Ignoro cuánto tiempo transcurrió. Tras encender una antorcha de la pared me desvestí y me preparé para acostarme, observada en todo momento por Egisto. Cuando estuve lista, apagué la llama y nos quedamos a oscuras. Me pasó por la cabeza que quizá al amanecer lo encontrara observándome todavía. Y que tenía la posibilidad de irse, de desaparecer, en cualquier momento. Si se marchaba, los niños capturados no volverían, o quizá Egisto pidiera un rescate por ellos. Me había arriesgado en exceso, pensé, pero no me había quedado otra opción, o al menos eso creía. Me pregunté si Teodoto no habría sido un aliado mejor. Había querido confiarse a mí. Mientras reflexionaba sobre cómo podría alentarle, Egisto cruzó la estancia haciendo ruido para que yo supiera que se acercaba al lecho. Le oí desnudarse.

Tenía el cuerpo delgado. Le acaricié la cara, pequeña y tersa, casi femenina. Palpé el vello del pecho y luego el de la entrepierna, hirsuto. No se excitó hasta que abrió la boca, que era menuda, y asomó indeciso la lengua para tocar la mía. Contuvo el aliento cuando la atrapé con la boca.

No dormimos. Al amanecer lo miré y me sonrió, y su sonrisa indicaba que estaba satisfecho, o que pronto lo estaría; era la misma sonrisa que, según descubrí más tarde, en ocasiones le iluminaba el rostro tras las maquinaciones y los actos de crueldad más formidables.

En cambio, no sonrió cuando le comuniqué mis planes. Se puso serio apenas supo que proyectaba asesinar a mi esposo en cuanto regresara de las guerras. Al enterarse de que quería su ayuda, me dirigió una mirada severa; acto seguido se levantó de la cama y se quedó junto a la ventana, de espaldas a mí. Cuando se dio la vuelta, su rostro casi expresaba animadversión.

—Conque para eso me quieres.

—Lo mataré yo misma —aseguré—. No te necesito para eso.

—Pero deseas que te ayude. ¿Por eso estoy aquí?

—Sí.

—¿Quién más lo sabe? —me preguntó.

—Nadie.

—¿Nadie? —repitió mirándome a la cara, y señaló con el dedo

hacia el cielo como para preguntarme si no había implorado permiso a los dioses para llevar a cabo mi plan—. ¿No has consultado a nadie?

—A nadie.

La expresión que en ese instante apareció en su rostro me produjo un escalofrío.

—Te ayudaré cuando llegue el momento —afirmó—. Ten la seguridad de que te ayudaré.

Poco después localizó a la anciana, la tejedora de veneno, y la trajo a palacio; más tarde trajo a la nieta. En aquellos días empecé a visitar las cámaras de Electra —Egisto aguardaba a la puerta como un perro fiel— para hablar de la ceremonia que se celebraría a la llegada de su padre. No dejamos nada al azar. Le indiqué que Orestes sería el primero en saludar a Agamenón. Había llegado a manejar la espada con habilidad y acordamos permitirle un breve simulacro de combate con su padre entre las aclamaciones de los soldados. Luego Electra le daría la bienvenida y le aseguraría que el reino seguía siendo tan pacífico, honrado y leal a él como en el momento de su partida, cinco años atrás.

Cuando Electra me preguntó si en su discurso podía nombrar a Ifigenia, le respondí que no, que era posible que su padre se ofuscara tras las largas batallas y que ni ella ni nadie debía decir nada que enturbiara el recibimiento de Agamenón, su felicidad.

—Nuestra tarea consiste en conseguir que se sienta a gusto —añadí— al estar de nuevo entre aquellos a quienes ama. En eso ha pensado desde que se marchó: en el glorioso regreso.

Días antes de la llegada de Agamenón, encendidas ya las hogueras en la cima de las colinas para advertirnos de que se aproximaba, percibí tensión a mi alrededor. Procuré ver a Electra a diario. Me preguntó si Egisto se situaría en la hilera de hombres para recibir a Agamenón y le dije que no. Añadí que hasta unos días después no informaría a su padre de que en esos tiempos me sentía en peligro y de que había buscado la protección de Egisto. Asintió en silencio como si estuviera de acuerdo. La abracé con afecto.

Hablé con cada uno de los ancianos sobre cómo sería el recibimiento que dispensarían a Agamenón. Casi me divertía la rapidez con que se habían acostumbrado a la presencia silenciosa de Egisto. Dada la velocidad con que se propagaban los rumores en palacio, debían de saber que pasaba todas las noches en mi cama; debían de preguntarse qué sería de él, y de mí, cuando regresara Agamenón.

Egisto y yo solíamos analizar cualquier brecha o engaño posible. Hablamos con todo pormenor de lo que sucedería el día del regreso de mi esposo. Acordamos que en cuanto Agamenón se dispusiera a entrar en palacio, había que distraer a Electra y encerrarla hasta que todo hubiera acabado. Y había que llevar a Orestes a un lugar seguro para que no presenciara lo que iba a ocurrir.

Egisto me informó de que tenía quinientos hombres a la espera, todos leales a él. Seguirían sus órdenes al pie de la letra.

Lo abracé, todavía preocupada por si en las primeras horas tras la llegada de mi esposo sucedía algo que despertara sus sospechas. Tenía que ser un recibimiento abierto a todos, pensé; tenía que ser una ocasión festiva. Ni Egisto ni ninguno de sus secuaces debían dejarse ver. Por consiguiente, de mí dependía que el guerrero tuviera a su regreso la sensación de que todo era como debía ser.

Tras idear una magnífica coreografía de bienvenida y alborozo, hicimos el amor con ferocidad, conscientes de los riesgos que asumíamos, y conscientes asimismo de los beneficios, del botín.

Vislumbramos a lo lejos el fulgor de los carros. Enviamos a los guardias para que les salieran al encuentro mientras cada uno de nosotros ensayaba su papel. En primer lugar, Orestes con la espada. Luego su hermana, Electra. Después los ancianos, cada uno con una frase de bienvenida o alabanza. Yo me mantendría al margen, observando la escena, sonriente. Al final avanzaría hacia Orestes, que ya estaba nervioso, emocionado, me acercaría a mi esposo y confirmaría las palabras de Electra: que el reino seguía tal como él lo había dejado, tranquilo, leal y a la espera de su mando. Dentro del palacio, en el piso que se extendía bajo nuestras dependencias, Egisto y algunos de sus hombres aguardarían sin hacer el menor ruido, sin siquiera chistar. En el pasillo principal Egisto apostaría a varios centinelas dispuestos a cumplir nuestras órdenes.

Agamenón se erguía en el carro. Parecía más fornido. Derrochaba arrogancia mientras contemplaba a los que lo esperábamos. Al ver que se fijaba en mí procuré adoptar una expresión de orgullo y luego de humildad. Observé que en el carro, a su lado, había una joven hermosa y dediqué a ambos una gran sonrisa distante, que a continuación suavicé para expresar afecto. Agamenón se echó a reír al acercársele Orestes. Desenvainó la espada y comenzó a pelear con su hijo tras pedir a gritos a sus huestes que acudieran a ayudarle a vencer al famoso guerrero.

Habíamos indicado a Orestes que debía apartarse y volver a palacio para aguardar en mi habitación, adonde creía que pronto acudiría su padre. Entonces avanzó Electra. Rezumaba pomposidad, circunspección, seriedad. Tras inclinarse ante su padre y la mujer que lo acompañaba, pronunció las palabras que habíamos acordado. Hizo una nueva inclinación cuando Agamenón comenzó a saludar a los ancianos, que pronto se apiñaron alrededor del carro mientras mi esposo describía alguna batalla que había ganado y refería las magníficas estrategias que le habían permitido alzarse con la victoria.

Con una seña indiqué a mis mujeres que acudieran con alfombras y las extendieran entre el lugar donde Agamenón pondría los pies y la entrada del palacio. Tomó de la mano a la joven orgullosa que tenía al lado, la cual, al echarse atrás el manto, reveló una túnica de gran riqueza. Se soltó el cabello mientras avanzaba con Agamenón por las alfombras. Paseaba la mirada a su alrededor como si este fuera un país que en sus sueños le hubiera pertenecido desde siempre y que se hubiera vuelto real con el único propósito de complacerla.

—Esta es Casandra —dijo mi esposo—. La hemos capturado. Forma parte de los regalos y el botín que hemos traído.

Casandra irguió su hermosa cabeza y me miró con altivez, como si me hubieran depositado en la tierra para servirla a ella; a continuación volvió la vista hacia Electra, que la contemplaba maravillada. Habían llegado otros muchos carros, algunos con tesoros y otros llenos de esclavos con las manos sujetas a la espalda. Casandra se mantuvo apartada y miró a estos con desdén mientras los trasladaban. Me acerqué para invitarla a entrar en palacio y con una seña indiqué a Electra que nos siguiera.

Dejamos a Agamenón, que contaba más anécdotas agitando las manos con gestos de júbilo y se disponía a repartir los esclavos. Casandra se mostró preocupada en cuanto entramos. Me preguntó si podía salir en busca de mi esposo y le dije que no, que las mujeres debíamos quedarnos dentro.

Todo podría haberse ido al traste en ese momento, cuando habló atemorizada de redes de peligro, de trampas y de tejidos peligrosos.

Bajó la voz al pronunciar la palabra asesinato. Veía un asesinato, afirmó; olía a asesinato. Entonces entró Electra, tan emocionada por la llegada de su padre que no oyó lo que decía Casandra. Le pedí que fuera a echar un vistazo a las mesas del banquete. Sabía que los hombres de Egisto la esperaban. También sabía que dos guardias sacarían de palacio a Orestes.

Como Casandra seguía hablando y, con voz cada vez más estridente, exigía que se le permitiera volver al lado de mi esposo, mandé a los guardias que la llevaran a una cámara interior. Ordené a uno que dijera a mi marido, si acaso preguntaba, que Casandra había pedido un lugar para descansar y se le había proporcionado la habitación para huéspedes más acogedora, lo cual la había complacido.

Volví a la entrada del palacio y aguardé sola mientras se acercaban una hilera tras otra de carros, mientras se lanzaban aclamaciones una y otra vez, mientras mi esposo repetía una historia que ya había contado a los hombres sedientos de su sonrisa irresistible, de su contacto familiar, de su sonora voz.

Puse en práctica todos mis conocimientos. No despegué los labios ni me moví. No fruncí el ceño ni sonreí. Contemplé a Agamenón como si él fuera un dios, y yo, demasiado humilde para estar siquiera en su presencia. Mi tarea consistía en esperar. Una palabra de advertencia pronunciada por uno de sus hombres habría bastado para que todo cambiara radicalmente. Los observé, aun sabiendo que no tenían la menor oportunidad de hablar. Agamenón alardeaba de haber superado no sé qué peligro. Nadie habría podido desinflar la pompa de su tono.

Cuanto más tiempo permaneciera con sus hombres, más a gusto se sentirían y, en consecuencia, más peligrosos serían. Si no se despide pronto de ellos, pensé, alguno le susurrará una advertencia y eso bastará. Tenía consigo a todos sus guardias. También ellos se reían y presumían de sus esclavos. Una sola palabra y todo daría un vuelco.

Los observé con serenidad, y cuando Agamenón vino derecho a mí, con el rostro curtido y una actitud franca, cordial y encantadora, comprendí que yo había vencido.

—Casandra ha pedido una tina para bañarse —le informé— y un lecho en el que descansar antes del banquete de esta noche. Electra y algunas mujeres han ido con ella.

—Muy bien.

Durante unos segundos se le nubló el semblante; luego volvió a relajarse.

—Esperaba este día —afirmó.

—Lo tienes todo a punto. En la cocina han estado atareados. Ven conmigo a nuestros aposentos interiores. He ordenado que te llenen la bañera y te he preparado ropa limpia, de modo que cuando aparezcas en el banquete el triunfo será completo.

—Los aposentos de Casandra deben estar al lado de los míos —dijo.

—Me ocuparé de que así sea.

—Sus advertencias tuvieron el efecto de volverme más feroz en las últimas batallas. Sin ella no habríamos vencido. Si ganamos esas últimas batallas fue en parte gracias a ella.

Estaba tan absorto en la conversación que apenas si advirtió adónde nos dirigíamos. Una vez más, si le hubiera llegado un grito de aviso, si hubiera oído o visto algo raro, se habría detenido. Sin embargo, no se oía nada más que su voz mientras describía los pormenores de las batallas y me informaba del botín que venía en camino.

Cuando entramos en la sala donde le habíamos llenado la bañera, era consciente de que no debía abrazarlo ni acariciarlo. Ese momento había pasado. Ahora era su servidora: le ayudé a quitarse la túnica, comprobé la temperatura del agua. Lo más insólito fue la leve comezón del deseo que sentí cuando se quedó desnudo, sin parar de hablar. En el pasado había sido apuesto. Experimenté la antigua punzada de ternura, y esa misma punzada, o el cambio que advertí en mí, reforzó mi determinación y agudizó la sensación de que si mi estado de ánimo podía cambiar, el suyo también, y con mayor facilidad. Me recordó que en cualquier instante mi esposo podía recelar. En cuanto sospechara, se daría cuenta de que se había dejado conducir a ciegas hasta la sala y de lo vulnerable que era sin guardias.

Tenía previsto aguardar hasta que acabara de bañarse y necesitara las toallas para secarse. Llegado el momento, supe que no debía titubear. Esperé a que me diera la espalda. Había colgado la túnica de malla en un gancho de la pared. Cuando Agamenón tenía un pie dentro de la tina, me acerqué por detrás, le tiré por encima la red y la apreté como si pretendiera protegerlo. Llevaba el cuchillo escondido entre la ropa.

Vi que intentaba forcejear y gritar. Sin embargo, debido a la túnica, le era imposible moverse y su voz no se oía. Le agarré del pelo y le eché la cabeza atrás. Le enseñé el cuchillo —lo apunté hacia sus ojos hasta que se estremeció— antes de clavárselo en el cuello, debajo de la oreja, y me ladeé un poco para esquivar la sangre que salió a borbotones; le hundí aún más la hoja y la desplacé lentamente para rebanarle la garganta mientras las mansas olas de sangre borbollante se le escurrían por el pecho y caían en el agua de la tina. Después se desplomó. Ya estaba hecho.

Recorrí en silencio el pasillo y me dirigí al piso inferior, donde encontré a Egisto en el lugar convenido.

—Lo he hecho —susurré—. Está muerto.

Me retiré a mis aposentos tras ordenar a los dos centinelas que no permitieran la entrada a nadie salvo a Egisto.

Al cabo de unos minutos se presentó para comunicarme que habían conducido a Orestes y a Electra a un sitio seguro.

—¿Y Casandra? —le pregunté.

—¿Qué quieres que hagamos con ella?

Entonces fui yo quien sonrió.

—¿Quieres que lo haga? —me preguntó.

—Sí.

La joven había llegado con todo esplendor y ahora, caída en la ignominia, corría por palacio en busca de Agamenón tras adivinar lo que le había sucedido. Egisto la siguió con paso lento. En cuanto la vi, la conduje con calma a la sala de baño, donde encontró a mi esposo desnudo y doblado en dos, con la cabeza en el agua ensangrentada. Mientras Casandra lanzaba gemidos, entregué a Egisto el cuchillo que había utilizado con Agamenón y le indiqué que le dejaría solo para que cumpliera con su tarea.

Regresé a mi cámara. Encontré preparada la ropa para el banquete que habíamos organizado.

A Egisto le aguardaba más trabajo. Según lo prometido, quinientos adeptos suyos habían llegado de las montañas. En cuanto anocheciera los conduciría directamente a palacio. Rodearían las casas de los ancianos para impedir que se congregaran hasta que acudieran a nuestra mesa. Otros se ocuparían de reunir a los esclavos y proteger el botín.

A los soldados que habían regresado con mi marido se les daría la bienvenida con toda pompa y un gran banquete en uno de los salones del recinto palaciego, con comida sustanciosa y vino fuerte. Los hombres de Egisto los acecharían al avanzar la noche, cuando los soldados estuvieran demasiado borrachos y entretenidos con el recibimiento para percatarse de que se habían atrancado las puertas.

Al principio creerían que se trataba de un error y pedirían auxilio a gritos. Una vez abiertas las puertas, cuando salieran al aire de la noche oscura a hacer sus necesidades o a comprobar que no corrían ningún peligro, se les atacaría. Resultaría fácil atarlos de uno en uno y llevarlos a donde se encontraban los esclavos. Al alba, tanto los unos como los otros partirían custodiados por los hombres de Egisto.

Egisto dijo que al otro lado de la montaña había que despejar un terreno pedregoso para plantar viñas y árboles frutales. Acordamos que la mayor parte de los esclavos y los soldados se quedarían en esas tierras, vigilados, y que unos pocos de estos últimos, los más allegados a Agamenón, regresarían en cuanto se les identificara. Buscaríamos a quienes conocieran los territorios recién conquistados y el nombre de quienes se habían quedado a su mando. Esos hombres sabrían mejor que nadie cómo consolidar y mantener lo que se había ganado en las guerras. Trabajarían para nosotros, bajo nuestra protección y nuestra atenta vigilancia.

Otros adeptos de Egisto se quedarían para detener a las tropas que volvieran desordenadamente de la guerra. Las llevarían fuera de la ciudad, como a las otras. Confiscarían todos los botines que pudieran y mantendrían la paz garantizando que no sucediera nada indebido durante el día y que tampoco se celebraran reuniones secretas ni se urdieran pequeñas conspiraciones por la noche. Protegerían el palacio como a su propia vida. A diez de ellos, los más fuertes y leales, se les destinaría a mi guardia personal y se les ordenaría permanecer a mi lado en todo momento.

Los diez hombres ya se hallaban a la puerta de mi habitación cuando por la noche comenzó el banquete en palacio. Habían llegado más secuaces de Egisto, que estaban ocupados. Hacía años los había adiestrado para que fueran astutos, para que no armaran ruido. No habría gritos ni muestras de júbilo, sino un silencio despiadado, vigilancia y entrega a la tarea.

Me vestí con la misma ropa que me había puesto para el sacrificio de Ifigenia, la que me habían confeccionado hacía unos años para su boda. Me blanquearon la cara como aquel día, me peinaron del mismo modo y me trazaron las mismas líneas negras alrededor de los ojos.

Se sirvió la comida como si nada extraño hubiera ocurrido, pese a que tanto los invitados como los sirvientes debían de saber que en la sala de baño yacían dos cadáveres cuya sangre cubría el suelo. Al terminar la cena, me dirigí a los hombres reunidos.

—Los niños, vuestros hijos y nietos, serán puestos en libertad. Se les llevará de vuelta a casa por la noche cuando menos se les espere. Si hay alguna tentativa de oponerse a mí, incluso murmullos entre vosotros, o reuniones en pequeños grupos, quedará todo en suspenso y los muchachos verán amenazada su seguridad. Además, a su regreso debéis advertirles de que no digan a nadie dónde han estado, de que no mencionen siquiera que se han ausentado.

Asintieron sin mirarse entre sí. Les pedí que permanecieran un rato sentados a la mesa para ocuparme de que los hombres de Egisto expusieran a la entrada, iluminados con antorchas, el cadáver de mi esposo y el de la tal Casandra, y que los dejaran allí toda la noche y el día siguiente, y quizá más tiempo.

Volví a la mesa y deseé las buenas noches a cada uno de los hombres junto a la puerta para que al salir vieran el cuerpo desnudo de Agamenón y el de Casandra, vestido de rojo, ambos con la garganta rebanada. Pasaron por delante sin detenerse, sin pronunciar ni una palabra.

Cuando decidí que enterraran los cadáveres, y cuando se llevaron a todos los prisioneros y el palacio estaba tan tranquilo que solo se oía el zumbido de las moscas, le dije a Egisto que deseaba ver a Electra y a Orestes. Ahora que se había hecho justicia, los quería a mi lado.

El semblante de Egisto se ensombreció cuando, unas horas después, tuve que darle la orden por segunda vez.

—Puedo poner en libertad a Electra ahora mismo —afirmó.

—¿Ponerla en libertad? ¿Qué quieres decir? ¿Dónde está?

—En la mazmorra —respondió.

—¿Quién te dijo que podías encerrarla?

—Lo decidí yo mismo.

—¡Ponla en libertad de inmediato! —ordené—. Y tráeme a Orestes.

—Orestes no está aquí.

—Egisto, ¿dónde está Orestes?

—Acordamos que lo pondríamos a buen recaudo.

—¿Dónde está?

—Está a salvo. Está con los niños apresados, o camino de donde los tenemos.

—¡Lo quiero de vuelta ahora mismo!

—No es posible.

—Debes mandar a buscarlo de inmediato.

—Viajar entraña demasiado peligro.

—¡Te ordeno que lo traigas de vuelta!

Egisto guardó silencio unos instantes y advertí que disfrutaba teniéndome en vilo.

—Yo decidiré cuál es el momento adecuado para su regreso —afirmó—. Seré yo quien lo decida. —Me miró con aire de satisfacción—. Tu hijo está a salvo —añadió.

Había jurado no cometer más errores, y de pronto me daba cuenta de que Egisto me tenía por completo en su poder.

—¿Qué tendría que hacer para que me lo trajeras ahora? —le pregunté.

—Quizá hablemos de eso, pero entretanto no te preocupes por él. Está en buenas manos.

—¿Qué quieres de mí?

—Lo que me prometiste —contestó.

—Quiero que vuelva.

—Y así será —repuso—. No te preocupes más de lo necesario.

Tras una inclinación, salió de la cámara.

Los días siguientes reinó el silencio en palacio. Los nuevos guardias no dormían por la noche; se mantenían alertas, prestos a obedecer las órdenes de Egisto. Advertí que le temían, y por eso no se pavoneaban ni hablaban mucho. Por la noche Egisto acudía a mi alcoba, pero me constaba que ya había estado en las cocinas, o en alguna parte del palacio donde se reunieran las mujeres, y me constaba que había estado con una o con dos, o con algún muchacho del servicio.

Egisto dormía con una daga en la mano.

Electra vino a verme una vez. Se detuvo en el umbral, me miró de hito en hito sin despegar los labios y se marchó.

El palacio seguía siendo una casa de sombras, un lugar por donde, al parecer, alguien podía deambular en la noche sin que nadie lo detuviera. Un día me desperté desazonada con la luz del amanecer y a los pies de nuestro lecho encontré a una niña que me miraba.

—¡Ifigenia! —exclamé—. ¡Ifigenia!

—No —susurró.

—¿Quién eres?

—Mi abuela era la tejedora —respondió.

Caí en la cuenta de que, con todo el cuidado que habíamos puesto desde la muerte de Agamenón, nos habíamos olvidado de la niña y de su abuela.

Egisto estaba bien despierto. Aseguró con tono expeditivo que enseguida se ocuparía de que regresaran a la aldea de las montañas azules de donde las habíamos sacado.

Me levanté de la cama y me acerqué a la niña. No me tenía miedo.

Cuando la cogí de la mano para llevarla a las cocinas y asegurarme de que tanto ella como su abuela tuvieran comida, la luz de primera hora de la mañana era tenue y dorada. Solo el trino de los pájaros rompía el silencio.

Me dije que pronto encontraría la manera de implorar a Egisto que me devolviera a Orestes. Puesto que no podía amenazarlo, no me opondría a él. Trabajaría a su lado.

Y cuando Orestes volviera por fin, le hablaría con dulzura, igual que a su hermana, con la esperanza de vivir tranquila con ambos ahora que el orden se había restablecido. Imaginé que Orestes se convertía en hombre y aprendía de Egisto y de mí a tirar de las riendas del poder, a aflojarlas, a volver a tirar de ellas, a tensarlas al máximo cuando correspondiera, a ejercer un control sutil. Incluso imaginé a Electra dócil y callada. Indulgente. Pasearía con ella por el jardín. Mientras tenía a la niña cogida de la mano, vislumbré la posibilidad de un futuro incruento para nosotros. Sería fácil si Egisto aprendía a confiar en mí. Tal vez lo peor hubiera pasado. Pronto todo estaría en orden. Pronto conseguiría que Egisto creyera que podía tener lo que quería.

Orestes

En el interior del palacio, Orestes advirtió una soledad y un silencio desacostumbrados. Pensó que los sirvientes debían de haber encontrado la manera de salir a dar la bienvenida a su victorioso padre. Mientras se dirigía a la habitación de su madre, como ella le había ordenado, se sentía pequeño y solo.

Habría deseado que hubiese mandado a alguien a acompañarlo, un experto en el manejo de la espada o un hombre diestro en el tiro al blanco que le ayudara a prepararse para realizar nuevos alardes de habilidad delante de su padre.

Una vez en la habitación de la madre, buscó un lugar donde sentarse. Dejó la espada en el suelo y aguardó. Escuchó con atención. Se levantó y volvió al pasillo, donde esperó mirando a uno y otro lados; estaba desierto. Decidió encaminarse hacia la puerta principal y buscar quizá a su madre para preguntarle si le permitía quedarse con ella o con Electra.

Al avanzar oyó voces. Unos hombres hablaban en un aposento cercano a donde dormían los guardias, a algunos de los cuales conocía. Uno que disfrutaba con la lucha a espada le retó a un combate; le propuso que salieran a los jardines que se extendían detrás de palacio. Orestes se preguntó si era el mejor momento, pues le preocupaba que su madre entrara a buscarlo. Sin embargo, el entusiasmo del hombre y su semblante sonriente le tranquilizaron y aceptó. Los otros tres guardias se mostraron más adustos y distantes.

—¿Le dirás a mi madre adónde hemos ido? —le preguntó a uno.

En cuanto el hombre asintió, Orestes se relajó y siguió al guardia hacia los jardines.

Llevaban un rato luchando cuando se presentaron otros dos guardias a los que conocía. Uno era simpático y le llamó por su nombre; el otro tenía un aire más distante y abstraído. Orestes se preguntó si alguno de los dos, o incluso ambos, sabría jugar con él si el otro se cansaba. Sin embargo, el más distante interrumpió de inmediato el combate.

—Tu madre ha dicho que tenemos que llevarte por el sendero que conduce hacia la carretera. El banquete se celebrará allí.

—¿Cuándo te lo ha dicho?

—Ahora mismo.

—¿Lo sabe mi padre?

—Claro.

—¿Estará él en el banquete?

—Claro.

—¿Y Electra?

—También.

—¿Y Egisto?

—Tu madre nos ha ordenado que te llevemos.

—A lo mejor tenemos tiempo de librar un combate antes del banquete —apuntó el simpático.

—Creo que debería esperar a mi madre —dijo Orestes.

—Tu madre ya ha ido —afirmó el otro.

—¿Adónde?

—A donde vamos nosotros.

Orestes reflexionó un instante. Los dos guardias se acercaron a él y cada uno le puso una mano en un hombro. Lo alejaron de palacio.

—Deberíamos darnos prisa para llegar antes de que anochezca —dijo uno.

—¿Cómo irán los otros?

—En los carros.

—¿No podemos ir nosotros en carro?

—Los carros son para los hombres que han venido de la guerra.

—Dame la espada —le ordenó el más distante—. Te la devolveré en cuanto lleguemos.

Orestes se la entregó.

Poco a poco, viendo que los hombres no hablaban y que le pedían que caminara más deprisa, empezó a pensar que aquello no era normal. No debería haber ido con ellos. En varias ocasiones en que volvió la cabeza para mirar atrás, el guardia que le resultaba antipático le indicó por señas que no se detuviera. Preguntó cuánto faltaba para encontrar a los otros y ninguno de los dos respondió. Cuando finalmente dijo que quería regresar, ambos lo agarraron de la túnica y lo llevaron a rastras.

Al rato observó que caía la tarde. Comprendió que lo habían capturado o que alguien se había equivocado al dar las órdenes a esos hombres. Pensó, sin embargo, que enviarían a otros guardias en su busca apenas le echaran en falta en palacio. Como habían pasado por delante de viviendas y los habían visto, alguien indicaría a esos guardias en qué dirección avanzaban. Imaginó cómo se enfadaría su madre al enterarse de que había desaparecido. Le pareció que debía informar de esto a los dos hombres, pero su silencio era cada vez más severo y su paso más decidido. Se dijo que ambos se verían en un buen aprieto.

Una vez que anocheció, buscaron un lugar donde descansar. Los guardias compartieron con él la comida que llevaban. Aun así, seguían sin hablar. Hicieron oídos sordos cuando Orestes dijo que quería ir a casa. Permanecieron callados cuando añadió que su madre habría enviado a alguien en su busca. Cuando se levantó y pidió que le devolvieran la espada, le ordenaron que se fuera a dormir y le dijeron que todo iría bien al día siguiente.

No lloró hasta que se acordó de los secuestros. Electra le había hablado de los niños raptados y le había advertido de que no saliera del recinto de palacio. Orestes conocía a algunos de los desaparecidos. De pronto se dio cuenta de que también él estaba desaparecido. Tal vez hubieran raptado a los otros de la misma forma; tal vez se los hubieran llevado con engaños, como a él.

Por la mañana el guardia más amable se acercó a preguntarle si se encontraba bien, se sentó a su lado y le rodeó con un brazo.

—No tienes de qué preocuparte —le aseguró—. Tu madre sabe dónde estás. Cuidaremos de ti.

—Dijisteis que íbamos a un banquete —replicó Orestes—. Quiero volver.

Se echó a llorar otra vez y el guardia no dijo nada. Cuando se levantó e intentó huir, los dos hombres lo agarraron de mala manera y lo sentaron a la fuerza entre ambos.

Al cabo de un rato oyeron voces a lo lejos. Los guardias, alertas, se miraron y lo obligaron a esconderse con ellos entre la maleza. Orestes decidió que no gritaría hasta que los que se aproximaban se hallaran muy cerca, pues así les resultaría más fácil localizarlo. Observó que los dos guardias se asustaban al aumentar el volumen de las voces.

Cuando se preparaba para chillar, los dos guardias salieron de la maleza y abrazaron a varios hombres que conducían a unos prisioneros dispuestos en filas. Orestes vio que los cautivos estaban encadenados entre sí en grupos de tres o cuatro. Algunos presentaban heridas y moretones en el rostro. Inclinaron la cabeza al pasar despacio por delante de él mientras sus guardianes y los hombres que acompañaban a Orestes cuchicheaban con tono perentorio e intercambiaban información a toda velocidad.

En varias ocasiones lloró, o se sentó y se negó a seguir andando, o increpó a los guardias, y en cada una de ellas el más simpático se acercó a rodearle con el brazo y le dijo que no pasaba nada, que simplemente había habido un cambio de planes y que no tardaría en ver a sus padres. Orestes le preguntó adónde se dirigían y cuándo los vería, y el guardia le dijo que no se preocupase, que obedeciera, que caminase como pudiera.

Anduvieron durante todo el día, y las filas de prisioneros que marchaban en la misma dirección los adelantaban. Cuando Orestes, fatigado, pidió que le dejaran descansar, los dos guardias se miraron indecisos.

—Tenemos que seguir —dijo uno.

Se cruzaron con hombres que se dirigían a palacio y que, por lo visto, conocían a los guardias. Cada vez que se topaban con uno, un guardia se quedaba con Orestes mientras el otro avanzaba para intercambiar información con el hombre, del que luego se despedía con gestos cordiales.

A lo largo del camino Orestes se fijó en los buitres posados en los árboles o plantados en la espesa maleza, en los muchos que se peleaban o se cernían en el cielo, al acecho.

El segundo día, ya avanzada la tarde, vio humo y, más adelante, una casa y un granero que ardían. Al acercarse encontraron filas de hombres atados entre sí que esperaban con aire huraño a cierta distancia de los edificios. Unos guardias mataban cerdos y gallinas mientras otros reunían un rebaño de ovejas. Un hombre y dos niños observaban la escena.

De repente una mujer delgada salió corriendo del granero. Gritaba. Al principio profirió solo chillidos, a los que siguieron palabras, entre ellas improperios dirigidos a los guardias. Cuando corrió con los brazos extendidos hacia el hombre y los dos niños, un guardia cogió una lanza y, agarrándola con las dos manos, le golpeó de lleno en la cara. El impacto debió de romperle huesos y dientes, pensó Orestes, pero antes de que la mujer se doblara en dos y se ovillara en el suelo hubo un par de segundos de absoluto silencio.

Los dos guardias le obligaron a seguir adelante. Orestes temblaba, lloraba y tenía hambre.

Durante los días siguientes, si bien tuvo que caminar entre ambos la mayor parte del tiempo, no le amenazaron ni le hablaron con brusquedad. En general, apenas si despegaban los labios. Las contadas ocasiones en que les preguntó por sus padres no le contestaron. No obstante, les oía conversar por las noches. Se enteró de que un buen número de los hombres atados entre sí y obligados a avanzar eran soldados que habían regresado con su padre; el resto eran esclavos capturados por Agamenón.

Por comentarios sueltos dedujo que tenían órdenes de llevarlo a un sitio para luego incorporarse a los ejércitos que se dirigían a palacio. Cuando hablaban sin rebozo delante de él, mencionaban a hombres y lugares que no lograba reconocer. El antipático ordenaba sin cesar al otro que no dijera nada más y añadía que charlarían todo el tiempo que quisieran una vez que hubieran cumplido con su misión.

Un día les preguntó quién les daba órdenes y casi se rieron de él. Les preguntó adónde se dirigían y le respondieron que ya se enteraría en su momento. Escrutó el rostro de ambos y guardó silencio, a ver si alguno nombraba a sus padres, pero no fue así; le dijeron que, cuanto menos hablaran, más avanzarían.

Una noche se hallaba lo bastante cerca de los guardias para captar lo que cuchicheaban. Nombraron a Egisto, aunque de pasada y con naturalidad; no oyó mencionar ni a su padre ni a su madre. Pese a que se moría de cansancio por la caminata y tenía sueño, se esforzó por seguir despierto y escucharles, pero solo hablaron de tierra, de hectáreas de tierra, de tierra con olivos y huertos, de tierra protegida, con un río en las proximidades. Uno afirmó que pensaba construir una casa y que era una buena época para edificar porque había esclavos y soldados que transportarían las piedras.

Orestes observó que los habitantes de las aldeas y de los edificios que encontraban por el camino tenían miedo. En ocasiones veía indicios de viviendas incendiadas o destrozadas. Si pedían comida en las casas, enseguida se la proporcionaban; si buscaban cobijo, lo que ocurría con menor frecuencia, les dejaban dormir en un granero o un establo. Sin embargo, a medida que avanzaban, las distancias entre las poblaciones eran mayores; muchas de las viviendas que veían habían sido saqueadas. Se llevaban la comida que podían, aunque a menudo no había quedado nada.

Un atardecer, después de andar todo el día sin probar bocado, el guardia antipático anunció que iría a ver si daban con alguna casa o granja alejada del camino que ellos y los otros seguían. Volvería antes del anochecer, aseguró, y dejó a su compañero y a Orestes en un claro entre árboles que, según dijo, reconocería fácilmente a su regreso.

Orestes durmió un rato. Cuando despertó, con hambre, era casi de noche y el guardia aún no había vuelto. Al salir la luna vio que el otro guardia lo observaba. Pensó en cerrar los ojos y tratar de conciliar el sueño otra vez, o fingir que dormía, pero se le ocurrió que sería un buen momento para sentarse y animar al hombre a hablar, a que le revelase, quizá, adónde se dirigían y por qué se habían marchado de palacio. Mientras el otro guardaba silencio, se preguntó por dónde debía empezar.

—¿Podrá localizarnos a oscuras? —dijo al final.

—Creo que sí. La luna está casi llena.

Permanecieron un rato callados y Orestes percibió que el guardia se sentía incómodo con el silencio. Suponía que el hombre lo sabía todo; sin embargo, no se le ocurría ninguna pregunta capaz de inducirle a contárselo.

—¿Está muy lejos? —susurró.

—¿El qué?

—El sitio adonde vamos.

—A unos días de camino —respondió el guardia.

Apartaron la mirada, como si estuvieran asustados. Orestes tenía muy claro cuál debía ser la siguiente pregunta. Debía preguntar adónde se dirigían, pero presintió que si la planteaba directamente el guardia no se lo diría, y que si el hombre se negaba a contestar siquiera una, tal vez resultara difícil seguir interrogándole. Tenía que encontrar una pregunta que el guardia respondiera sin pensar y que proporcionara una pista del lugar de destino.

—Me caes mejor que el otro —dijo.

—Es un buen hombre. Limítate a obedecerle.

—¿Él es el que manda?

—Mandamos los dos.

—¿Y quién os dio las órdenes?

Se percató de que había formulado una pregunta cuya respuesta podía ser importante. Fuera cual fuese, quizá le permitiera averiguar cuál era la situación. El guardia suspiró.

—Es un momento complicado —afirmó.

—¿Para todo el mundo?

—Supongo que sí.

Orestes ignoraba qué significaba eso. Intuyó que debía abandonar la cautela y plantear una pregunta que contuviera la palabra «padre».

—¿Sabe mi padre que estoy aquí?

El guardia no contestó de inmediato. Orestes casi temía respirar. No soplaba ni un ápice de viento y ni siquiera se oían perros u otros animales a lo lejos. Solo había el silencio que los envolvía, y Orestes comprendió que no debía romperlo.

—Cuidarán de ti —aseguró el guardia.

—Han raptado a otros niños. Mi madre y Electra se preocuparán pensando que me han raptado. Y mi padre también estará preocupado.

—A ti no te ha raptado nadie.

—Me gustaría que me devolvierais la espada.

—Todo irá bien —afirmó el guardia.

—¿Estás seguro de que no me habéis raptado?

—No, no, claro que no. Deja de preocuparte. Ven con nosotros y todo irá bien.

—¿Por qué no puedo volver a palacio?

—Porque tu padre quiso que vinieras con nosotros.

—¿Y dónde está él?

—Pronto lo verás.

—¿Y a mi madre?

—A todo el mundo.

—¿Por qué vamos a pie?

—Basta de preguntas. Intenta dormir. Pronto los veremos a todos.

Se durmió y al despertar oyó las voces de los guardias, que sonaban quedas e intranquilas. Permaneció inmóvil y oyó hablar al que se había ido; decía que no había encontrado comida, que no había encontrado nada aparte de casas abandonadas en las que no se veían señales de vida, con la despensa vacía, campos sin animales. Peor aún, añadió: alguien había emponzoñado los pozos. Se había topado con un soldado cuyos dos compañeros se habían envenenado. Le habían advertido de que no bebiera de ninguno. Así pues, había vuelto sin comida ni agua.

—¿Quién ha envenenado los pozos? —le preguntó su compañero.

—Creen que han sido los campesinos, los que se esconden en las tierras altas, pero no han encontrado a ninguno. No tienen tiempo de investigar.

Uno de los guardias zarandeó a Orestes, que fingía estar dormido.

—Debemos irnos. Aunque no tenemos comida ni agua, hemos de ponernos en marcha. Ya encontraremos algo por el camino.

A Orestes le entró sed apenas partieron. Habría agradecido aunque fuera una gota de agua. Intentó imaginar la jornada que tenía por delante, dividida en pasos. ¿Cuántos debía dar en un día? Para distraerse fantaseaba que solo le faltaban otros diez para encontrar agua y un sitio donde descansar. Y mientras seguían caminando imaginaba que, después de esos diez pasos, solo le quedaban diez más.

Al cabo de una hora, más o menos, olió a podrido. Miró a los guardias, que se habían tapado la nariz. El olor fue intensificándose y más adelante atisbó dos cuerpos tendidos en la carretera, con moscas zumbando alrededor y buitres que devoraban la carne. Por la ropa dedujo que formaban parte del contingente que marchaba hacia palacio: los hombres que se detenían a compartir información con los dos guardias y que en ocasiones se mostraban tranquilos y confiados. Cuando se acercaron a los cadáveres, el hedor era tan insoportable que los tres los rebasaron a toda prisa, no sin que Orestes vislumbrara antes el rostro de los difuntos, que tenían los ojos muy abiertos y la boca torcida, como si los hombres hubieran muerto gritando. Una vez que dejaron atrás la escena, no volvieron la vista.

Orestes notó que estaban más decididos que nunca a seguir avanzando. De todas formas, no había ningún lugar donde hacer un alto, pues las viviendas eran cada vez más dispersas y la tierra más árida.

Con la intención de ahuyentar la sed implacable y las ganas de comer, y entre los espasmos de debilidad, durante los cuales creía que sería incapaz de continuar adelante, se preguntó por qué nunca había saboreado los días en los que había sido libre para deambular por palacio. Habría deseado que su madre estuviera a su lado, o en los alrededores, para ir a tumbarse junto a ella.

Cuando se detuvieron, exhaustos, los guardias casi parecieron reacios a reemprender la marcha. Sentados en el suelo, miraron al frente con expresión sombría. Reinaba el silencio, roto tan solo por el canto de los grillos; de debajo de las piedras salían lagartijas que corrían hacia otro escondrijo.

Horas después, cuando se alargaron las sombras, divisaron una casa a lo lejos. Orestes tiritaba como si hiciera frío y se agarraba a los guardias, que caminaban más despacio. Notaba que empezaba a hinchársele la lengua. Había tragado saliva de manera obsesiva y ahora no le quedaba nada, tenía la boca completamente seca y le dolía la garganta de tragar.

Se dirigieron con cautela hacia la casa, que se alzaba al final de un camino de tierra con olivos a ambos lados. No se oía ningún animal y a cada paso daba más la impresión de que la finca llevaba mucho tiempo abandonada.

Orestes se sentó a la sombra y los guardias rodearon la vivienda. Uno lanzó una exclamación al ver el pozo, situado a un lado. Orestes observó que la casa se encontraba en buen estado. Los guardias abrieron la puerta y entraron.

De repente surgió un ruido del interior, un estrépito de madera destrozada, seguido de los chillidos de una mujer y una sonora voz masculina, y a continuación los guardias ordenaron a gritos a alguien que saliera de la casa. Orestes se levantó cuando apareció la pareja, desaliñada y atemorizada, hablando al mismo tiempo que los guardias. Uno les mandó callar y el otro volvió a entrar en la vivienda y salió con un cántaro de cerámica y un vaso. Entregó el vaso al hombre y le ordenó que se sirviera agua del cántaro y se la bebiera.

Mientras el hombre bebía, Orestes sintió náuseas y notó espasmos en el estómago. Intentó quedarse quieto, pero no tuvo más remedio que alejarse de los otros para ir a vomitar junto a un matorral. Cuando volvió, solo quería agua y fue a beber del cántaro. Un guardia le aconsejó que esperase y le dijo de mal humor que si el agua contenía veneno posiblemente este tardaría en hacer efecto. Aguardarían. Si al cabo de un rato no había sucedido nada, beberían del cántaro; hasta entonces, ni probarla.

La mujer y el hombre no levantaban la vista del suelo mientras los guardias, refugiados en la sombra, los observaban. Orestes se había sentado en la entrada. Aunque nadie decía nada, veía con claridad que la pareja estaba aterrorizada, ambos por igual. Se preguntó si el agua que había ingerido el hombre estaba, en efecto, envenenada y si esperaban a que se manifestaran las señales.

Al cabo de un rato, como el agua no había envenenado al hombre, los dos guardias tomaron un vaso tras otro con tal avidez que Orestes quiso preguntarles si se habían olvidado de él. Ahora que por fin tenía agua, dudaba que fuera a alcanzarle. Fue a por el cántaro en cuanto un guardia le dio permiso con una seña. Le habían dejado la cantidad suficiente para llenar dos vasos. Cuando apuró el segundo, inclinó el cántaro para no desperdiciar ni una gota.

Al terminar echó una ojeada y vio que un guardia miraba el pozo, hacía una seña al hombre y le ordenaba que sacara más agua. Orestes pensó que quizá se la llevaran para el viaje, o que tal vez pasaran la noche en la casa, o incluso dos o tres días. En cualquier caso, necesitarían agua, se dijo. El hombre se detuvo junto al pozo, ató el cántaro a una cuerda y lo dejó caer mientras los otros lo observaban. Orestes advirtió que la mujer estaba aún más nerviosa que antes; seguía con las manos en los costados, pero desplazaba la vista rápidamente de uno a otro guardia y luego hacia la casa.

Cuando el hombre sacó del pozo el cántaro, el guardia antipático le entregó el vaso y le ordenó beber. El hombre lo miró con orgullo, como si fuera él quien mandara. No despegó los labios. Lanzó una mirada a su esposa. En ese momento, cuando todos estaban concentrados en el hombre y el cántaro, unos chiquillos salieron a la carrera por la puerta de la casa y la madre les animó a gritos a correr más deprisa. Eran cuatro: tres niños y una niña. Antes de que los guardias entendieran lo que ocurría, dos chicos y la niña lograron escapar, pero al pequeño —Orestes le echó unos cuatro o cinco años— lo atrapó un guardia, que lo llevó a rastras hasta donde se encontraba la madre. El chiquillo gritaba, profería a voces palabras ininteligibles para Orestes, cuando el guardia regresó hacia el pozo.

Orestes también empezó a chillar. Se preguntó si debía tratar de huir, seguir a los niños, averiguar adónde habían ido. Pensó que podría contarles quién era y de dónde venía.

—Bebe —oyó decir al guardia.

Vio que el hombre vacilaba y miraba a su esposa.

—Uno de vosotros tendrá que beber —añadió el guardia, que volvió sobre sus pasos y agarró al chiquillo—. Que beba el crío si a ti te da miedo.

La madre, que se había echado a llorar, avanzó para apartar del pozo al niño.

—¡Bebe! —insistió el guardia—. Quiero ver cómo apuras el vaso. Llénalo y bebe.

El hombre se negó a llenar el vaso que tenía en la mano. Miró a lo lejos como si esperara que fuese a llegar ayuda o a suceder algo. Se irguió en toda su estatura y la expresión de su rostro se volvió más tensa y severa. La mujer y él se miraron mientras ella aupaba al niño en brazos.

—Si no bebes —dijo el guardia—, volveré a traer a tu hijo y le meteré el agua a la fuerza por el gaznate.

El hombre se quedó pensativo. En esos momentos, hasta el chiquillo guardaba silencio. Con una expresión de dignidad en el rostro, el hombre llenó el vaso. Suspiró y lo vació de un trago. Acto seguido caminó hacia su esposa y el niño, acarició el pelo al pequeñín y la cabeza a la mujer, a la que agarró de la mano.

Lentamente se apartó de ambos y empezó a toser, de manera suave al principio. Pronto la tos se volvió más bronca y el hombre se llevó las manos a la garganta, como si se ahogara. Se arrodilló al agudizarse el dolor. Jadeaba y pronunciaba palabras a voces. Su esposa, todavía con el niño en brazos, empezó a cantar. Orestes jamás había oído nada semejante a la voz de la mujer. En palacio los sirvientes entonaban siempre canciones alegres, y por lo general había oído cantar en grupo, nunca a una mujer sola.

La voz se elevó con un sonido implorante. Orestes comprendió que se dirigía a los dioses.

El hombre chillaba de dolor. Tendido en el suelo, le temblaba todo el cuerpo y se agarraba el cuello como si intentara impulsar el veneno de la garganta a la boca para así expulsarlo.

Cuando intentó ponerse en pie, de entre los labios le salió sangre negra, que goteó en la tierra. Tenía los ojos desorbitados y por lo visto el dolor se había desplazado de la garganta al estómago. Durante unos instantes, mientras Orestes lo observaba horrorizado, se apretó el abdomen y chilló de dolor. Después arrojó espumarajos por la boca, a borbotones. Se arrastró hacia su esposa, que seguía cantando con el niño, ya calmado, en brazos. El hombre dejó de moverse como antes; luego se dio la vuelta y, tendido de espaldas, estiró los brazos hasta aferrar con firmeza los tobillos de la mujer.

Los guardias observaban con atención la escena. El hombre se quedó con los ojos y la boca abiertos, y ni él ni su esposa emitieron un solo sonido. La canción había terminado y Orestes tuvo la certeza de que el hombre había fallecido. Un guardia le indicó por señas que entrara en la casa. En la sala había un falso tabique de madera y, detrás de él, camas y una mesa.

Cogieron toda la comida que pudieron: pan, queso y embutidos. Encontraron otro cántaro con agua, pero el guardia negó con la cabeza y Orestes no tocó la vasija aunque tenía mucha más sed que antes, cuando caminaban. Salieron de la casa y enfilaron la senda desigual en dirección al camino principal. La mujer se quedó con el niño en brazos y el hombre muerto tendido en el suelo.

Hicieron un alto después de recorrer varias millas. Se sentaron en silencio y abrieron el trapo anudado que contenía los alimentos. Pese a que antes había tenido un hambre canina, Orestes sintió más náuseas que apetito. Sin nada que beber, lo que se habían llevado de la casa le pareció duro y reseco. Observó que cada guardia tomaba un pedazo de pan e intentaba comerlo. Ninguno de los dos tocó el queso ni los embutidos. Al cabo de un rato envolvieron los alimentos, reemprendieron la marcha y no se detuvieron hasta que encontraron un sitio donde pasar la noche al abrigo de unos árboles.

Al día siguiente llegaron a un río hondo e impetuoso y lo contemplaron indecisos hasta que un guardia afirmó que si no bebían morirían de sed. Después de beber, los dos hombres se bañaron. Por más que lo animaron, Orestes no les imitó porque no quería desvestirse delante de ellos. Mientras les veía retozar en el agua, se preguntaba si había algún sitio cercano al que pudiera huir para esconderse, aunque se daba cuenta de que no le quitaban el ojo de encima y estaba seguro de que lo atraparían si intentaba escapar.

Con mayor convicción que nunca se dijo que en cuanto volviera a palacio, hablaría con su padre sobre esos dos hombres, y si habían huido, le pediría que los localizaran, que les dieran caza, que los buscaran por todas partes si hacía falta, y que luego los condujeran encadenados a palacio y los encerraran en el cuarto más oscuro de las mazmorras.

Tras otros dos días de marcha, sin acercarse a los pozos que encontraban, Orestes dedujo que no se hallaban lejos de su lugar de destino, fuera cual fuese. A esas alturas no le cabía la menor duda de que ni su padre ni su madre habían pedido a los guardias que lo llevaran a reunirse con ellos; de que, en efecto, lo habían raptado y no podría escapar mientras los dos guardias estuvieran a su lado.

Aunque se mostraban más cordiales y creía que incluso estarían dispuestos a revelarle adónde se dirigían ahora que se hallaban tan cerca, decidió no preguntar. No tardaría en descubrirlo, pensó.

En el último tramo fue preciso escalar. Cuando la vereda desapareció, a los guardias no les quedó más remedio que conjeturar por dónde debían ir, y en varias ocasiones tuvieron que volver sobre sus pasos porque habían tomado decisiones erróneas. Por primera vez en muchos días, vieron cabras trepando entre las peñas. Una vez que ganaron altura, Orestes distinguió a lo lejos, en la llanura, un rebaño de ovejas.

En el peñasco se abría una enorme hendidura. Descendieron por lo que semejaba un pasadizo en pendiente y giraron para bajar por unos escalones labrados en la roca que serpenteaban por el costado de un edificio. Orestes pensó que nadie los encontraría en esa fortaleza de las montañas. Cuando llegaron a una puerta, no tuvieron que llamar: la abrió sin el menor ruido un hombre que no les miró ni dijo nada.

En cambio, otro hombre sentado junto a una segunda puerta se levantó en cuanto los vio y abrazó de manera efusiva a los dos guardias. Esbozó una sonrisa y se rio por el mero hecho de que estuvieran allí, de que hubieran llegado con ese muchacho.

—¡Como si no tuviéramos ya bastantes! —comentó con jovialidad—. Tal vez este tenga mejores modales que algunos de los que hay dentro. ¿Ves este pie? No me ha quedado más remedio que enseñarles modales a patadas, y si eso no da resultado, entonces prueban esto.

Los dos guardias se echaron a reír cuando cogió la vara que tenía al lado y fustigó el aire con ella.

—Esto y el hambre. ¿Tiene hambre este muchacho?

—Come como una lima —respondió un guardia.

—Ya le enseñaremos nosotros —afirmó el hombre.

Abrió la puerta, que daba a una habitación larga con camas y varias ventanas grandes por las que entraba más sombra que luz. Orestes tardó unos instantes en ver que la ocupaban al menos diez niños, la mayoría de aproximadamente su edad. Nada más verlos dedujo que eran los chicos raptados. Le extrañó que, si bien debían de haber oído la puerta y las voces al otro lado antes de que se abriera, y si bien debían de ser conscientes de que había llegado uno nuevo, ninguno levantara la vista al principio y que los pocos que por fin alzaron la cabeza no cambiaran de semblante ni traslucieran ninguna emoción.

Caminó entre las camas sin que nadie despegara los labios. Poco a poco fue reconociendo a algunos, empezando por un chico llamado Leandro, nieto de Teodoto, al que conocía.

La puerta se cerró. Los guardias no habían entrado con él. Estaba solo con ese grupo pálido y silencioso. Cuando cruzó la vista con un muchacho, encontró una mirada inexpresiva que se volvió torva y resentida. Avanzó hacia el lecho de Leandro con la intención de preguntarle algo, pero este se dio la vuelta. Al rato se sentó en el suelo, al final de la hilera de camas, y contempló la habitación preguntándose cuándo hablaría alguien, cuándo les darían de comer o sucedería algo. Solo la tos de un niño rompía el silencio; era una tos perruna, que parecía incapaz de proporcionar alivio a quien la sufría.

No ocurrió nada hasta que del piso inferior llegó olor a comida, lo que llevó a algunos muchachos a incorporarse en la cama. Aun así, nadie habló. Cuando Orestes se encaminó hacia la puerta, los otros se apartaron de él. Se preguntó si no le habían reconocido o si le creían aliado de los raptores.

Cuando por fin se abrió la puerta, los niños se dirigieron en fila, con la cabeza inclinada, hacia el piso de abajo. El único que la levantó al pasar junto a Orestes fue Leandro, que lo miró un instante y se encogió de hombros. Orestes se incorporó al final de la fila. Por una escalera estrecha llegaron a un comedor sin demasiado espacio libre, con una mesa larga, a la que se sentaron casi todos los chicos, y una más pequeña junto a una ventana, donde se acomodaron dos. Uno de ellos tosía. Era la misma tos que Orestes había oído en el dormitorio; advirtió que el muchacho, al que no conocía, y estaba enfermo y que la tos le producía dolor y aumentaba el grado de tensión en la estancia.

Se quedó mirando la puerta de la cocina, pero no apareció nadie. Dos chicos llevaron la comida, que fue pasando por la mesa. Al tomar asiento en un extremo, Orestes se fijó en que no daban nada ni al niño de la tos ni al otro de la mesa pequeña. Los demás comieron en silencio. Se concentró en cada uno de los muchachos sentados enfrente con la intención de conseguir que al menos uno ofreciera una mínima señal de reconocerlo, pero los que lo sorprendían observándolos se limitaban a devolverle una mirada mortecina.

En cuanto terminaron de comer, se levantaron y regresaron en fila al dormitorio, con Orestes a la zaga.

Como no tenía cama, buscó un lugar donde tumbarse en el suelo. Durante la noche le despertaron varias veces las toses, y por la mañana le despertó el movimiento de los otros chicos. Cuando preguntó a uno adónde debía ir a hacer sus necesidades, el muchacho no le respondió, y los que se hallaban cerca se apartaron poco a poco para evitar, al parecer, que se dirigiera a ellos.

Fue a la puerta y la encontró abierta. Fuera estaba sentado el guardia al que había conocido el día anterior.

—Eh, tú: dos cosas —dijo el hombre—. Ve a los baños esta misma mañana. Apestas como una cabra vieja. Ponte ropa limpia. Deja aquí la vieja. Y necesitas una pizarra. Debes tenerla al lado a todas horas.

—¿Para qué es la pizarra? —preguntó Orestes.

—No tardarás en saberlo. —El hombre se echó a reír—. Eh, tú: a los baños ahora mismo.

—¿Dónde están?

—Bajando esta escalera y luego otra. Tanto tú como los demás estaremos mejor cuando te quites de encima ese olor.

Orestes bajó los dos tramos de escalera y vio que ya había cuatro muchachos en los baños. Se los quedó mirando a la luz sesgada que se colaba por una rendija del muro. Dos cuchicheaban y los otros dos chapoteaban con brío en el agua, que amortiguaba el sonido de las voces. Al principio no repararon en Orestes, que se desnudó sin hacer ruido. Cuando se disponía a meterse en el agua con ellos, los dos que hablaban en voz baja se apartaron el uno del otro. Los cuatro clavaron la vista al frente. Orestes quiso decirles que no contaría al guardia que habían estado cuchicheando, pero le pareció que si hablaba tan solo conseguiría que aumentara la animadversión hacia él. Al cabo de poco los cuatro salieron del agua y se secaron en un rincón.

Cuando acabó de bañarse y se secó con una de las toallas dejadas por los otros, Orestes subió en busca del guardia, que le entregó ropa, un pedazo de pizarra y una tiza.

El guardia lo acompañó al dormitorio, le buscó un sitio y ordenó a dos niños que le ayudaran a subir una cama de uno de los otros pisos. Solo entonces algunos chicos le prestaron verdadera atención, lo observaron con detenimiento. Sin embargo, cuando dirigió un gesto a uno de ellos, el muchacho se apartó.

Los días transcurrieron lentos y en general silenciosos. Tres veces al día bajaban con desgana al refectorio. Una vez por semana se les permitía usar los baños, donde dos chapoteaban en el agua a fin de que otros dos conversaran en susurros sin que se les oyera. Por lo que Orestes vio, era el único momento en que los muchachos se dirigían la palabra. Por las noches a veces oía a algunos gritar o llorar en sueños, y en ocasiones el de la tos dejaba escapar ruidos más broncos y se esforzaba por respirar con resuellos estruendosos, y esto continuaba incluso después de que el guardia apostado toda la noche junto a la puerta del dormitorio entrara a zarandearlo o a darle un bofetón.

Luego estaba la pizarra. Había que dejarla siempre junto a la cama, bien a la vista. Cada vez que un niño infringía una norma, se le hacía una cruz en la pizarra, y solo podía dibujarla un compañero de cautiverio, que añadía un símbolo para identificarse. Orestes tardó unas semanas en entender todos los detalles de esta práctica, pues jamás vio a ningún chiquillo trazar nada en la pizarra de otro. Dedujo que debían de hacerlo por la noche, aunque ni siquiera las que pasaba en vela lograba sorprender a ninguno.

Cada cierto tiempo se realizaba una inspección, llevada a cabo por el primer guardia que Orestes había visto al llegar, si bien en ocasiones participaban también un par de compañeros suyos. Echaban un vistazo a las pizarras y elegían a los muchachos con cruces trazadas, para castigarlos. Los llevaban al exterior, al comedor o a los baños, y en ocasiones se limitaban a dejarlos justo al otro lado de la puerta. La severidad de los azotes no se correspondía con el número de cruces dibujadas, sino que dependía del humor de los guardias. No obstante, era más probable que castigaran a aquellos con muchas cruces que a quienes tenían solo unas pocas o la pizarra limpia.

De todos modos, Orestes observó que siempre se llevaban al niño de la tos —llamado Mitros, según descubrió—, por muy pocas cruces que tuviera. Cuando volvía, lloraba tumbado en la cama y luego tosía hasta que el llanto y la tos se confundían.

Orestes vio que las cruces empezaban a acumulársele en la pizarra y no acertaba a adivinar a quién correspondía el símbolo que las acompañaba. Las había dibujado todas la misma persona, durante la noche. Una mañana, mientras examinaba el símbolo, advirtió que Leandro lo miraba. Orestes frunció el ceño y le lanzó una ojeada como para preguntarle si era el suyo, y Leandro asintió. Más tarde intentó en varias ocasiones captar la atención de Leandro, que sin embargo no volvió a hacerle caso.

Por lo visto, a los guardias les divertía mirar la pizarra de Orestes. Se enseñaban las cruces y hacían comentarios, pero durante las primeras semanas pasaron de largo. Hasta la cuarta semana no le ordenaron salir.

Después de haber dado por sentado que a él no lo tocarían, después de creer que en aquella casa gozaba de una posición distinta de la de los demás, se encontró al lado de un tembloroso Mitros. No había previsto cómo reaccionaría si llegaban a elegirlo para imponerle un castigo. Cuando lo empujaron de cualquier modo por la puerta del comedor, vio que el guardia ya tenía una vara en la mano.

—Si me tocas, si me pones un solo dedo encima, mi padre se enterará.

—¿Tu padre? —repitió el guardia.

—Mi padre se enterará de todo esto.

—¿Tu padre es el de la garganta rebanada? —le preguntó el guardia.

Orestes retrocedió un instante y se fijó en la expresión burlona del hombre. Echó un vistazo al comedor. Si hubiera habido un cuchillo cerca, lo habría usado para atacarlo, pero solo vio una silla desvencijada junto a la mesa pequeña; no le costó arrancarle una pata para arremeter con ella contra el guardia.

—¡Tócame ahora! —dijo blandiendo la pata.

El hombre se lo quedó mirando y se echó a reír.

En ese instante otro guardia que había avanzado a hurtadillas por detrás de Orestes logró reducirlo. Le sujetó los brazos a la espalda y el otro comenzó a abofetearle, con fuerza, con el revés de la mano. Cuando le soltaron los brazos y cayó al suelo, los dos guardias lo patearon, y el que lo había conducido al comedor le susurró al oído: «Tu padre no te sirve ya de nada, ¿verdad que no? No volveremos a oír eso, ¿de acuerdo?».

Lo dejaron en el suelo. Más tarde regresó cojeando al dormitorio y reparó en la intensidad y el silencio con que lo observaban los otros mientras avanzaba renqueante hacia su cama. Los dos días siguientes no fue al refectorio salvo a por agua; se quedó en el lecho, incapaz de dormir, intentando reconstruir qué debía de haberle ocurrido a su padre.

Le asaltó una imagen de su madre y Egisto. No estaba seguro de cuándo había ocurrido, aunque le parecía que había sido por la mañana, un día en que había acudido a la alcoba antes de lo acostumbrado y la nodriza lo había apartado de la puerta, no sin que antes él vislumbrara a su madre y a Egisto, que, desnudos, hacían ruidos semejantes a los de los animales. La imagen persistió, se le volvió tan firme en la mente como la del rostro alegre de su padre cuando regresó y como el recuerdo de su voz y del alborozo general, del olor de los caballos y del sudor de los hombres y de la felicidad que le produjo que su padre estuviera en casa.

La semana siguiente coincidió en los baños con Leandro. Se apartó despacio de él y empezó a chapotear con otro niño para que Leandro y un cuarto muchacho cuchichearan sin que se les oyera, pero Leandro lo arrastró hasta un extremo oscuro y dejó que los otros los cubrieran.

—Quiero fugarme —susurró—. Tengo que ayudar a Mitros a escapar antes de que lo maten. No puedo fugarme solo con él. Quiero que me ayudes.

—¿Por qué dibujas cruces en mi pizarra? —le preguntó Orestes.

—Algunos chicos te odian por culpa de tu familia. Me lo pidieron.

—¿Por qué me odian?

—No lo sé. No estoy seguro. Además, quería ver qué hacías cuando te castigaran. Fuiste valiente. Pensé que podía confiar en que no tendrías miedo.

—¿Cómo nos escaparemos?

—Una noche te despertaré. Estarás preparado. Todo empezará con la tos de Mitros. No se lo cuentes a nadie. Y deja de mirarme todo el rato.

—No te miro.

—Claro que sí. Deja de hacerlo. Pasa de mí. Lo miras todo demasiado. Empieza a comportarte como los demás. Amóldate.

—¿Cuándo nos fugaremos?

—No debemos seguir hablando. Apártate.

Los días siguientes Leandro continuó dibujándole cruces en la pizarra, aunque no demasiadas. Orestes trató de seguir su consejo y dejar de mirarlo. Sin embargo, le costaba y le hacía sentirse solo y asustado. Empezó a darle vueltas a la fuga: adónde irían, qué planes tendría Leandro y qué ocurriría si los atrapaban. Al despertarse durante la noche o por la mañana, pensaba que sería mejor quedarse y confiar en que los rescataran. Se preguntaba si habría una manera segura de comunicar a Leandro que no quería irse con él y Mitros; nadie hablaba salvo en los baños, y la siguiente vez que fue a bañarse no coincidió con Leandro.

Una noche en que la tos de Mitros se exacerbó, Leandro dio unos golpecitos en el hombro a Orestes, que al abrir los ojos tan solo distinguió la silueta de su compañero. Cuando la tos se volvió más bronca, Leandro le susurró: «Vístete y sígueme hasta la puerta», y le tapó la boca con firmeza al ver que quería responder. Orestes deseaba con toda el alma volver a dormirse, consciente de que, si no se fugaban, le aguardaría un día duro, pero al menos sus miedos serían conocidos y previsibles. Esperó, asustado e intranquilo, hasta que Leandro lo arrancó del lecho y se quedó a su lado esperando a que se vistiera.

Fueron hacia la puerta del dormitorio y esperaron. La tos de Mitros era más estruendosa, incluso más desgarrada y alarmante que de costumbre. Leandro y Orestes se deslizaron hacia un lado al oír que se abría la puerta. Entró el guardia. Leandro condujo a Orestes al pasillo, donde rebuscaron entre los objetos colocados cerca del lecho del guardia de día. Leandro encontró un cuchillo, que entregó a Orestes, y cogió una tabla. Mientras esperaban, el guardia tapó la boca a Mitros y dio la impresión de que pretendía hacerle daño, por lo que el muchacho dejó escapar un alarido amortiguado que provocó que sus compañeros se despertaran gritando.

Orestes oyó la voz amenazadora del guardia, percibió sus pisadas cuando se dirigió hacia la puerta. Intentó contener el aliento. Ignoraba en qué consistía el plan, pero supuso que debía atacar al hombre y acuchillarlo antes de que tuviera la oportunidad de gritar pidiendo auxilio.

Dejaron que cerrara la puerta. Cuando se tumbó y, entre bostezos, se acomodó para volver a conciliar el sueño, Orestes avanzó muy despacito y, empuñando bien el cuchillo, se lo clavó en el cuello con todo el ímpetu que pudo al tiempo que Leandro le descargaba la tabla sobre la cabeza. Mientras el guardia profería un alarido, Orestes le asió del pelo y volvió hincarle hondo el cuchillo en el cuello; luego lo sacó y le apuñaló el pecho con todas sus fuerzas hasta que le fue imposible arrancar la hoja del hueso. Leandro aporreó al guardia en la cara. Después ambos pararon. Orestes aguzó el oído cuando Leandro le agarró del hombro. No captó ningún ruido, aparte de toses en el dormitorio. Leandro lo aferró con las dos manos y lo apoyó contra la pared antes de regresar a la habitación.

La luz sombría que se colaba por el hueco de la escalera permitió a Orestes distinguir formas de objetos en ese espacio reducido. Miró la puerta que daba al exterior y se preguntó dónde estaría guardada la llave.

Se disponía a buscarla entre las pertenencias del guardia cuando aparecieron Leandro y Mitros. Leandro la encontró en una repisa, se apresuró a abrir la puerta y susurró a Orestes que se apurara.

Una vez fuera, echó la llave y los guio a la luz de la luna, que les alumbró el pasaje entre las peñas, los escalones y, por último, el amplio panorama del campo abierto. Se detuvieron a escuchar, pero no oyeron que nadie los siguiera.

—Caminamos en la dirección del viento —afirmó Leandro.

Al ver que Mitros volvía a toser, lo sujetó poniéndole una mano en el pecho y la otra en la espalda. Doblado en dos, Mitros empezó a vomitar.

—Te encontrarás mejor cuando nos alejemos —dijo Leandro.

—No, no mejoraré —murmuró Mitros—. Debéis dejarme. No puedo caminar tan deprisa como vosotros.

—Te llevaremos a cuestas —repuso Leandro—. El único motivo para escapar eres tú, así que no te abandonaremos.

Mientras descendían hacia la llanura, Orestes no dejaba de mirar atrás, consciente de que con aquella claridad cualquiera los distinguiría desde las montañas e iría tras ellos. Se preguntó si, puesto que Mitros no podía correr, no sería más prudente buscar un escondrijo donde quedarse unos días, pero Leandro continuaba adelante con una seguridad y una determinación tan frías que supuso que no contemplaría ningún cambio de planes. Así pues, Orestes y Mitros lo seguían, este último cabizbajo, como una persona ya derrotada.

Cuando salió el sol, Orestes se percató de que avanzaban hacia donde se pondría horas después. Había dado por descontado que tanto Leandro como Mitros querían regresar de inmediato con sus familias; sin embargo, no seguían la ruta que él creía que los conduciría a casa.

Aguardó hasta la noche, cuando Mitros ya dormía, para preguntar a Leandro qué planes tenía.

—No podemos volver —contestó Leandro—. Ninguno de los tres debe volver. Nos raptarían de nuevo, al menos a Mitros y a mí.

—¿Sigue con vida mi madre? —le preguntó Orestes.

Leandro dudó un instante y le tocó el hombro.

—Sí.

—¿Cómo lo sabes?

—Se lo oí decir a los guardias.

—¿Y Electra?

—Sí. También ella está viva.

—¿Y mi padre ha muerto?

—Sí.

—¿Cómo murió?

Leandro hizo ademán de hablar varias veces. Al final se quedó callado y no levantó la vista.

—¿Sabes cómo murió? —le preguntó Orestes.

Leandro vaciló de nuevo y cambió de postura.

—No —susurró sin mirarlo.

—¿Estás seguro de que mi madre vive?

—Sí.

—¿Por qué no ha mandado hombres en mi busca?

—No lo sé. A lo mejor lo ha hecho.

—¿Está vivo Egisto?

—¿Egisto? —Leandro se puso alerta de pronto. Miró de frente a Orestes, como si le extrañara que hubiera planteado esa pregunta—. Sí, está vivo —respondió al fin con voz queda—. Está vivo.

Una vez más, como le había sucedido con el guardia, Orestes tuvo la sensación de que si encontraba la pregunta adecuada averiguaría cuanto necesitaba saber. Aun así, intuía que ninguna pregunta directa daría resultado. Sin embargo, no se le ocurría ni una sola que no lo fuera.

—¿Ha matado Egisto a mi padre? —soltó a bocajarro, y casi al instante se arrepintió de haberlo preguntado.

—No lo sé —respondió enseguida Leandro.

Orestes suspiró.

Por la mañana Leandro les indicó lo que debían hacer.

—Lo único que tengo claro es que no debemos matar a nadie más. Pase lo que pase. Esta es la primera regla. Si matamos a alguien, nos perseguirán. Y nosotros queremos encontrar un lugar donde quedarnos. Aunque nos ataquen, no mataremos.

Orestes miró a Mitros, que asintió con un gesto, y quiso decir que este carecía de vigor para matar y que, de todos modos, no tenían armas, ya que habían dejado el cuchillo clavado en el pecho del guardia.

—Hemos de llevar encima piedras para lanzárselas a la gente, y herirla quizá; así nos dejarán en paz. Y tenemos que conseguir comida y agua enviando a Mitros a las casas a pedirlas. Sin armas. Solo a pedirlas. Nadie se sentirá amenazado por él. Debemos mirar cada vivienda con mucha atención. Si nos parece hostil, pasaremos de largo.

—Es posible que los pozos estén envenenados —apuntó Orestes.

Leandro asintió con aire distraído.

—Podemos ofrecernos a trabajar a cambio de comida y techo —dijo—, pero no debemos quedarnos por esta zona, porque nos encontrarían. Debemos avanzar más deprisa que ellos. Tal vez Mitros recupere las fuerzas. Si no, tendremos que ser fuertes nosotros dos para llevarlo a cuestas, o al menos para ayudarle una parte del trayecto. Caminaremos todos los días desde que nos levantemos hasta que esté demasiado oscuro. Si no, nos atraparán.

El tono de voz recordó a Orestes el de su padre cuando se encontraba en el campamento con los otros hombres y él quería que jugaran o que lo llevara sobre los hombros y su padre estaba demasiado ocupado. Tembló al pensar que se habría sentido más seguro en el dormitorio, con los demás, y casi más contento. Habría tenido más tiempo para reflexionar, para evocar los combates a espada con su padre, o las mañanas en que iba en busca de su madre y la encontraba esperándolo, o los momentos en que Electra e Ifigenia charlaban con él sentado entre ambas, o la tranquilidad con que se movía entre los sirvientes y los guardias.

Cuando llegaron a un pozo, se preguntó si debía ser él quien probara el agua. Si estuviera envenenada, no querría tener que observar cómo Mitros vomitaba, se ahogaba y se moría lentamente, y a Leandro se le veía tan fuerte y vigoroso guiándolos que resultaba inconcebible que el veneno lo afectara. Tal vez debieran beber los tres al mismo tiempo, pensó, pero a continuación consideró que si se ofrecía a probarla impresionaría a Leandro, sería una muestra de valentía.

Cuando se acercaron al pozo dejando a Mitros en el margen de la carretera, Leandro tomó agua en el hueco de la mano y la olió. Se enderezó y miró a su alrededor.

—Deja que beba yo —propuso Orestes.

—Uno de nosotros tendrá que hacerlo —dijo Leandro.

Hundió las manos en el agua y, ahuecándolas tanto como pudo, bebió e indicó a Orestes que siguiera su ejemplo. Orestes se imaginó a los tres retorciéndose por culpa del veneno. Sin embargo, intuyó que era buena apenas la probó. Esperaron un rato. Bebieron de las manos una y otra vez antes de que Orestes fuese a informar a Mitros de que creía que el agua era pura.

Horas después se toparon con un hombre que guiaba un rebaño de cabras.

—Aseguraos de que os vea las manos —susurró Leandro.

Al observar que el individuo se alejaba de ellos atemorizado, ordenó a Orestes y a Mitros que se quedaran donde estaban. Él se acercaría al pastor, añadió. Lo vieron caminar con paso lento, balanceando los brazos, y acariciar la cabeza de las cabras al pasar.

—Todo el mundo confía en él —dijo Mitros—. Cuando nos raptaron y quisieron dejarme al borde de la carretera porque estaba enfermo, se lo impidió. Los guardias le hacían caso.

—¿Lo conocías antes de que os raptaran?

—Sí. Su abuelo iba a casa de mi padre. Su abuelo lo llevaba a todas partes. Los hombres, los mayores, le dejaban escuchar sus conversaciones. Lo trataban como si fuera uno más.

—Me acuerdo de él —dijo Orestes—. De pequeños jugábamos juntos. En cambio a ti no te recuerdo.

—Estaba demasiado enfermo para jugar. Tenía que quedarme en casa. De todos modos, oía nombrarte. Conocía tu nombre.

Observaron que Leandro y el cabrero seguían enfrascados en la conversación. Aunque Orestes deseaba sentarse, consideró que era mejor que los dos permanecieran de pie para que se les viese bien.

—¿Crees que nos siguen? —preguntó a Mitros.

—Mi familia pagará dinero por mí, y la de Leandro dará todo lo que tiene. Seguro que los raptores lo saben. Cuando nos fugamos, debieron de pensar que les habían robado una fortuna. Ya no pueden pedir un rescate por nosotros.

—¿Cómo sabes que planeaban pedirlo?

—Porque, si no, nos habrían matado —respondió Mitros.

—Entonces ¿por qué no nos quedamos allí esperando?

—Leandro creía que yo no aguantaría mucho más tiempo. Además, temía que nos mataran a todos si los guardias sospechaban que nuestras familias habían enviado a hombres a liberarnos y que estos se encontraban cerca.

—¿Por qué no enviaron a hombres a liberarnos?

—Porque ahora Egisto está al mando. O al menos eso dice Leandro. Se lo oyó decir a un guardia.

—¿Al mando de qué?

—De todo.

—¿Ordenó él los raptos?

Mitros dudó un momento y desvió la vista hacia Leandro y el hombre. Daba la impresión de que fingía no haber oído la pregunta. Orestes decidió repetirla con voz queda, a ver qué sucedía.

—¿Ordenó él los raptos?

—No lo sé —susurró Mitros—. Puede que sí. Pregúntaselo a Leandro.

—Leandro me contó que algunos muchachos me odiaban por culpa de mi familia.

Mitros asintió, pero no hizo ningún comentario.

Vieron que Leandro se quedaba con las cabras mientras el hombre se acercaba a ellos.

—¿Vosotros dos estáis dispuestos a trabajar? —les preguntó.

Asintieron. Orestes trató de mostrarse animoso.

—Tengo unos establos que hay que vaciar —prosiguió el hombre. Observó con detenimiento a Orestes y luego a Mitros—. A cambio os daré comida y techo. Cuando acabéis, os vais.

Orestes asintió.

—¿Os sigue alguien? —les preguntó el hombre.

Orestes se dio cuenta de que solo disponía de un segundo para decidir la respuesta. No quería que sus palabras contradijeran las de Leandro.

—Mitros no se encuentra bien —susurró—, conque es posible que Leandro y yo hagamos la mayor parte del trabajo.

El hombre entrecerró los ojos y lanzó una mirada a Leandro.

—Os esconderemos si viene alguien —aseguró.

Siguieron al hombre y su rebaño hasta la puesta del sol, cuando llegaron a una casa pequeña con establos cerca de unos árboles. Leandro no se apartó del cabrero, con el que no paró de hablar mientras Orestes y Mitros caminaban detrás. Orestes se preguntaba cuánto tardaría el hombre en ofrecerles algún alimento —aunque fuera pan—, si tendrían que trabajar antes o bien esperar a que se dispusiera a comer y compartiera con ellos las viandas.

Cuando se acercaron a la casa, la esposa del hombre, que estaba a la puerta, pareció muy inquieta por su presencia. Entró, seguida por su marido. Luego este salió y ordenó a tres perros grandes y unos cuantos pequeños que los rodearan. Condujo a las cabras a un establo y por lo visto no se dio prisa en regresar. Mitros comenzó a acariciar a un perro y a jugar con él, pero los otros animales, menos amigables, amagaban con morderles los tobillos. Orestes se dio cuenta de que sería fácil retenerlos a Leandro, a Mitros y a él, con los perros como guardianes, hasta que llegaran los hombres que los seguían. Intentó averiguar si el pastor había podido adivinar que los tres valían dinero.

—¿Qué le has dicho de nosotros? —preguntó a Leandro.

—Le he contado la verdad. Era lo único sensato. Vio la sangre en la ropa. Le conté que tuvimos una pelea, pero no le he dicho que matamos a un guardia ni pienso decirle cuánto dinero pagarían nuestras familias por nosotros. No sabe quiénes somos.

—Aun así, es posible que nos venda —apuntó Mitros—. Aunque crea que no sacará mucho, tal vez le traiga más cuenta vendernos que protegernos.

—Si no conseguimos comida moriremos de hambre —afirmó Leandro—. No hay ninguna otra casa en muchas millas. Me ha dicho que la próxima queda a más de un día de camino. Después está el mar. Aquí no hay nada. Es posible que nos hayamos equivocado de dirección.

Se quedó pensativo.

—A su mujer no le gustamos —señaló Mitros.

El hombre reapareció y gritó a los perros, que rodearon a los muchachos con mayor celo, uno gruñendo incluso. Cuando Mitros quiso acariciar a aquel con el que había hecho buenas migas, el animal se apartó, se sentó delante de la casa y empezó a menear la cola. El hombre entró y cerró la puerta.

Los niños esperaron, con miedo a moverse, mientras el día declinaba. En la última media hora de luz observaron el frenesí de los vencejos y las golondrinas en el aire, tan estruendosos que casi conseguían que no se oyera nada más.

A medida que pasaba el tiempo los perros parecían más alertas. A Orestes le habían entrado ganas de aliviarse, pero sabía que los animales reaccionarían al menor cambio. Cuando oscureció, vio que las estrellas asomaban en el cielo, aunque todavía no había luna.

—No hagáis nada sin que os lo mande —susurró Leandro—. Estad atentos a mí. ¿De acuerdo?

Orestes le apretó la mano para expresarle su conformidad. Poco después, en el silencio reinante, Mitros empezó a toser, lo que provocó que los perros ladraran con más fuerza. Orestes y Leandro lo sujetaron para evitar que se doblara de dolor.

—No te muevas —le indicó Leandro—. Los perros se acostumbrarán a la tos.

Cuando apareció la luna, el hombre salió de la casa. Profirió a gritos unas palabras para calmar a los perros.

—Seguid vuestro camino. Los tres. Hemos decidido que no os queremos aquí. Es demasiado peligroso.

—No tenemos comida —dijo Leandro.

—Los perros os atacarán si no os vais. Y si alguna vez volvéis por aquí, se os tirarán al cuello.

—¿No puedes darnos aunque sea pan? —le preguntó Leandro.

—No tenemos nada.

—¿En qué dirección es mejor ir?

—Ninguna dirección es buena, salvo volver a las montañas de donde habéis venido. El resto es mar.

—¿De quién es la próxima casa?

—Al igual que la mía, está protegida por perros. Ni siquiera ladrarán. Os harán trizas con solo oler la sangre.

—¿Hay islas?

—No hay barcos. Se llevaron nuestras embarcaciones para librar su guerra.

—¿Hay agua para beber?

—No.

—¿Ningún manantial o pozo? ¿Ningún arroyo?

—Nada.

—¿Quién vive en la próxima casa?

—Da igual. Es una anciana, pero no llegaréis a verla. Sus perros son como lobos. Solo los veréis a ellos.

—¿Podrías darnos siquiera un poco de agua antes de que emprendamos la marcha?

—Ni una gota.

El hombre susurró algo a los perros.

—Caminad en fila y despacio —les indicó en voz alta a los tres—. No os volváis.

Orestes observó que en la puerta había aparecido la mujer, quien se mantenía entre las sombras junto al perro al que Mitros había acariciado. El animal seguía meneando la cola.

—La tos de mi amigo… —empezó a decir Leandro.

—Los perros os seguirán a lo largo de una milla —lo interrumpió el hombre—. Si os dais la vuelta o habláis siquiera, os atacarán. Si vuestro amigo empieza a toser, no sabrán qué ocurre y arremeterán contra él.

—No puedo… —empezó a decir Mitros.

—Concéntrate con todas tus fuerzas —le susurró Leandro.

—Marchaos ya —les indicó el hombre, y a continuación gritó órdenes a los perros, que echaron a andar despacio detrás de ellos.

Los muchachos caminaron y, cuando los perros dieron media vuelta, siguieron adelante sin mirar atrás. Poco después llegaron a un sitio protegido por unos matorrales. Se sentaron. Mitros fue el primero en dormirse. Leandro dijo que se quedaría despierto mientras Orestes descansaba y que lo despertaría más tarde para que montara guardia.

Al amanecer, Orestes se fijó en las aves marinas y tuvo la sensación de que los gritos que lanzaban se volvían más estruendosos e inquietantes cuando volaban por encima de él y sus compañeros, que dormían. Pensó que sus posibles perseguidores sabrían dónde se encontraban, del mismo modo que cualquiera que se hallara más adelante sabría que se acercaban. Los gritos de las gaviotas eran especialmente estridentes. Miró al cielo y vio halcones que se cernían muy por encima de ellos en la pálida luz de la mañana. En millas a la redonda, la gente tendría la certeza de que había intrusos en el paisaje.

Cuando reanudaron la marcha, percibieron el olor salobre del mar, y al subir por cerros Orestes vislumbró en varias ocasiones su color azul. Era consciente de que se alejaban de la posibilidad de conseguir comida y agua. La última que tendrían sería la casa custodiada por los perros, la que el hombre había mencionado. Suponía que Leandro estaba ideando un plan, pero este se sentía aún más alicaído que Mitros, y Orestes temía preguntarle qué tenía en mente.

Jadeantes de sed, se detuvieron a descansar en un campo sembrado de rocas, y Mitros se recostó y cerró los ojos. Leandro comenzó a buscar piedras que le cupieran en la mano.

Poco a poco reunió un montón. Se quitó la túnica y, poniéndosela en bandolera, metió en ella tantas piedras como le fue posible; luego probó el peso y tiró algunas cuando lo consideró excesivo. Orestes siguió su ejemplo sin preguntar nada y advirtió una renovada viveza en su compañero, una expresión que rezumaba determinación y algo muy parecido a la confianza.

Avisaron a Mitros, que abrió los ojos, se levantó y echó a andar detrás de ellos. Esta vez avanzaron más despacio, atentos al menor sonido. Leandro se fabricó un bastón con un árbol raquítico y más adelante se paró a hacer otros dos para Orestes y Mitros.

Orestes pensó que sería incapaz de dar un paso más en cuanto empezó a soñar con comida y agua. Intentó imaginar su lugar de destino, que se convirtió en el palacio, con su madre esperándolo a la puerta y Electra e Ifigenia en el interior.

Se preguntó estremecido dónde estaría Electra y si también a ella la habrían raptado, o si se la habrían llevado para matarla como a Ifigenia, con gritos y los bramidos de los animales. Por un instante quiso encogerse como un ovillo para que nadie lo viera, pero Leandro le indicaba por señas que siguiera adelante.

Caminaron durante horas en dirección al sol poniente. Orestes estaba cansado de llevar las piedras. A Mitros le costaba cada vez más andar. Como cargaban con el peso de las piedras, les era imposible ayudarlo. Lo único que Leandro podía hacer era hablarle con voz dulce y acariciante, por más que le faltara el aliento cuando subieron por una colina.

Durante parte del día ningún pájaro había surcado el límpido cielo, pero de pronto, al alargarse la sombra de los muchachos, regresaron las aves marinas, que volaban cada vez más bajo y parecían casi furiosas cuando descendían en picado.

Leandro se quedó detrás de Orestes mientras oteaban lo que se extendía ante ellos. Orestes escudriñó cada pulgada del paisaje sin atisbar ninguna señal de que la zona estuviera habitada. Se preguntó si el hombre les había engañado al decirles que había una casa. Aunque notaba que Leandro estaba preocupado, comprendió que era mejor no preguntarle su opinión y se sentó al lado de Mitros, que estaba tumbado en el suelo con los ojos cerrados.

Leandro habló con dulzura a Mitros. Le dijo que no tardarían en encontrar comida, agua y una cama donde dormir. Que debía recorrer con ellos el último tramo. Orestes observó que se veía el mar por dos lados; se dirigían hacia el final de la tierra. Sabía que si no había ninguna casa, ni pozos ni manantiales, estarían acabados y tendrían que dar media vuelta.

Más adelante la vegetación se espesaba, lo cual le indujo a pensar que había agua. Y era muy posible que hubiera una casa oculta por los matorrales y los pinos. Mientras caminaban, las aves marinas que los habían seguido se alejaron y solo se oyeron gorriones y otros pajaritos. Al poco ese sonido quedó interrumpido por los ladridos de unos perros. Leandro indicó por señas a sus dos compañeros que corrieran al resguardo de un matorral de la orilla del sendero en tanto él se situaba detrás de un pino delgado que se alzaba al otro lado. Una vez que estuvieron los tres en su sitio, se puso a silbar.

Cuando el primer perro apareció corriendo fieramente por el sendero, Leandro empezó a apedrearle, por lo que el animal se detuvo en seco y gruñó. Orestes quería alcanzarle en la cabeza y, por fin, con una piedra angulosa logró que cayera de costado. Leandro se adelantó y golpeó al perro en la cabeza con un palo; luego volvió a su arsenal de piedras a buscar una lo bastante recia para reventársela. En ese momento apareció un segundo perro en el sendero. En cuestión de segundos sujetaba con los dientes el brazo de Leandro, que chillaba y se retorcía de dolor. Orestes pidió a Mitros que sacara una piedra grande de su montón y cogió el palo para aporrear al animal.

Mitros lanzó piedras al perro y Orestes le golpeó cada vez con más fuerza. Al final el can se desplomó echando sangre por la boca, y Leandro, jadeante, se llevó la mano al brazo para contener la hemorragia. Los tres miraron al frente; Orestes no ignoraba que serían incapaces de defenderse de más perros si acudían en jauría. Mientras Mitros examinaba la herida de Leandro, Orestes oyó ladridos. Tuvo tiempo de ir a buscar piedras antes de que un enorme perro negro corriera con ímpetu hacia ellos enseñando los dientes. Con una feroz concentración, apuntó y dirigió una piedra hacia la boca abierta del animal, que, asfixiado, cayó boca arriba con un aullido de dolor.

Ya no se oían más que gañidos. El primer perro, todavía con vida, intentaba levantarse pese a tener media cabeza reventada. Orestes avanzó veloz hacia él y con todas sus fuerzas le arrojó una piedra al cuerpo. Cruzó al otro lado, se arrodilló junto a Leandro y se fijó en el enorme desgarrón que tenía en el brazo.

—Levántate —dijo.

Despacio y con gran dificultad, chillando de dolor, Leandro logró sentarse. Abrió los ojos de par en par, y Orestes advirtió que examinaba la escena con algo parecido a su actitud vigilante de siempre. Se puso en pie y se apretó el brazo derecho con la otra mano.

—Puede que haya más perros —dijo como si no hubiera ocurrido gran cosa.

Permanecieron sentados entre las sombras mientras menguaba la luz y aumentaba de volumen el canto de los pájaros. Orestes estaba tan cansado que creía que se quedaría dormido si se tumbaba en la blanda hierba que crecía entre los árboles. Suponía que Leandro y Mitros se sentirían igual que él.

Dormitaba cuando oyó una voz femenina. Miró entre las ramas y vio a una mujer inclinada sobre un perro, cuyo nombre pronunciaba a gritos. Era anciana y estaba muy débil. Al ver a los otros perros dejó escapar un chillido y fue de uno a otro llamándolos por su nombre; al final abrazó la cabeza de uno y profirió palabras de lamento. Orestes observó que se levantaba y miraba a su alrededor; por un instante fue consciente de que la mujer lo vería si miraba con detenimiento. Sin embargo, al advertir que entrecerraba los ojos dedujo que le fallaba la vista. La anciana se alejó en la dirección por donde había aparecido; seguía soltando improperios y pronunciando el nombre de los perros, alzando la voz como si intentara despertarlos de la muerte.

Esperaron hasta que oscureció. Orestes estaba convencido de que si la mujer hubiera tenido más perros, no habría llorado tanto a los que había encontrado muertos. No obstante, se mantuvo atento al menor ladrido. Oyó otros animales —cabras que balaban, además de ovejas y gallinas—, pero no captó ningún ruido que recordara a un perro. Cuando Mitros comenzó a vomitar, también a él le entraron ganas. Leandro les advirtió de que no hicieran ruido. Al acabar, Orestes se tumbó agotado al lado de Mitros, que le cogió la mano un momento. No supo si su compañero lo hacía para manifestarle lo extenuado que estaba, o bien el hambre, la sed y el miedo que tenía. Leandro se sentó a cierta distancia de ellos, como si se hubiera enfadado. Se levantó al salir la luna.

—Quiero que os quedéis aquí sin hacer ruido —dijo—. Iré a hablar con ella.

Mientras esperaban el regreso de Leandro, Orestes oyó muchos ruidos que le parecieron pasos, como si alguien se acercara. Se percató de que la maleza bullía de movimiento, de animalillos que escarbaban. Además captó un ruido que no reconoció al principio. Semejaba un sonido humano, una persona que inspiraba y espiraba. Aguzó el oído e indicó a Mitros que escuchara también mientras ese ruido —como si un ser más robusto que ellos durmiera tranquilamente, respirando sin dificultad— iba y venía. Durante un rato tuvo la certeza de que había alguien cerca, alguien que no tardaría en despertarse y con quien tendrían que lidiar. Luego Mitros le susurró: «Es el mar». De pronto lo comprendió: las olas crecían a medida que se aproximaban a la tierra y, después de romper, se retiraban con un rápido rumor apagado. Ignoraba que ese sonido pudiera ser tan estruendoso. Cuando había estado en el campamento con su padre había visto el mar, y debía de haber dormido cerca de él, pero jamás lo había oído de esa forma. Además, estaba seguro de que ese ruido como de respiración no se oía antes. Pensó que tal vez el viento hubiera cambiado o que quizá aquel sonido fuera propio de la noche.

Mientras aguardaban, Orestes casi tenía la sensación de que se balanceaban en un barco, tan uniforme era el ritmo del agua. Le pareció que si se concentraba en el ruido del mar y se olvidaba de todo lo demás no tendría que pensar; sin embargo, al ver que el tiempo pasaba y Leandro no volvía, temió quedarse a cargo de Mitros, sin saber si debía ir a casa de la mujer como había hecho Leandro o regresar con Mitros a la carretera, donde nada les protegería de otros perros ni de los guardias que quizá anduvieran tras ellos.

Leandro tuvo que llamarlos al acercarse, ya que no logró localizarlos de inmediato. El hecho de que casi gritara indicó a Orestes que estaba seguro de que no había ningún peligro. Se levantaron nada más oír su voz.

—Dice que podemos quedarnos —aseguró—. Le he prometido que nos quedaremos hasta que ella quiera. Tiene comida y hay un pozo. Le damos miedo. Está llorando por lo que les hemos hecho a sus perros.

Cuando se pusieron en marcha, los murciélagos empezaron a abatirse sobre ellos y Mitros se cubrió asustado la cabeza. Leandro les indicó que avanzaran despacio y miraran donde pisaban porque la casa quedaba cerca de unos acantilados abruptos. Mitros tenía tanto miedo de los murciélagos que se apretujó entre sus dos compañeros en busca de protección.

La mujer les esperaba en la puerta. Parecía enorme, casi siniestra, entre las sombras proyectadas por la lámpara de aceite. Se apartó para que entraran y los siguió al interior. Orestes echó un vistazo a la habitación y se regaló la vista con un cántaro de cerámica con agua y un vaso del que supuso que Leandro había bebido antes de ir a buscarlos. Puesto que tanto Leandro como él llevaban el torso desnudo por haber usado la túnica para transportar las piedras, sintió una extraña incomodidad en aquel espacio reducido. Sin prestarles la menor atención ni a Mitros ni a él, la mujer examinó la herida que Leandro tenía en el brazo, a la cual ya había aplicado un emplasto.

Orestes contempló el vaso preguntándose qué ocurriría si simplemente pidiera permiso para beber y compartir el agua con Mitros.

—Bebed —dijo Leandro—. No tenéis ni que preguntarlo. Hay un pozo al lado. Me ha prometido que no está envenenado.

Cuando Mitros casi corrió a por el agua, la anciana se apresuró a apartarse de su camino y se quedó junto a la pared, mirándolos.

—Por un momento he pensado en llamar a los perros para que me protegieran, pero ya no puedo llamarlos —murmuró—. No tengo perros a los que llamar. No tengo a nadie que me proteja.

—Nosotros te protegeremos —afirmó Leandro.

—Os iréis en cuanto hayáis comido y diréis a los demás que estoy desprotegida.

—No nos iremos —le aseguró Leandro—. No debes tenernos miedo. Seremos mejores que los perros.

Mitros apuró el agua del vaso y se lo entregó a Orestes, que volvió a llenarlo y lo vació de un trago. Leandro gritó de dolor cuando la mujer le retiró el emplasto del brazo y le untó la herida con un espeso líquido blanco.

—Tiene que haber alguien de guardia a todas horas —dijo Leandro—. Si todavía nos siguen, vendrán. El campesino los mandará aquí.

—E incendiarán la casa —intervino la anciana—. Eso es lo que harán.

—No dejaremos que se acerquen —afirmó Leandro. Se puso en pie y su sombra creció sobre la pared.

—Yo montaré guardia esta noche —se ofreció Orestes.

—Te llevaré la cena en cuanto esté lista —le dijo Leandro.

—¿Cuánto tardaréis en prepararla?

—Hay pan. Puedes llevártelo —contestó Leandro.

Cuando Orestes salía de la casa, la anciana le gritó algo ininteligible para él. A continuación la mujer se dirigió a Leandro, como si fuera el único capaz de entenderla.

—Que no se aleje demasiado. Ojo con los acantilados. Solo los animales saben qué sitios son seguros. Debería llevarse una cabra y caminar detrás de ella.

—¿Son tuyas las cabras? —le preguntó Orestes.

—Claro. ¿De quién iban a ser, si no?

La anciana salió de la habitación y regresó enseguida con una túnica gruesa, que entregó a Orestes.

Leandro lo acompañó a la oscuridad y se quedó un rato con él, hasta que lograron distinguir las formas a la luz de las estrellas. Acarició una de las cabras a las que la mujer había llamado.

—¿No te dormirás? —le preguntó.

—No —respondió Orestes—. Además, veo bien y tendré cuidado.

—Si oyes algún ruido anormal, por tenue que sea, ven a despertarme. La mujer tiene más cabras y hay ovejas en unos campos situados a cierta distancia. Es posible que las oigas a lo lejos. Y las gallinas alborotarán al alba. Tal vez haya otros ruidos, de pájaros, por ejemplo. Pero si crees oír cerca los ladridos de un perro, o algún sonido humano, despiértame. Intentaremos defendernos. Por la mañana nos ocuparemos de que la casa sea segura, o más segura.

—¿Cuánto tiempo nos quedaremos?

Leandro suspiró.

—No nos iremos.

—¿Qué?

—No nos iremos hasta… hasta que la anciana muera o quiera que nos marchemos. Se lo he prometido.

—Pero podríamos buscarle otros perros.

—Nos quedaremos —afirmó Leandro—. No debemos pensar en irnos.

Cuando Leandro se retiró, Orestes siguió despacio a una cabra, calculando dónde quedaban los acantilados por el ruido de las olas. Puesto que la suave brisa arrancaba susurros a las hojas de los árboles, que crecían en abundancia en torno a la casa, intentó imaginar cómo sonarían otros ruidos, los de un intruso. Confiaba en que Leandro no tardara en llevarle comida, para tener algo más que el pan.

Cuando por fin se la llevó, la engulló con voracidad y se quedó con ganas de seguir comiendo; lamentó no estar sentado a la mesa con los otros para ver si había más. Estaba solo, con el ruido del mar, el susurro de las hojas y el ulular intermitente de una lechuza; no se oía nada más.

Se adormiló una hora antes del amanecer y se despertó sobresaltado con la luz. Pensó que la aurora debía de haber sido sigilosa, pues le había sacado del sueño cuando todo estaba ya iluminado y se oían ruidos nuevos: el trino de los pájaros y el cacareo de un gallo. Se incorporó y aguzó el oído por si captaba algún otro, pero le pareció que no se oía nada más. No le contaría a Leandro que se había dormido.

Durante los dos días siguientes, mientras Mitros estaba en la cama o con la anciana, Orestes y Leandro se dedicaron a juntar piedras y cantos. Intentaron partir las piedras de modo que al lanzarlas recorrieran diferentes distancias. Practicaron a intervalos tirando los proyectiles contra un blanco determinado y luego formaron montículos entre los matorrales a ambos lados del caminito estrecho que conducía a la casa.

También comenzaron a explorar el terreno que rodeaba la vivienda. Leandro se fijó en que los árboles frutales se habían podado hacía poco y en lo bien cuidados que estaban tanto los animales como las cercas de piedra de los campos. Miró con gran atención la casa, las edificaciones anexas y los almacenes de embutidos, grano y leña.

—Es imposible que lo haya hecho ella sola —comentó.

Cuando oscureció, Mitros se ofreció a salir a vigilar mientras los otros cenaban. Más tarde Leandro iría a relevarlo y pasaría la noche en el punto más elevado, al que se llegaba por una senda que habían abierto y señalizado con piedras y cantos. Cuando la anciana les sirvió la comida, Leandro le preguntó si siempre había estado sola.

—La casa no está poblada por mí —contestó—, sino por quienes se han ido. Son sus voces las que oigo y a las que respondo cuando puedo. Ya no hace falta que cocine para ellos; por eso están llenos los almacenes.

—¿Dónde están? —le preguntó Leandro.

—Desperdigados.

—¿Quiénes? —intervino Orestes—. ¿Quiénes vivían aquí?

—Se llevaron a mis dos hijos al ejército, a la guerra, y sus barcos también.

—¿Cuándo se los llevaron? —preguntó Orestes.

—Hace algunas lunas. Se han ido todos y no volverán. Me dejaron a los perros, y ahora los perros tampoco están.

—¿Cuántos vivíais aquí? —preguntó Leandro.

—Sus mujeres huyeron con los niños, incluido el cojo, al que yo más quería —contó la anciana sin responder a la pregunta—. La ropa que lleváis es suya.

—¿Por qué no te fuiste tú también? —le preguntó Orestes.

—Nadie me lo pidió. Una sola palabra de uno de ellos, y me habría ido. Los que huyen en la noche no quieren una anciana al lado. —Suspiró—. Creímos que los individuos que vinieron solo querían las ovejas, las cabras y las gallinas —prosiguió—, y resultó que querían hombres jóvenes y barcos. De haberlo sabido, habríamos escondido a los hombres. Se los llevaron en un abrir y cerrar de ojos, y supusimos que no volverían.

—¿Dónde están ahora? —le preguntó Orestes.

—En la guerra.

—¿En qué guerra?

—La guerra —respondió ella—. La guerra.

—¿Y los demás? —preguntó Leandro.

—A los demás les dio miedo quedarse. Solo uno, el cojo, miró atrás cuando partieron.

Se quedó callada y comieron en silencio. Cuando ya habían acabado, entró Mitros. La anciana le sonrió y le revolvió el pelo de buen humor, con cariño, tras ponerle la cena en la mesa. Orestes tenía la impresión de que Mitros había entrado sin darse cuenta en un reino propio: los evitaba a Leandro y a él tanto como podía y pasaba los días detrás de la anciana.

La mañana siguiente, mientras Orestes y Leandro estaban sentados junto a un montón de piedras, sin hablar, mirando a lo lejos, vieron un perro que se acercaba despacio meneando la cola. Cuando el animal pasó por delante, se ocultaron entre los matorrales, cada uno con una piedra en la mano. Convencido de que llegaba alguien, Orestes se puso tenso, preparado para el ataque. Vigilaron expectantes, pero no apareció nadie. Por lo visto el perro había acudido solo. Al final Orestes dejó a Leandro de vigía y fue a la casa, donde encontró al animal con las patas sobre la mesa, acariciado por Mitros y la anciana.

—Es el perro de aquella casa. Se hizo amigo mío delante de la casa —dijo Mitros.

—¿Qué casa?

—La casa donde nos rodearon los otros perros. Este amigo mío no se juntó con ellos. No hizo más que menear la cola. Es simpático.

La anciana acercó un cuenco de agua al perro, que se la bebió enseguida con sonoros lengüetazos y volvió al lado de Mitros.

Orestes salió para contar lo ocurrido a Leandro, que sonrió.

—Todo el mundo quiere a Mitros. Menos los guardias. Ellos no le apreciaban. Y aquellos otros perros, tampoco. La anciana sí le quiere.

Antes de ir a descansar, Leandro advirtió a Orestes de que se mantuviera ojo avizor por si el campesino acudía en busca del perro.

—¿Qué hago si viene?

—Dile que más adelante hay un cepo y que si se acerca a la casa le atrapará la pierna.

—¿Y qué hago si no me cree?

—Grita a pleno pulmón y tírale piedras. Dale con fuerza en las piernas. Asústalo.

Poco a poco se acostumbraron a la casa. La anciana les enseñó a cuidar de los animales, a cosechar, a cultivar hortalizas y a ocuparse de los árboles frutales. Mitros se quedaba en la cocina con ella cada vez que podía y solo salía a recoger huevos o a ordeñar las cabras, siempre acompañado por el perro. Orestes y Leandro se turnaban en las guardias nocturnas: tres noches consecutivas cada uno. Orestes llegó a familiarizarse con los ruidos de la noche y aprendió a no dormirse en la hora anterior al alba, cuando más cansado estaba.

A veces imaginaba que Leandro y Mitros eran sus hermanas, Electra e Ifigenia. En sus sueños, salía en busca de una de ellas. Imaginaba asimismo que la anciana era su madre. Se preguntaba si Leandro y Mitros tendrían los mismos pensamientos que él y si soñarían que esa casa era como su casa de verdad y que las personas con quienes la compartían eran como su familia.

Una mañana, cuando estaba sentado a la mesa de la cocina con Mitros, mientras Leandro montaba guardia entre los matorrales y la anciana atendía a las gallinas, el perro comenzó a rascar el suelo y a mirar alrededor, expectante. Mitros se echó a reír y le acarició la cabeza. Los movimientos del animal se volvieron más frenéticos y Orestes dejó de comer para observar la escena. Cuando la anciana entró, los muchachos ni siquiera la miraron, tan absortos estaban contemplando al perro. Al ver lo que ocurría, la mujer soltó un grito y corrió hacia la puerta.

Orestes y Mitros la siguieron para averiguar qué pasaba.

—¡El perro! —dijo ella—. Viene alguien. ¡Ve a buscar a Leandro!

Era la primera vez que Orestes la oía pronunciar el nombre de Leandro. El de Mitros era el único que la anciana parecía conocer hasta entonces. Corrió al lugar donde estaba su compañero y lo encontró sentado a la sombra cerca de un montículo de piedras. Cuando le contó lo sucedido, Leandro le ordenó que fuera al otro lado del camino, se quedara junto al montón de piedras y de momento no hiciera nada. No debía lanzar ninguna hasta que él le diera la señal.

Aguardaron sin que apareciera nadie. Orestes se arrepentía de no haber preguntado a Leandro en qué momento podía volver a la casa. Había pasado la noche en vela y estaba rendido. Atisbó los matorrales del otro lado del camino y no vio ni rastro de Leandro. Supuso que debía de estar escondido, a la espera, todavía alerta. Al cabo de un rato sintió la tentación de llamarlo, pero comprendió que su compañero ya le habría dado una voz si hubiera considerado que podía moverse.

No vio a los dos hombres que se acercaban. Por eso le sorprendió el grito que profirió uno cuando una piedra arrojada por Leandro le dio en la cabeza. Como seguía teniendo una piedra en cada mano, le resultó fácil actuar con rapidez. Vio que los dos individuos se habían parado. Uno tenía las manos en la cabeza. El otro miraba alrededor, intrigado, sin explicarse de dónde había llegado el proyectil. Orestes los reconoció: eran los guardias que lo habían sacado de palacio.

Retrocedió y apuntó con cuidado y frialdad tras decidirse a atacar al hombre ya herido, al que golpeó en la cabeza con una piedra y en plena cara con la segunda. El otro corrió hacia la casa y esquivó las dos piedras que le lanzó Leandro. Orestes cogió otra y le dio en el hombro, si bien el impacto no lo detuvo.

Tras quitarse la túnica y llenarla de piedras, Leandro saltó de su escondrijo para seguir al hombre. Orestes observó que el otro, el herido, seguía en pie. Le arrojó otras dos piedras, una más pequeña y puntiaguda, y acertó con ambas. El hombre se desplomó. Orestes se quitó la túnica para llenarla de piedras y corrió por el camino en pos de Leandro.

Vislumbró a su amigo, que estaba solo y, tras haber tirado al suelo las piedras, miraba alrededor presa del pánico, desesperado por ver dónde se había metido el hombre al que seguía. De repente este salió de entre los matorrales en que se había ocultado, se abalanzó sobre Leandro y le aferró la garganta con una mano. Orestes, todavía a cierta distancia, cogió una piedra, pero, antes de que la lanzara, el individuo consiguió derribar a Leandro. Mientras los dos se peleaban rodando por el suelo, Orestes advirtió que el guardia tenía algo en la mano: un cuchillo, supuso.

Al aproximarse vio que se colocaba encima de Leandro, a horcajadas, y que le sujetaba un brazo. Leandro le agarraba la muñeca, pues el otro trataba de acercarle el cuchillo al cuello para clavárselo.

Orestes tiró al suelo las piedras, consciente de que si se paraba a pensar en lo que debía hacer perdería la oportunidad de sorprender al intruso. Se acercó intentando no hacer ruido, le rodeó la cabeza con las manos y le hincó los pulgares en los ojos con toda la fiereza que pudo. Durante esos segundos fue como si no tuviera cuerpo ni mente, como si no tuviera nada salvo la fuerza de los pulgares. No respiró hasta que notó que algo se rompía en las cuencas de los ojos y el hombre, lanzando un grito, soltó el cuchillo y la mano de Leandro.

Con un solo movimiento, Leandro se arrodilló y cogió el cuchillo para apuñalar al guardia en el pecho y el cuello. Cuando este ya no emitió ningún sonido, lo dejaron tendido de espaldas en el suelo.

—Tenemos que ir a por el otro —dijo Leandro.

Orestes quiso detenerlo para contarle quiénes eran el muerto y su compañero —el guardia amable, el que lo había tratado con menor severidad—, pero Leandro ya se había adelantado y tuvo que seguirlo.

El hombre no estaba en el camino. Avanzaron con cautela por si se hubiera escondido entre los matorrales. Cuando llegaron al claro lo vieron más abajo, a lo lejos: andaba haciendo eses, con las manos en la cabeza. Miró hacia atrás y, al verlos, quiso alejarse corriendo.

—Espérame —dijo Leandro, y retrocedió para coger piedras—. Podemos alcanzarlo —añadió al regresar—. Avísame cuando creas que puedes darle.

Tras reunir más piedras, avanzaron tan rápido como pudieron. Aunque Orestes veía con claridad que su presa era incapaz de correr más que ellos, temía que, al igual que el otro, tuviera un cuchillo.

En ese caso, la única posibilidad del hombre consistía en acercarse a uno de ellos para usar el arma.

Orestes decidió apretar el paso. Si lograba avanzar sin perder ninguna piedra, se detendría y apuntaría antes de que Leandro, que iba por delante, diera alcance al hombre. Tenía la sensación de que si no se alteraba, si no calculaba siquiera, podría hacer cualquier cosa. No le fallaría la puntería y sería capaz de determinar en qué momento debía empezar a lanzar las piedras. Por lo visto el guardia estaba desesperado por escapar; aun así, Orestes no dudaba que podría dar media vuelta de improviso y amenazarlos.

En lugar de seguir a Leandro y al hombre, cruzó en diagonal el claro por donde continuaba el promontorio. Se aseguró de que no le cayera ninguna piedra de la túnica, que sostenía contra el pecho. Corrió aún más deprisa al advertir que el individuo volvía a mirar hacia atrás. Pensó que estaba calculando, tratando de determinar en qué punto debía detenerse y prepararse para atacar con el cuchillo a Leandro si este era tan necio para acercarse.

Orestes estaba listo. Eligió una piedra, apuntó y la lanzó, pero el proyectil falló porque el hombre no corría en línea recta y le alertó de la posición de Orestes. Al muchacho no le quedó más remedio que recoger la túnica llena de piedras y correr con todas sus fuerzas hacia la figura en movimiento. Aunque ya no contaría con la ventaja de la pendiente, creía que si concentraba toda la energía en la velocidad lograría acercarse lo suficiente para arrojarle otra piedra desde un lado, pese a que el ángulo no fuera bueno.

Se detuvo y cogió una piedra. Inspiró y reunió la misma fuerza que cuando había atacado al primer hombre. Luego la lanzó. Le dio en el hombro. Se apresuró a coger otra. La segunda se estrelló contra la cabeza del hombre, que cayó de espaldas.

Orestes no dijo nada cuando alcanzó a Leandro. Ambos tenían la vista fija en el cuerpo tendido. Al acercarse le oyeron quejarse y resollar. Orestes dejó las piedras en el suelo y se arrodilló para coger una de las cinco o seis que le quedaban. Corrió hacia su víctima y le golpeó con fuerza en la cabeza.

El hombre seguía tumbado de espaldas y tenía los ojos muy abiertos. Cuando posó su mirada desesperada en Orestes, dio la impresión de reconocerlo y pronunció una palabra que sonó como el nombre del chiquillo. Orestes dudó un instante antes de arrojarle otra piedra, que le partió la cabeza.

Leandro rebuscó en la ropa del hombre y encontró dos cuchillos. Orestes volvió sobre sus pasos para recoger la túnica. Regresó al lado de su compañero, y juntos arrastraron el cuerpo en dirección a la casa agarrándolo cada uno por un pie, de modo que la cabeza golpeaba el suelo. Como pesaba, se detuvieron varias veces a descansar. Lo llevaron con el otro hombre, cuyo cadáver ya empezaba a atraer moscas. Los empujaron uno tras otro hasta el borde del acantilado y los arrojaron al vacío.

—Me prometí que no mataríamos a nadie más —dijo Leandro.

—Nos habrían matado ellos. Son los hombres que me raptaron.

—Estos ya no harán nada. De todos modos, he faltado a mi promesa.

Camino de la casa, Orestes se sintió tentado de hablarle del viaje que había emprendido con los dos hombres cuando se lo llevaron de palacio, pero supuso que a Leandro no le gustaría, ya que ni él ni Mitros mencionaban jamás cómo los habían raptado. Era algo sobre lo que tendría que reflexionar a solas.

Encontraron a Mitros y a la anciana sentados a la mesa. Cuando entraron, el perro se levantó, se estiró y bostezó.

—Hace un rato dejó de rascar el suelo —dijo Mitros—, conque supusimos que quienquiera que hubiera venido ya se había ido.

Orestes miró a Leandro, que se encontraba entre las sombras, sin túnica.

—Sí, ya se han ido —afirmó Leandro.

—Hemos oído gritar a un hombre —contó la anciana—. Y le he dicho a Mitros que si volvía a gritar saldríamos a ver qué pasaba. Como no hemos oído nada más, decidimos quedarnos aquí.

Leandro asintió.

—He perdido la túnica.

—Tengo retales —dijo la anciana—. Te confeccionaré una. A lo mejor hago una para cada uno. Así estaré ocupada.

Orestes observó a Leandro y le pareció que se había hecho mayor. Tenía los hombros más anchos y la cara más afilada y enjuta. Solo entre las sombras, se le veía más alto. Por un instante Orestes sintió la tentación de cruzar la estancia para tocarlo, para ponerle la mano en el rostro o en el pecho, pero no se movió.

A pesar del hambre y del cansancio, le parecía que necesitaba hacer algo más, que entraría gustoso en acción si le avisaran de que se acercaban más hombres.

No podía apartar la vista de Leandro, que se movía sin túnica en aquella habitación pequeña. Cuando este lo miró, Orestes advirtió que también su compañero se sentía inquieto. Si la anciana hubiera anunciado que tenía que sacrificar una oveja, una cabra o una gallina, la habría acompañado llevando un cuchillo afilado. Habría estado dispuesto a ayudarla. Igual que Leandro, supuso.

Se sentaron a la mesa y, como si fuera una noche normal, comieron lo que la mujer había preparado. El perro contemplaba la escena desde un rincón; observaba con atención, como de costumbre, cada bocado que Mitros se llevaba a la boca y se acercaba a él cada vez que lo oía toser.

Como sabían que el perro les advertiría de la presencia de intrusos, ya no habría que montar guardia por la noche. A propuesta de Leandro, Orestes compartiría una cama con Mitros, con el perro entre ambos. Leandro dormiría en la habitación contigua y la anciana al fondo de la casa.

Durante el día se reunían para las comidas, que cocinaban la anciana y Mitros. Orestes y Leandro se ocupaban de los animales y los campos, las hortalizas y los árboles, y a menudo trabajaban juntos. Nunca había silencio mientras comían los cuatro. Charlaban del tiempo que hacía o del cambio del viento, de un nuevo queso de cabra elaborado por la anciana, de algún animal o de lo que le había pasado a un árbol. Bromeaban sobre la pereza de Mitros, sobre lo mucho que costaba sacar a Orestes de la cama y sobre cómo había crecido Leandro. Lanzaban pan al perro y se reían viendo la avidez con que se lo zampaba. Sin embargo, la mujer nunca hablaba de su familia, y los muchachos, por su parte, tampoco mencionaban su hogar. Orestes se preguntaba si Mitros habría contado la historia de los tres a la mujer o si en las conversaciones entre ambos habrían aflorado partes de lo sucedido.

Algunos días el viento soplaba con furia. La anciana siempre adivinaba cuándo iba a ocurrir y les prevenía. En ocasiones comenzaba con un silbido en la noche, o bien durante el día, cuando hacía más calor que de costumbre; luego arreciaba durante dos o tres días antes de amainar. Cuando silbaba con más fuerza, Mitros tenía que quedarse junto al perro, que, nervioso, gruñía y quería esconderse. Las noches en las que soplaba con mayor intensidad, en las que ninguno lograba conciliar el sueño y se acomodaban inquietos en la cocina, la anciana sacaba una botella de aguardiente de frutas, se servía un vaso y ofrecía a los muchachos agua y fruta en abundancia, tras lo cual les contaba una historia, con la promesa de que, si le era posible, la alargaría para que durara toda la noche.

—Había una vez una joven con fama de ser la más hermosa que jamás se hubiera visto —contó una noche—. Sobre su nacimiento diferían las opiniones. Algunos creían que su padre era uno de los dioses antiguos y que había venido a la tierra en forma de cisne. En cualquier caso, pensaran lo que pensasen acerca del padre, todos coincidían en el nombre de la madre.

La anciana se interrumpió cuando el viento volvió a soplar alrededor de la casa. El perro se desplazó hacia el rincón y Mitros se sentó en el suelo, a su lado.

—¿Cómo se llamaba la madre? —preguntó Orestes—. ¿También ella era una diosa?

—No, era mortal —respondió la anciana, que se interrumpió de nuevo. Dio la impresión de que intentaba recordar algo—. Era el tiempo de los dioses —prosiguió—. El cisne yació con ella, con la madre, y algunos dicen...

—¿Qué dicen? —preguntó Orestes.

—Dicen que nacieron dos criaturas cuyo padre era el cisne y otras dos de un padre mortal. Un niño y una niña, y otro niño y otra niña. Y la hija del cisne era la encantadora. Los otros... —Se interrumpió una vez más y suspiró—. Los dos chicos ya han muerto —añadió en voz baja—. Fallecieron, como todos los hombres de aquel tiempo. Murieron protegiendo a su hermana. Así murieron.

—¿Por qué tuvieron que protegerla? —preguntó Leandro.

—Todos los príncipes y reyes querían casarse con ella. Y se acordó que quienes pretendían su mano, aun cuando fueran rechazados, debían comprometerse a acudir en auxilio del esposo si algo le ocurriera a ella. Y así se desencadenó la guerra que se llevó barcos y hombres. Estalló a causa de su belleza.

La anciana hablaba mientras el viento ululaba alrededor de la casa. Los tres muchachos la acompañaron durante toda la noche, Orestes y Leandro dormitando y despertándose en la silla, Mitros al lado del perro, que estaba asustado por el viento.

Leandro y Orestes aprendieron a silbar de tal modo que se oyeran el uno al otro cuando estaban alejados. El silbido más importante era un saludo, una manera de informarse de dónde se encontraban; un segundo silbido indicaba que era hora de volver a casa a comer; el tercero, que debían reunirse lo antes posible; el cuarto anunciaba la presencia de intrusos. Se esforzaron en enseñar a Mitros a silbar, para que les advirtiera si llegaban tarde a una comida, y a emitir el silbido más sonoro y estridente si el perro rascaba el suelo.

Puesto que los silbidos les permitían avisarse cuando se necesitaban, Orestes y Leandro podían trabajar en campos distintos, o bien uno de ellos podía quedarse en casa mientras el otro iba a buscar un animal. Además, Orestes tuvo así la oportunidad de caminar por el borde del acantilado hasta encontrar una abertura, una senda rocosa que descendía hacia el mar. Como sabía que a la anciana le inquietaban las olas, altas y bravas en ocasiones, jamás le contaba que al final de la jornada solía ir allí para estar solo y contemplar el agua.

Encontró un saliente. Algunos días bajaba y observaba cómo las olas se abrían paso, cómo se empujaban unas a otras para romper contra las rocas. De vez en cuando las aves sobrevolaban el mar en formaciones extrañas, unas muy alto y otras casi a ras del agua. El mar estaba casi siempre calmo y sereno, salvo en los días de viento, que parecía agitar el agua hasta muy adentro.

No tardó en convencer a Leandro de que lo acompañara. Se quedaban sentados en el saliente mientras declinaba la luz del sol. Leandro casi nunca llevaba túnica para trabajar al aire libre; tenía el cuerpo atezado. Era mucho más alto que Orestes y más corpulento. Parecía uno de los guerreros que este recordaba haber visto con su padre; uno de los hombres que entraban y salían con aire resuelto de la tienda de su padre.

Orestes quería preguntarle si tenía un plan; si, como él, contaba el tiempo por el crecer y menguar de cada luna, por la época en que parían las ovejas, por el crecimiento de los cultivos, por los árboles frutales y su recolección; si creía que permanecerían en aquella casa el resto de su vida; si se quedarían tras la muerte de la anciana. Al pasar el tiempo, al llenarse y afilarse muchas lunas sin que aparecieran más intrusos, dio la impresión de que habían caído en el olvido, de que habían encontrado un lugar donde vivir a salvo, y de que si partían o se trasladaban, se pondrían en peligro.

En ocasiones, al contemplar el mar, Orestes escudriñaba el horizonte en busca de barcos o navíos. Recordaba los que había visto anclados en el puerto, a la espera, aquella vez que había ido al campamento de su padre. Sin embargo, no veía ni rastro de embarcaciones.

Cuando estaban juntos en el saliente, se tumbaba y apoyaba la cabeza sobre el pecho de Leandro, que lo rodeaba con los brazos. En cuanto eso ocurría, Orestes sabía que no debía decir nada, ni pensar siquiera, que tan solo tenía que aguardar a que el sol se hundiera en el mar, momento en que Leandro aflojaría los brazos, lo apartaría con delicadeza, se pondría en pie, se estiraría y juntos volverían a la casa.

Muchas noches Mitros le relataba las historias que la anciana le había contado cuando estaban a solas. Con voz queda repetía lo que ella había dicho, intentando recordar las palabras exactas, y se interrumpía igual que la mujer en determinados momentos.

—Había una vez un hombre, quizá fuera un rey, que tenía cuatro hijos: una niña y tres niños. Quería a su esposa y a sus retoños y eran felices.

—¿Cuándo fue eso? —preguntó Orestes.

—No lo sé —respondió Mitros—. Entonces la mujer murió, la madre de los cuatro niños, que se quedaron muy tristes hasta que el padre mandó llamar a la hermana de su esposa y se casaron y todos fueron felices otra vez, hasta que ella tuvo celos de los cuatro chiquillos. Conque ordenó que los mataran, pero el sirviente al que dio la orden dijo que no podía hacerlo porque los niños eran hermosos y…

Se interrumpió un momento como si hubiera olvidado qué venía a continuación.

—Supongo que el rey se enfadaría —le apuntó Orestes.

—Sí, supongo. Entonces fue a matarlos ella misma.

—¿Mientras los niños dormían?

—O mientras jugaban. Pero a la hora de la verdad no fue capaz. Conque los convirtió en cisnes.

—¿Y volaban?

—Sí. Se fueron volando. Formaba parte del conjuro que debían volar a un lugar lejano, pero antes de irse pidieron una cosa. Pidieron una cadena de plata para no separarse nunca. Les fabricaron la cadena y emprendieron el vuelo unidos por ella.

—¿Y qué les pasó?

—Volaron a un sitio y luego a otro y después a otro, y transcurrieron muchos años. A veces hacía frío.

—¿Se murieron?

—Volaron durante novecientos años. Y durante esos años hablaron de volver a casa. Hablaron del día en que volarían unidos por la cadena hasta encontrar el lugar donde habían nacido. Sin embargo, cuando llegó el momento, todas las personas que conocían habían fallecido. Había otras, desconocidas, que se asustaron al ver que los cisnes se posaban en la tierra y que se les caían las alas y, a continuación, el pico y las plumas. Volvían a ser humanos. Eran humanos pero ya no eran niños. Eran ancianos. Tenían novecientos años y todos aquellos desconocidos huyeron al verlos.

—¿Y qué pasó entonces?

—Se murieron y las personas que habían huido volvieron y los enterraron.

—¿Y la cadena de plata? ¿La enterraron también?

—No. La guardaron y más tarde la vendieron o la usaron para no sé qué.

La anciana se debilitó poco a poco. Como ya no podía caminar, Mitros le construyó una cama en la cocina. Durante el día aún charlaba con el muchacho y a la hora de las comidas tomaba algún alimento, aunque solo si se lo daba él. No reconocía ni a Orestes ni a Leandro. No respondía cuando estos le hablaban. De vez en cuando empezaba a contar una historia sobre navíos, hombres, una mujer y las olas, pero no podía continuar. Otras veces enumeraba nombres que parecían no guardar relación con nada. Su voz iba y venía mientras en la mesa los chicos comían en silencio, sin apenas escucharla porque no entendían casi nada de lo que decía.

A menudo se dormía en mitad de una frase y al despertar llamaba a Mitros, que le daba de comer y, tras ir a buscar al perro, se quedaba con ella cuando los otros dos volvían al trabajo, iban a otra parte de la casa o bajaban al saliente sobre las rocas para contemplar las olas.

Una noche la mujer repitió varias frases una y otra vez y luego unos nombres antes de callar y quedarse dormida. Casi habían terminado de cenar cuando se despertó y empezó a murmurar. Al principio les costó oír qué decía. Era una relación de nombres. Orestes se levantó y se acercó a ella.

—¿Te importaría repetir los nombres?

La anciana no le hizo el menor caso.

—Mitros, ¿te importaría pedirle que repitiera los nombres? —preguntó Orestes.

Mitros fue a arrodillarse delante de la mujer.

—¿Me oyes? —le susurró.

La anciana dejó de hablar y asintió.

—¿Te importaría repetir los nombres?

—¿Los nombres?

—Sí.

—Esta casa estaba poblada de nombres. Ahora solo queda Mitros.

—Y Orestes y Leandro —señaló el muchacho.

—Ellos se irán como se fueron los otros —repuso la anciana.

—Nosotros no nos iremos —afirmó Leandro en voz alta.

La mujer meneó la cabeza.

—Todas las casas estaban pobladas de nombres. Todos los nombres. Esta casa estaba…

Bajó la cabeza y no dijo nada más. Al cabo de un rato Orestes advirtió que no respiraba y se quedaron con ella un rato más; Mitros le tenía cogida la mano.

Al final Orestes susurró a Leandro:

—¿Qué debemos hacer?

—Ha muerto. Tenemos que trasladarla a su habitación, llevar una lámpara y quedarnos con ella hasta el amanecer.

—¿Seguro que está muerta? —preguntó Mitros.

—Sí —respondió Leandro—. Acompañaremos su cadáver esta noche.

—¿Y después la enterraremos? —preguntó Orestes.

—Sí.

—¿Dónde?

—Mitros lo sabrá.

Cuando trasladaron con delicadeza a la anciana a la habitación del fondo donde dormía, Mitros, que los siguió con el perro, empezó a toser y se acurrucó en un rincón. De vez en cuando se acercaba a acariciar el rostro y las manos de la mujer y volvía a su sitio. Al avanzar la noche le entró más tos y tuvo que salir al aire.

Orestes y Leandro se quedaron con el cadáver, ya frío y rígido, sin atreverse siquiera a hablar. Orestes comprendió que había llegado el momento temido, el momento en que había que tomar una decisión. Sabía que hacía cinco años que vivían en la casa. Se dio cuenta de que ignoraba qué deseaba hacer Leandro, en qué había estado pensando el rato que llevaban en la habitación.

No quería irse. Había transcurrido demasiado tiempo. Si, cuando Mitros volviera, Leandro opinaba que deberían quedarse, que no debían pensar en partir, tanto Mitros como él asentirían de inmediato. Se quedarían hasta que envejecieran como había envejecido la anciana.

Orestes intentó imaginar cuál de los tres fallecería primero y cuál se quedaría solo al final. Le pareció que Mitros sería el primero en morir, pues era el más débil. Se imaginó que Leandro y él estaban solos: su compañero se ocupaba de los animales y las cosechas, y él, de la cocina, de la comida y de recoger los huevos. Imaginó que Leandro encontraba la comida ya preparada al llegar al final de la jornada y que conversaban sobre el tiempo, los cultivos y los animales; con el paso de los años quizá hablaran de Mitros, de la anciana y, tal vez incluso, de la tierra natal de ambos, de las personas que habían dejado en su tierra.

Por la mañana Mitros los condujo al lugar entre los matorrales donde la anciana había dicho que deseaba que su cuerpo recibiera sepultura. Tosió y se apretó el pecho mientras los otros dos cavaban un hoyo donde enterrar el cadáver. Cuando las moscas se agolparon sobre la anciana, se ocupó de espantarlas entre resuellos.

La mujer tenía los ojos medio abiertos y, pese a que su cuerpo yacía inerte y exánime, a Orestes le parecía a veces que se movía un instante, o que los veía y los oía mientras le preparaban la tumba. Cuando llegó el momento de depositar el cadáver en la fosa, dudaron. Contemplaron la escena paralizados.

Mitros se agachó y agarró la mano de la mujer. Leandro se sentó en el suelo y miró al frente. El perro se encaminó despacio hacia la sombra.

A Orestes se le ocurrió de pronto lo que debía hacer. Se irguió, por lo que Mitros y Leandro lo observaron con atención. Miró el cadáver de la anciana y recordó la canción que había entonado aquella mujer mientras su marido yacía envenenado por el agua del pozo. Se aclaró la garganta y empezó a cantar. No estaba seguro de todas las palabras, pero se acordaba de la melodía, así como de la intensidad con que la mujer había cantado mirando al cielo. Orestes dirigió la vista al cielo, como había hecho ella. Imprimió más fuerza a su voz al ver que Mitros hacía una seña a Leandro. Mitros deslizó las manos bajo las axilas de la anciana y Leandro se arrodilló para pasar los brazos por debajo de las piernas. La trasladaron lentamente hasta el borde del hoyo, la depositaron con delicadeza en la tierra y cubrieron la tumba.

Cuando los tres regresaban a la casa seguidos por el perro, Leandro le preguntó dónde había aprendido la canción. Orestes rememoró la escena: el hombre atenazado por el dolor en el suelo, los guardias observándolo implacables, el niño en brazos de la mujer, el cielo sobre ellos. Parecía otra vida, o bien la vida de otra persona.

—No recuerdo dónde la aprendí —respondió.

Mitros se quedó en la cocina con el perro, Leandro se fue a los campos y Orestes al saliente del acantilado, donde confiaba en que Leandro se reuniera con él, pues quería averiguar qué planes tenía. Sin embargo, su compañero no acudió.

Contempló el mar y escuchó el estruendo de las olas al romper, hasta que se cansó de esperar y volvió a la casa, donde encontró a Mitros en el suelo con un violento ataque de tos y escupiendo sangre. Salió y llamó a Leandro con un silbido, regresó a la cocina y se puso la cabeza de Mitros sobre el regazo.

Esa noche no se apartaron de la cama de Mitros, que dormía, se despertaba tosiendo y volvía a dormirse. Más tarde le llevaron comida y procuraron que estuviera a gusto, con el perro echado a su lado.

—Debemos irnos —dijo Leandro—. Hasta ahora hemos tenido suerte, pero algún día vendrá más gente y no podremos hacerles frente.

—Yo no puedo irme —repuso Mitros.

—Esperaremos hasta que mejores —afirmó Leandro—. Hasta que se te vaya la tos.

—No puedo irme —repitió Mitros.

—¿Por qué? —le preguntó Orestes.

—La mujer me dijo que la muerte estaría esperando apenas me marchara.

—¿Estaría esperándonos a los tres? —preguntó Orestes.

—No. Solo a mí.

—¿Y nosotros? —preguntó Orestes.

—Me contó lo que pasará.

—¿Es malo? —preguntó Orestes.

Mitros no respondió, sino que le sostuvo la mirada unos instantes como si estuviera pensando qué debía decir.

—Puedes contárnoslo —le animó Leandro.

—No, no puedo.

Mitros cerró los ojos y se quedó inmóvil. Orestes y Leandro le dejaron dormir y fueron a la cocina.

Al oír la fuerte tos regresaron de inmediato al lado de Mitros. Tenía los ojos abiertos; estiró el brazo para aferrar la mano de Orestes.

—¿Les…? —empezó a decir antes de volver a toser.

—Es mejor que no hables —le aconsejó Leandro—. Descansa.

—Quiero sentarme.

Lo ayudaron a incorporarse. No soltó la mano de Orestes ni un instante.

—¿Se lo contaréis?

—¿Contar qué? —preguntó Orestes.

—Que he estado con vosotros todos estos años. Y habladles de la anciana, del perro y de la casa. ¿Les contaréis nuestra historia, lo que hemos hecho?

—¿A quiénes? —preguntó Orestes.

Leandro le puso una mano en el hombro y lo apartó. Mitros le soltó.

—Les contaremos que fuiste feliz —dijo Leandro— y que estuviste atendido, que te quisimos y te cuidamos, que no te pasó nada malo, nada de nada. Yo se lo contaré y Orestes se lo contará también. Es lo primero que haremos al llegar.

—Orestes… —empezó a decir Mitros.

—Estoy aquí.

—Puede que lo que predijo la anciana no sea cierto —murmuró Mitros.

—¿Qué dijo? —inquirió Orestes.

—¿Prometes que se lo contarás? —insistió Mitros con voz más alta, desoyendo la pregunta.

—Sí, lo prometo.

—¿A todos? ¿A mi padre y a mi madre? ¿A todos? ¿A mis hermanos? Puede que tenga hermanos o hermanas a los que nunca he visto.

—Se lo contaremos a todos.

Mitros se tumbó y se durmió. Más tarde Orestes fue a acostarse en la cama de Leandro, que, en lugar de seguirlo, pasó la noche entre la cocina y la habitación de Mitros. Orestes escuchó con atención todos sus movimientos.

Por la mañana debió de adormilarse, porque Leandro lo despertó poniéndole una mano en el hombro.

—Mitros dejó de respirar hace un rato —le susurró.

—¿Has intentado despertarlo?

—No está dormido. Ha muerto.

Permanecieron junto al cadáver hasta que el sol perdió fuerza, momento en que lo trasladaron al lugar donde habían enterrado a la anciana, seguidos con expectación por el perro, que aguzaba las orejas como si captara un ruido a lo lejos. Cuando se disponían a depositar el cuerpo en el hueco que habían abierto al lado de los restos de la anciana, Leandro miró a Orestes y le pidió con los ojos que entonara la canción. Orestes se acercó a la sepultura y se sentó. Empezó a cantar en voz baja las palabras que recordaba, y la bajó aún más hasta que fue apenas un susurro.

Una vez cubierta la tumba, el perro se mostró inquieto. Se quedó un rato con ellos y luego los siguió despacio hasta la casa, indeciso, gruñendo bajito. Se sentó en su lugar habitual de la cocina. Orestes le llevó comida y agua, le acarició la cabeza y le habló con dulzura.

Sabía que Leandro planeaba la partida. Aunque no lo habían comentado, estaba seguro de que ese era el plan. Ignoraba qué sería entonces del perro.

Cuando se despertó por la noche, se trasladó de su cama a la de Leandro, y el perro lo siguió. Leandro le hizo un hueco y lo abrazó en cuanto se acomodó a su lado. Orestes se dio cuenta de que ambos temían cómo sería todo cuando se marcharan.

Dejó de dormir en su propia cama. Aguardaba hasta que Leandro se preparaba para acostarse y entonces entraba con él en la habitación, con el perro a la zaga. Comenzó a esperar con ilusión la llegada de la noche, lo que ocurría entre ambos durante esas horas y el despertar por la mañana.

Una noche Leandro no lograba conciliar el sueño. Cuando llevaba un rato agitándose y dando vueltas en el lecho, Orestes se arrimó a él. Se abrazaron en la oscuridad, desvelados los dos.

—Quiero ver a mi abuelo, si aún vive —dijo Leandro—. Tuvo dos hijos varones. Uno murió y mi padre solo tuvo un varón, que soy yo. Es posible que mi abuelo me esté esperando. Mi hermana, Yante, tenía diez años cuando me raptaron. Ya será una mujer y también estará esperándome, al igual que mi padre y mi madre, mis tíos y tías y mis otros abuelos, los maternos.

—No sé quién me espera a mí —dijo Orestes—. Quizá sea eso lo que Mitros trató de decirme: que a mí no me espera nadie.

—Te espera tu madre, y también Electra.

—¿Y mi padre no?

—Tu padre murió.

—¿Quién lo mató?

Leandro no contestó y al cabo de unos instantes, estrechándolo, susurró:

—Es suficiente con que esté muerto.

—Mi hermana Ifigenia también murió.

—Lo sé.

—La vi morir. Nadie se enteró de que la vi morir ni de que oí su voz, ni de que oí gritar a mi madre y vi cómo se la llevaban a rastras.

—¿Cómo lo viste?

—Estaba en la colina del campamento. Me habían dejado jugar a los combates a espada con los soldados, pero al cabo de un rato se cansaron del juego, me quedé solo en una tienda y me dormí. Me despertaron unos bramidos de animales, salí de la tienda y, tumbado en el suelo, desde donde se divisaba el lugar adonde llevaban las vaquillas, vi cómo las sacrificaban. Oí los gritos que emitían, los chillidos de terror, que les salían del vientre, y vi cómo la sangre brotaba a chorros. Allí estaba mi padre, junto con otros hombres a los que yo conocía. Olí la sangre de los animales y las entrañas que estaban por todas partes, amontonadas por doquier.

»Iba a bajar corriendo a donde estaba mi padre, o quizá a buscar a mi madre y a Ifigenia, y en ese momento las vi. Formaban parte de una procesión, la encabezaban, Ifigenia y mi madre iban delante de todos, y unos hombres caminaban detrás. Cuando aparecieron no se oyó ni un suspiro. Vi que cortaban el pelo a mi hermana. La obligaron a arrodillarse. Tenía atados los pies y las manos. De pronto oí su voz y la de mi madre. Les taparon la boca para que no gritaran. Los hombres se llevaron a rastras a mi madre y entonces mi hermana intentó acercarse a mi padre y la apartaron de un tirón. Luego le vendaron los ojos. Un hombre que estaba junto a mi padre avanzó despacio hacia ella con un cuchillo en la mano. A mi hermana se le cayó el trapo que le cubría la boca y empezó a chillar. Fue un grito como de animal. Se desplomó y se llevaron el cuerpo.

—¿Y qué pasó después?

—Volví a la tienda y me quedé tumbado, esperando. Unos hombres entraron a preguntarme si me apetecía echar unos combates a espada y les dije que ya había jugado bastante. Luego llegó mi padre, que jugó conmigo y me llevó sobre los hombros por todo el campamento.

—¿Y dónde estaba tu madre?

—Yo me quedé con los hombres de mi padre. Supongo que dormí varias noches en su tienda, ya que recuerdo que los vi conversar y más tarde gritar al enterarse de que los navíos por fin podrían zarpar porque había cambiado el viento. Cuando el viento cambió, los hombres corrieron por todas partes. Casi se olvidaron de mí, hasta que Aquiles me vio y me condujo a donde estaba mi padre. Y mi padre me llevó a hombros por el campamento hasta la tienda de mi madre. Y luego emprendimos el viaje de regreso.

—¿Le contaste a tu madre lo que habías visto?

—Al principio me pregunté si estaría enterada de que Ifigenia había muerto y si trataría de averiguar, por mí o por otra persona, qué había ocurrido después de que se la llevaran a rastras. Ella no vio lo que pasó. Yo lo vi todo. Mi madre no lo vio y Electra no estaba en el campamento. Yo fui el único que lo vio, aparte de las personas congregadas y de mi padre.

—¿Quieres volver a casa junto a tu madre y Electra?

—A veces no, ahora quizá sí.

—Tenemos que tomar una decisión.

—Nos iremos. ¿Nos llevaremos al perro?

—Debemos ganarnos su confianza para que nos siga —respondió Leandro—. Buscaremos comida para llevárnosla. Tenemos que reunir toda el agua y la comida que podamos.

Orestes lo abrazó para manifestarle que tenía miedo. Leandro lo estrechó.

A lo largo de la noche y cuando ya despuntaba la aurora, Orestes notó que Leandro no dormía. Sentía que tenía los ojos abiertos y que estaba reflexionando. Habría deseado que pudieran retroceder a una época anterior, cuando la anciana y Mitros aún vivían, o incluso más atrás, a un tiempo apenas imaginable, cuando había partido con su madre e Ifigenia para ver a su padre, que se aprestaba para la batalla, y este los recibió.

Mientras Leandro se removía, se preguntó si habría un futuro en el que recordaría noches como esa, noches en las que hubieran estado a solas los dos, en las que hubieran pasado el rato hablando en susurros, con el perro dormido al lado y Mitros y la anciana en la tumba, no lejos de ellos. Se quedó en la cama cuando Leandro se levantó. Observó cómo se vestía, dispuesto a empezar la jornada.

También él tendría que levantarse y prepararse para la partida. Se ocuparía de reunir comida. Inició una lista mental de lo que necesitarían para el viaje.

La mañana en que tenían previsto marcharse encontraron al perro desmadejado en la cocina, con la lengua fuera como si necesitara beber. Sin embargo, rechazó el agua cuando se la ofrecieron.

—Se está muriendo —dijo Leandro—. No quiere venir con nosotros.

El perro no opuso resistencia cuando lo cogieron en brazos. Lo llevaron a la sepultura de Mitros y la anciana, donde esperaron con él. A lo largo del día uno u otro le pusieron comida y agua, pero se negó a probarlas. Se limitaba a gemir suavemente, hasta que incluso eso dejó de hacer. Permanecieron a su lado, susurrándoles a él, a la anciana y a Mitros, incluso después del anochecer. Luego los dos se callaron; solo la respiración vacilante del perro rompía el silencio. Por último dejó de respirar.

Por la mañana, nada más salir el sol, abrieron de nuevo la tumba y depositaron el cuerpo del perro junto a los restos de Mitros y de la anciana. Acto seguido volvieron a la casa a recoger lo que habían preparado para el viaje. Debían ponerse en marcha lo antes posible, dijo Leandro, a fin de avanzar un buen trecho el primer día.

Electra

A cierta distancia de palacio, una escalera sinuosa conduce a una hondonada que antaño era un jardín. Tiene algunos peldaños resquebrajados y dos o tres casi desmoronados por el tiempo o por las lagartijas que habitan los intersticios de la piedra. Abajo, unos árboles raquíticos pugnan por el espacio con matorrales que crecen sin control. Cuando vivía mi hermana, las dos íbamos allí cada vez que queríamos conversar con la seguridad de que nadie nos oiría. A medida que menguaba la luz, el trino de los pájaros se volvía más intenso, casi tumultuoso. Quizá el alboroto que armaban era su manera de oponerse a las comadrejas que por lo visto han infestado el lugar. Teníamos la certeza de que ni siquiera alguien oculto entre las sombras conseguiría oírnos.

Mi hermana ya no vive. No volverá a ese jardín.

En cambio, mi madre sí va. Sale de palacio seguida a cierta distancia por dos o tres guardias. Algunos días la acompaño, aunque no hablamos mucho y la mayor parte de las veces me dirige solo un gesto cuando me despido de ella.

Ese jardín hondo es el sitio donde morirá. La matarán en él. Yacerá en su propia sangre entre los retorcidos matorrales.

A veces sonrío al verla bajar los escalones mientras los guardias, alertas, se inclinan sobre la balaustrada por si se cayera en la piedra resquebrajada.

Sería fácil pensar que, en ausencia de mi madre y de sus guardias, Egisto está más solo y es más vulnerable, y que ese sería un buen momento para que alguien se colara en la habitación donde trabaja, corriera hacia él y le clavara un cuchillo en el pecho, o bien se acercara despacio como si deseara pedirle un favor y, sin previo aviso, le agarrara del pelo y, echándole la cabeza atrás, le rebanara la garganta.

Sin embargo, sería un error creer que es fácil asesinar al amante de mi madre. Cuenta con multitud de estrategias, una de las cuales, quizá la más importante, es su propia supervivencia. Está al acecho. Y tiene a sueldo, o a su mando, a hombres que igualmente se mantienen ojo avizor.

Egisto es como un animal que ha entrado bajo techo en busca de bienestar y seguridad. Si bien ha aprendido a sonreír en lugar de gruñir enseñando los colmillos, sigue siendo todo instinto, todo uñas y dientes. Huele el peligro. Será el primero en atacar. Arqueará el lomo y se abalanzará al más mínimo indicio de una amenaza.

No es un error tenerle miedo. No me faltan motivos para tenérselo.

El día en que mi padre regresó de la guerra, mientras él saludaba a los ancianos en el exterior, mi madre ordenó a dos amigos de Egisto que fueran a buscarme. Me sacaron a rastras del comedor desoyendo mis gritos y mis airadas protestas. Forcejeé cuando me llevaron por la escalera sinuosa hasta el piso de abajo, donde me arrojaron a una de las mazmorras situadas debajo de la cocina y me dejaron varios días y noches sin comida ni agua. Luego me soltaron. Se limitaron a abrir la puerta de la oscura celda donde me habían encerrado. Tuve que arrastrarme inmunda hacia mis aposentos, observada por todos como si fuera un vil animal salvaje que habían logrado domesticar solo a medias. A partir de entonces me permitieron vivir como si no se hubiera cometido ninguna indignidad.

Egisto vino a mi habitación el día en que me sacaron de la mazmorra. Sin pasar de la puerta, me dijo que mi madre había padecido mucho, que estaba débil y que no convenía plantearle temas que le disgustaran o le recordaran lo que había sufrido. Y me advirtió de que no abandonara el recinto de palacio ni me dejara ver hablando con los sirvientes o cuchicheando con algún guardia.

No debía crear problemas, me dijo. Él se encargaría de que así fuera.

—¿Dónde está mi padre? —le pregunté.

—Lo han asesinado.

—¿Quiénes?

—Unos soldados suyos. Ya nos hemos ocupado de eso. No volveremos a saber de ellos.

—¿Dónde está mi hermano?

—Se le ha sacado de palacio por su propia seguridad. No tardará en regresar.

—¿También yo he estado en la mazmorra por mi propia seguridad?

—Estás a salvo, ¿no?

—¿Qué quieres? —le pregunté.

—Tu madre desea que todo vuelva a la normalidad. Y no dudo que tú también. Quiero que me ayudes a conseguirlo.

Me dirigió una inclinación con fingida formalidad.

—¿Cuándo regresará mi hermano?

—En cuanto no corra peligro. Es lo único que espera tu madre. Entonces estará menos crispada, menos inquieta.

No tardé en descubrir cómo habían asesinado a mi padre y por qué mi madre no quería que se mencionara la forma en que había muerto. Entendí por qué había enviado a Egisto a amenazarme: no deseaba oír la voz de su hija acusándola. Ambos conocían la red de antiguas adhesiones y lealtades que envuelve este palacio lleno de ecos y susurros persistentes. Debían de saber que me resultaría fácil enterarme de lo ocurrido a mi padre y que alguien me contaría enseguida que se habían llevado a mi hermano con engaños y quién lo había ordenado.

Mi madre y su amante compraron mi silencio con amenazas, pero les es imposible controlar la noche y la propagación de las noticias.

La noche es tan mía como de Egisto. Yo también sé moverme sin hacer ruido. Vivo entre las sombras. Tengo una relación íntima con el silencio y por eso sé en qué momento no entraña ningún peligro hablar en susurros.

Estoy segura de que Egisto conoce el paradero de mi hermano o la suerte que ha corrido. Sin embargo, no compartirá la información con nadie. Sabe lo que es el poder, y ese conocimiento agita el aire de esta casa.

Está preparado para aferrarnos con sus garras. Nos tiene como el águila que apresa unos pajarillos, les arranca las alas a picotazos y los mantiene con vida a fin de que le sirvan de alimento cuando le convenga.

Se da perfecta cuenta del gran interés que siento por él. Al igual que Egisto, lo oigo todo, incluso sus gemidos cuando yace con su guardia predilecto en una habitación de este pasillo y los movimientos ágiles y raudos con que se dirige a las dependencias de los sirvientes en busca de una joven que lo satisfaga antes de volver al lecho de mi madre, donde se ovilla como si no hubiera ido a ninguna parte, como si no lo impulsara un repugnante apetito voraz que lo ha conducido hacia el placer y el poder.

Solo una vez he visto a Egisto estremecerse o mostrar temor; solo una vez he visto al camaleón que hay en él correr a ponerse a cubierto.

Cuando llegó la noticia de que habían dejado en libertad a los niños raptados y que ya venían en camino, con Orestes entre ellos —eso esperábamos—, mi madre y yo estábamos con Egisto, que se quedó intranquilo y muy serio.

Aguardamos el momento de recibir a mi hermano. Cada vez más impacientes por contar con información precisa sobre cuándo llegaría, mi madre y yo dejamos a Egisto para asegurarnos de que preparaban debidamente la habitación de Orestes. Fuimos a las cocinas y pensamos en qué platos le apetecería tomar en esa primera comida en casa. Por primera vez desde la muerte de mi padre hablamos con cordialidad al comentar qué sirvientes lo atenderían mejor. Percibí la dicha de mi madre ante la perspectiva del regreso de Orestes.

Volvimos a la habitación donde habíamos dejado a Egisto, al que encontramos con otro hombre, un extranjero. En aquel momento tuve la impresión de que éramos unas intrusas, de que habíamos interrumpido una conversación importante, tal vez incluso íntima. Me pregunté si el forastero, un individuo zafio y desagradable, era un antiguo secuaz o amante secreto de Egisto que venía a recordarle lo que se le debía.

Cuando entramos, Egisto se encontraba de cara a la ventana, con los puños apretados, y el visitante, apoyado contra la pared junto a la puerta. Egisto se volvió y percibí miedo en sus ojos. Con un movimiento de la cabeza indicó al otro que saliera de la estancia. Pensé que quizá también yo debía irme, que tal vez en esos momentos, fuera lo que fuese lo sucedido, Egisto y mi madre necesitaban estar juntos. Sin embargo, en vez de salir me senté. Dejé claro que para echarme haría falta algo más que una petición cortés. Me quedaría con mi madre para oír de boca de Egisto qué le había provocado esa mirada de temor.

En aquella época, delante de Egisto mi madre se comportaba a menudo como una niña boba y de vez en cuando se mostraba irascible, con unas exigencias desacostumbradas. No decía nada que tuviera el menor interés. Había aprendido a hablar como una necia. El calor, unas flores, lo cansada que estaba, la comida, la lentitud de una sirvienta, la insolencia de un guardia…; esos eran sus temas de conversación. Yo solía preguntarme qué sería de su voz gorjeante, de la jovial insustancialidad de su tono y de su manera de insinuar algo para interrumpirse a continuación si le dijeran a las claras que ese guardia se sentía con derecho a insolentarse con ella porque en ocasiones jadeaba entre los brazos de Egisto y que, como ella debía de saber, dos o tres sirvientas eran lentas porque o bien llevaban en el vientre un hijo de Egisto, o bien acababan de dar a luz a un vástago de este. Me enteré de que una había tenido gemelos.

Así pues, las habitaciones situadas a nuestros pies estaban cuajadas de fecundidad en la misma medida en que los pasillos estaban cuajados de rudo deseo. Pese a que a mi madre le venía bien actuar como si nada de eso sucediera, como si fuera demasiado idiota o despistada para percatarse, saltaba a la vista que a ella, al igual que a mí, no se le escapaba nada. No era idiota. No era despistada. Bajo su afectación y sus insinuaciones había furia, había acero.

—¿Quién era ese hombre que estaba contigo? —le preguntó.

—¿Qué hombre?

—Ese hombre desagradable.

—Un mensajero.

—Por lo general los mensajeros no entran aquí, lo cual está muy bien, pues ese hombre ha dejado su olor en la estancia. Tal vez sea porque hace tiempo que no se baña.

Egisto se encogió de hombros.

—Ah, ¿por qué no sopla el viento? —preguntó mi madre al aire—. Estoy agotada.

Egisto apretó aún más los puños.

—Presiento que hay noticias —añadió mi madre alzando la voz para que Egisto se percatara de que se dirigía a él.

Me miró y lo señaló, como si yo pudiera lograr de algún modo que Egisto le respondiera.

La miré con frialdad.

—¿Qué mensaje ha traído el mensajero? —preguntó con voz aún más alta.

Se hizo el silencio y ninguno de los tres pareció dispuesto a romperlo. Mi madre lucía una sonrisa desvaída; era como si hubiera comido algo amargo y se esforzara al máximo por disimular el malestar.

Jamás lo había pensado, pero en ese momento tuve la poderosa sensación de que habían llegado a aborrecerse. Me los había imaginado unidos en una especie de acuerdo apasionado, según el cual cada uno giraba feliz en torno al otro durante el día y se anudaban en un abrazo en aquellas partes de la noche en las que Egisto no deambulaba a sus anchas por palacio. Y de pronto advertía un fuerte distanciamiento. Se habían tomado mutuamente la medida y habían descubierto el contorno de una verdad desagradable.

Me hizo gracia la naturalidad con que lo manifestaban; no parecía una situación que estuviera a punto de superarse. Comprendí el dilema en que se hallaban. Pensé que a mi madre y a Egisto les resultaría complicado separarse. Habían ocurrido demasiadas cosas.

Sentada en silencio con los dos, imaginé qué debía de poblar sus sueños en las horas difíciles, cómo los gritos sordos debían de pesar sombríos tanto en las horas en que dormían como en las de vigilia.

Los observé durante un rato. Vi a mi madre abrir y cerrar los ojos sin que Egisto se moviera ni una sola vez. Lo que contemplé era tan privado como el acto más íntimo. Los vi a los dos como si estuvieran desnudos.

De su mundo, el mundo de la palabra, del tiempo real y de las meras necesidades humanas, paso a un mundo que siempre ha existido. Todos los días suplico a los dioses que me ayuden a vencer; les suplico que velen por mi hermano y le ayuden a regresar; les suplico que den fuerza a mi espíritu cuando llegue el momento. Estoy con los dioses vigilantes mientras yo también vigilo.

Mi habitación es una avanzada del inframundo. Convivo a diario con mi padre y mi hermana. Son mis compañeros. Cuando voy a la tumba de mi padre, aspiro la quietud del lugar donde yacen sus restos. Contengo la respiración para que ese aire nuevo me llene el cuerpo y luego exhalo lentamente el aliento. Entonces mi padre avanza hacia mí desde su espacio de tinieblas. Me encamino a palacio con su sombra flotando a mi lado.

Se aproxima con cautela a palacio. Sabe que hay personas de las que debe precaverse, incluso en la muerte. No hago ni un solo ruido mientras busca en esta habitación un sitio donde quedarse. Y apenas susurro el nombre de mi hermana, aparece Ifigenia, al comienzo como una leve agitación del aire. Se acercan vacilantes el uno al otro.

Al principio temí por ellos. Creí que mi hermana se presentaba ante nosotros para recordarle a mi padre cómo había muerto, para hablarle de la frialdad con que había contemplado el sacrificio. Creí que había acudido en calidad de acusadora para arrojarlo a unas tinieblas mayores que aquellas en las que vivía.

En cambio, mi hermana Ifigenia, ataviada con vestimenta nupcial, más pálida y hermosa a medida que cobraba consistencia, avanzó con paso silencioso y lento, dispuesta a abrazar al espectro de mi padre o a buscar consuelo en él.

Quise preguntarle si no recordaba. Quise preguntarle si le habían borrado de la memoria la forma en que había muerto, si ahora vivía como si todo aquello no hubiera ocurrido.

Tal vez los días anteriores a su fallecimiento y la manera en que le dieron muerte no signifiquen nada allí donde se encuentra. Tal vez los dioses guarden bajo llave el recuerdo de la muerte, protegido con gran celo. En cambio, desatan sentimientos que en su momento fueron puros o tiernos, sentimientos que fueron importantes. Permiten que el amor sea importante porque el amor no causa ningún daño a los difuntos.

Mi padre y mi hermana se acercan el uno al otro con movimientos vacilantes. No estoy segura de que sigan viéndome una vez que se han visto ellos dos. No estoy segura de que los vivos les interesemos. Tienen numerosas necesidades que son solo suyas; tienen mucho que compartir.

Por lo tanto, no hablo con mi padre ni con mi hermana mientras sus espíritus flotan gráciles en esta habitación. Me basta con tenerlos aquí.

No obstante, me habría gustado preguntarles algo. Habría querido conocer el paradero de mi hermano. Algunos días intuía que estaban pendientes de eso, de que esperaban la pregunta, pero desaparecían antes de que tuviera la oportunidad de nombrar a Orestes.

Una de esas tardes, poco después del encuentro entre Egisto y aquel hombre, se oyó un grito repentino en el pasillo, seguido del ruido de hombres que corrían. Luego oí chillar a mi madre.

Al ver que los dos espíritus de visita no prestaban atención al alboroto, me quedé quieta y aguardé con ellos. Oí más gritos procedentes del exterior de palacio; después un guardia vino a mi puerta para informarme de que mi madre deseaba estar conmigo, ya que por fin llegaban los niños, los niños raptados, y debíamos recibir a Orestes.

No bien se pronunció el nombre de mi hermano, percibí que la presencia de mi padre y la de mi hermana se adensaban, se volvían más rabiosamente activas. Noté que mi padre me tiraba de la manga y que mi hermana me aferraba la mano. Cuando se apagó el sonido de los pasos de los guardias, reinó la quietud.

Decidí pronunciar el nombre de mi hermano. Lo susurré y a continuación lo repetí más fuerte, y entonces oí una voz, un sonido acelerado en respuesta, aunque no logré discernir ninguna palabra. Mi hermana me rodeó con los brazos como si quisiera retenerme donde estaba. Forcejeé un momento para zafarme mientras mi padre volvía a tirarme de la manga para que le prestara atención.

—Mi hermano vuelve por fin —musité—. Vuelve Orestes.

—No —dijo Ifigenia. Su voz, o una voz parecida a la suya, sonó fuerte.

—No —repitió mi padre, con voz más apagada.

—Tengo que ir a ver a mi hermano, a darle la bienvenida —dije.

Y de pronto dejaron de sujetarme. Sonreí aliviada al pensar que tal vez mi padre y mi hermana se hubieran trasladado a la entrada de palacio para estar presentes cuando apareciera mi hermano. Corrí tan rápido como pude por el pasillo en dirección a la puerta. En el exterior se elevaban voces masculinas al unísono.

Al oír vítores y silbidos, quise ir al lado de mi madre a fin de que en esos primeros momentos Orestes viera que estábamos juntas para darle la bienvenida a casa.

Cuando llegó el primer niño, lo auparon para enseñárselo a la multitud y, pese a que continuaron las aclamaciones, percibí la rapidez con que crecía el desasosiego entre la gente. Algunos miraron a su alrededor como para ver si alguien más había reparado en lo mismo que ellos: el semblante pálido y atemorizado del muchacho, sus ojos frenéticos como los de un animal que, tras haber estado encerrado en una jaula, se asustara del estruendo de la libertad.

Mi madre me tomó la mano entre las suyas. Observó la escena, ahogó una exclamación, dejó escapar unos gritos y comenzó a vociferar a quienes la rodeaban, a decirles que a Orestes había que llevarlo directamente con ella, que era el hijo de Agamenón y no se le debía tratar como a los otros.

En ese momento vi a Egisto entre la muchedumbre, con el rostro tenso por la inquietud, el ceño fruncido, la mirada baja. Al alzar los ojos me vio. Entonces tuve la certeza de que Orestes no se encontraba entre los liberados. Mientras aupaban a otros niños entre exclamaciones de bienvenida y gritos de alivio, yo sabía que mi hermano no se contaba entre esos muchachos, y al advertir que algunos hombres lanzaban miradas nerviosas a mi madre, comprendí que ellos también lo sabían. Quizá lo supiera todo el mundo. La única persona que lo ignoraba era mi madre, toda ella calor y aliento, voz y esperanza ciega.

Observé a Egisto mientras los alborozados parientes de los muchachos se los llevaban a casa. Una vez dispersado el gentío, se quedó con dos familias cuyos hijos tampoco habían regresado. Se habían apiñado en torno a él y, en cuanto logró aplacar los temores de esas personas valiéndose de promesas y garantías, se acercó a mi madre. Yo estaba al lado de ella, que se lo quedó mirando con gesto imperioso.

—¿Dónde está Orestes? —le preguntó.

—No lo sé.

—¿No puedes averiguarlo?

—Tenía entendido que estaba con los demás niños —afirmó Egisto.

—¿De veras? —preguntó ella.

Aunque el tono era frío, directo y contenido, se percibía ira en la voz.

—Entonces ¿quién era aquel mensajero, el que dejó su olor al irse? —añadió.

—Vino para informarme de que los niños estaban en camino.

—¿Y que Orestes no se hallaba con ellos?

Egisto bajó la cabeza.

—Lo encontraremos —aseguró.

—Que traigan ante mí a los hombres que han escoltado a los niños —ordenó mi madre.

—No han hecho todo el camino —explicó Egisto—. Dejaron a los muchachos al cuidado de otros tras cubrir la mayor parte del trayecto.

—Manda que salgan en su busca y los traigan. Ahora mismo. Que se presenten ante mí en cuanto lleguen. Esto ya ha durado demasiado. No consentiré que continúe. No permitiré que me trates así.

Aunque evité a mi madre, por el ruido de hombres en el pasillo, el tono de voz con que impartía órdenes y el silencio que las seguía, deduje que a mi alrededor habían entrado en juego feroces antagonismos. Me dirigí sigilosa a la tumba de mi padre, pero incluso allí tuve la sensación de que el aire era implacable y que los susurros, por implorantes que fueran, no lograrían que los difuntos se aventuraran a salir de su reino.

Aquella noche me acerqué a la puerta de mi madre y la oí llorar. Oí que Egisto trataba de tranquilizarla y cómo luego ella le echaba, le ordenaba que la dejara.

Al día siguiente me despertaron unos gritos proferidos en el exterior de palacio. De nuevo oí hombres en el pasillo. Me vestí con esmero. Decidí buscar a mi madre y a Egisto y quedarme con ellos, aunque solo fuera para confirmar lo que me había contado un guardia: que hasta hacía poco el amante de mi madre conocía el paradero de Orestes, que respondía por él y que había estado convencido de que volvería con los demás, pero que mi hermano y otros dos niños habían escapado de los esbirros de Egisto.

Teodoto, el abuelo de Leandro, uno de los muchachos que seguían desaparecidos, y el padre del tercer niño, Mitros, que tampoco se encontraba en el grupo que había regresado, se presentaron con algunos adeptos suyos para exigir una reunión urgente con mi madre y Egisto.

De los hombres que se habían quedado cuando mi padre se fue a guerrear, Teodoto era el más respetado y reverenciado. Había acudido numerosas veces a palacio para hablar del paradero de los niños raptados, y en cada ocasión había mencionado que Leandro era su único nieto.

Saludé a los hombres que aguardaban en el pasillo. Entré tras ellos en la habitación de mi madre y los observé desde un rincón. Sin siquiera mirar a Egisto, Teodoto contó a mi madre que a través de los niños recién llegados habían averiguado que Orestes había huido con dos amigos, uno de los cuales era Leandro, el nieto de Teodoto, y el otro, el hijo de Mitros, llamado también Mitros. Los tres chicos se habían fugado días antes de que se pusiera en libertad a los otros y habían matado a un guardia. Nadie tenía la menor idea de adónde habían ido.

—Los encontraremos —afirmó mi madre como si nada de aquello la sorprendiera—. He dispuesto que los busquen.

—Todos los niños fueron azotados y maltratados —dijo Teodoto, con sus compañeros al lado en actitud humilde—. Algunos estuvieron a punto de morir de hambre.

—Eso nada tiene que ver con nosotros —replicó mi madre.

Teodoto esbozó una sonrisa débil. Con una inclinación de la cabeza transmitió educadamente que entendía los motivos por los que mi madre hablaba de esa manera pero que no la creía. Luego me dirigió una inclinación a mí. Ni él ni los otros hombres miraron siquiera a Egisto. La actitud de todos ellos daba a entender que lo consideraban despreciable.

Al cabo de unos días trajeron a palacio a los dos individuos que habían acompañado a los niños la mayor parte del camino. Se les condujo como prisioneros hasta la habitación de mi madre y se les ordenó aguardar en el pasillo mientras los hombres cuyos hijos habían regresado se congregaban en la estancia junto con Teodoto y Mitros. Pasé por delante de los dos individuos, me di la vuelta y los miré con atención; estaban aterrados. Entré en el aposento de mi madre y me quedé en un rincón.

Llevaron a los dos hombres ante mi madre, que de inmediato alzó una mano para impedirles hablar.

—Sabemos que huyó con los otros dos, de modo que no es necesario que nos lo digáis. Solo queremos que los encontréis, a los tres. Seguro que tenéis alguna idea de adónde fueron cuando se fugaron. Lo que digo es que vayáis en su busca, los localicéis y los traigáis. Ni más, ni menos. Nada de excusas. Y empezad ahora mismo. Todo esto me tiene angustiada.

Uno de ellos hizo ademán de hablar.

—No quiero oírte —exclamó mi madre—. Si deseas preguntar algo, pregúntaselo a Egisto cuando salgas. Quiero ver a mi hijo; es lo único que quiero. No tengo ganas de escuchar nada. Y no quiero que los maltratéis ni a él ni a sus compañeros. Si les oigo una sola queja, por nimia que sea, yo misma os cortaré las orejas a los dos.

Salieron con actitud humilde, seguidos de Egisto. Yo me quedé en la habitación y me fijé en lo ufana que se mostraba mi madre. Se tocó la cara con suavidad y ternura y se llevó las manos al pelo con delicadeza. Miró a su alrededor con afectación, como un pavo real desmañado. Se comportaba como si tuviera delante un público amplio y en cualquier momento pudiera expulsar a todo el mundo o dar una orden que impresionaría a todos con su halo de terca determinación y afilada amenaza. Al verme se puso en pie y sonrió.

—Será magnífico tener de vuelta a Orestes —dijo mirando alrededor como si se dirigiera a una multitud imaginaria—. Y quizá sea para bien que no viniera con los demás y no lo recibiera aquella turba. Me aseguraré de que llegue solo y de que los otros dos niños vengan un par de días después.

Esbozó una sonrisa tierna. Yo me moría de ganas de volver a mi habitación. Intuía que se pasaría el resto del día probándose vestidos y examinándose el rostro y el cabello a fin de estar preparada para interpretar su papel cuando llegara el momento de recibir a Orestes y aparecer ante la multitud como la madre rebosante de amor que da la bienvenida al hijo.

Durante los meses siguientes Teodoto acudió con frecuencia a palacio acompañado del otro hombre, Mitros. Se les recibía siempre con formalidad, a veces en presencia de otras personas invitadas a asistir al encuentro, y mi madre les aconsejaba con gran autoridad que tuvieran paciencia. Aunque Egisto lo observaba todo desde un lado y conducía a los visitantes hasta la puerta cuando se iban, estos jamás se dirigían a él; ni siquiera lo miraban.

Mi madre y yo hablábamos a menudo de Orestes y de su posible paradero. Me constaba que sus relaciones con Egisto eran difíciles. Por eso comía sola y todos los días iba a la tumba y volvía con el espíritu de mi padre al lado. También me dirigía en susurros a mi hermana. No obstante, la presencia de Ifigenia y la de mi padre eran tenues; en ocasiones apenas si estaban.

Advertía las tensiones desatadas a mi alrededor. Había días en que nadie se movía por los pasillos de palacio, días y noches en que mi madre no salía de su alcoba y Egisto se mostraba más silencioso que de costumbre. Durante una temporada no recibieron a nadie, a nadie en absoluto. Cuando me aventuraba a recorrer los pasillos, los centinelas permanecían inmóviles, como si se hubieran convertido en piedra.

Una mañana me despertaron unas voces masculinas. Teodoto y Mitros habían reunido a otros diez hombres, que se hallaban en fila detrás de ellos y que a su vez habían traído a parientes y servidores para que los apoyaran. Me dirigí a la entrada de palacio pasando por delante de los centinelas y me acerqué a Teodoto. Me enteré de que desde hacía cierto tiempo mi madre se negaba a recibirlos a él y a Mitros y de que Egisto les había prohibido volver a palacio a menos que se les convocara.

—Di a tu madre que exigimos que se nos permita verla —me pidió Teodoto, y Mitros y los otros que se encontraban a su lado asintieron.

Señalé hacia el interior de palacio al tiempo que les indicaba que eran libres de entrar si querían. Me dirigí a los guardias para decirles que mi madre había manifestado el deseo de recibir a esos visitantes. Me adelanté a la carrera mientras los hombres, encabezados por Teodoto y Mitros, avanzaban por los pasillos hacia la habitación de mi madre. Al poco los pararon otros centinelas, que acudieron corriendo de todas partes.

—Dejadme pasar —les ordené.

Al entrar en la habitación encontré a mi madre de pie junto a la ventana y a Egisto sentado. Se miraban con gesto severo, como si acabaran de pronunciarse o fueran a decirse en cualquier momento palabras espinosas. Se volvieron para mirarme con una mezcla de encono y familiaridad siniestra.

—Diles que esperen —me indicó mi madre—. Los recibiré enseguida, pero solo a dos.

—No soy tu mensajera —repliqué.

Egisto se puso en pie y me miró de hito en hito. Asustada, me encaminé lentamente hacia la puerta. Sin embargo, de pronto me armé de valor y crucé la habitación para plantarme al lado de mi madre. En cuanto salió Egisto, las voces de los hombres aumen-

taron de volumen. Al poco irrumpieron en la estancia encabezados por Mitros, con Teodoto detrás. Se detuvieron delante de mi
madre.

Mientras Egisto se dirigía en silencio hacia un rincón, mi madre
tomó asiento tras atravesar la estancia como si tuviera asuntos más
importantes en los que pensar. Una vez acomodada, centró su atención en Teodoto.

—¿Cómo os atrevéis a entrar en tromba en mi habitación? ¿A esto
hemos llegado? ¿Después de todo lo que he hecho?

Teodoto le dirigió una sonrisa cortés y se dispuso a hablar, pero
Mitros lo interrumpió.

—¡Después de todo lo que has hecho! ¿Qué has hecho? —preguntó. Tenía el rostro rojo de ira.

—He trabajado sin descanso para garantizar el regreso de los tres
niños —respondió mi madre—. Al ver que no volvían los dos primeros guardias que mandamos, enviamos a otros de entre los más
dignos de nuestra confianza…

—Tú raptaste a los niños —la atajó Mitros—. Los secuestraron
siguiendo tus órdenes. ¡Y a tu propio hijo!

Egisto se acercó furioso a Mitros y uno de los otros hombres lo
apartó de un empujón. Mi madre se llevó una mano a la boca y
clavó la vista al frente. Teodoto quiso hablar, pero Mitros volvió a
interrumpirlo.

—Y mataste a tu esposo, y sin ayuda —espetó sin rodeos—.
Recibió la muerte de tu mano y solo de tu mano.

Mi madre se puso en pie. Unos cuantos del grupo retrocedieron
con sigilo hacia la puerta y salieron presurosos de la estancia.

—Nos obligaste a sentarnos y a comer con el cadáver al lado y
luego a fingir que no habíamos presenciado tu satisfacción. Nos

obligaste a vivir como si nada hubiera sucedido. Nos intimidaste para que calláramos.

—¡Ya basta! —le ordenó Teodoto—. Hemos venido a comunicarte que deseamos enviar un pequeño ejército en busca de los niños —prosiguió—. Hacía tiempo que intentábamos reunirnos contigo para comentártelo.

—Tú raptaste a los niños —repitió Mitros señalando a mi madre—. Los secuestraron siguiendo tus órdenes para intimidarnos. Y fue tu mano, y ninguna otra, la que empuñó el cuchillo que asesinó a Agamenón. Eso no se hizo siguiendo tus órdenes: ¡lo hiciste tú misma! ¡Tú sola!

—A mi amigo lo consume la pena por su hijo —intervino Teodoto—. Su esposa está muy delicada y es posible que no viva mucho.

—A mí me consume la verdad —replicó Mitros—. He dicho la verdad. ¿Acaso negará alguien que lo que he dicho es cierto? ¿Lo negarás tú? Sí, tú.

Miraba a Egisto, que se encogió de hombros.

Cuando volvió la atención hacia mí, estuve a punto de sonreír. Por primera vez se expresaba a las claras lo que las muchachas de las cocinas y los centinelas de los pasillos sabían y tan solo comentaban en susurros. Una vez revelada la verdad, me sentí libre para acercarme a mi madre, agarrarla de las muñecas y zarandearla.

Al volverme hacia los hombres que seguían en la habitación observé que algunos se mostraban inquietos mientras que el semblante de otros reflejaba determinación y coraje, como si las palabras de Mitros y lo que yo acababa de hacer les hubieran infundido valor.

Lancé un vistazo a Egisto. Otra vez me miraba de hito en hito. Me retiré a un lado, aterrada. Cuando de nuevo volví los ojos hacia él, advertí que me miraba con mayor dureza e intensidad. Tenía la vista fija en mí y en nadie más, como si fuera yo quien hubiera acusado en público a mi madre del rapto de mi hermano y del asesinato de mi padre, como si fuera de mí de quien hubiera que ocuparse una vez que se marcharan esos hombres.

—Estás histérico. No me interesa nada de lo que has dicho —espetó mi madre a Mitros antes de volverse hacia Teodoto—. Y de aquí no saldrá ningún ejército, ni grande ni pequeño, sin que yo lo ordene.

—Tenemos que buscarlos —dijo Teodoto.

—Hemos enviado hombres que conocen el terreno y aguardamos su regreso —repuso mi madre—. Nos reuniremos de nuevo dentro de unos días, cuando quizá los ánimos no estén tan caldeados. Y deberías pedir a tu amigo que retire las palabras que ha pronunciado. Veo que con sus embustes ha alterado la frágil serenidad de mi hija. No es una muchacha fuerte.

Los hombres se mantuvieron en su sitio.

Mi madre se levantó y alzó la voz.

—Insisto en que os marchéis ahora mismo. En cuanto a ti —añadió señalando con el dedo a Mitros—, si vuelves a acercarte a palacio mandaré que te apresen de inmediato por propalar infames mentiras maliciosas.

—Mataste a tu esposo con un cuchillo —dijo Mitros—. Lo embaucaste. Y mandaste raptar a tu propio hijo. Y a mi hijo y a los demás niños. Ese hombre del rincón no es más que tu títere.

Volvió a señalar a Egisto.

—Llamaré a los guardias para que te echen de aquí —le advirtió mi madre.

—¡Y a tu hija! —vociferó Mitros.

—¿A mi hija?

—La condujiste a la muerte.

Mi madre se abalanzó sobre él e intentó cruzarle la cara de un bofetón, pero Mitros retrocedió.

—¡La condujiste a la muerte! —repitió—. Y mandaste encerrar a esa —añadió señalándome— en una mazmorra, como a un perro, mientras ejercías tu maldad asesinando a tu esposo.

Escupió en el suelo cuando dos hombres lo sacaron a rastras de la habitación. El último en salir fue Teodoto, que se volvió hacia mi madre.

—¿Me recibirás a mí solo dentro de unos días? —susurró—. Esto ha sido una vergüenza. Ninguno de nosotros imaginaba que hablaría así.

Mi madre le ofreció una sonrisa torcida y exagerada.

—Creo que deberías llevar a casa a tu amigo.

Cuando se fueron todos, noté que Egisto seguía mirándome. En cuanto mi madre se volvió como si quisiera decir algo, salí corriendo de la habitación.

Más tarde, cuando estaba a punto de dormirme, percibí una presencia junto a la puerta. Sabía quién era. Lo esperaba.

—No entres en mi habitación.

Egisto sonrió sin moverse del sitio.

—Sabes por qué he venido.

—No entres en mi habitación —repetí.

—Tu madre…

—No quiero saber nada de mi madre —lo interrumpí.

—Esta espera es un mal trago para ella, y esos hombres no ayudan mucho. No repitas delante de tu madre lo que has oído hoy. Me ha pedido que te lo diga.

—¿No debo repetir lo que todo el mundo ha oído? ¿Lo que se ha dicho delante de todos en pleno día?

—Y que te diga también que si tu hermano regresa, es imprescindible que no le comentes nada de esto.

—¿Cuándo volverá?

—Nadie conoce su paradero. Aun así, puede volver en cualquier momento. Y a tu madre le corresponderá la tarea de informarle de lo ocurrido.

—De desinformarle, querrás decir.

—¿Me he explicado bien? No debes mencionarle a tu hermano lo que se ha dicho hoy.

—Lo averiguará. Alguien se lo contará.

—Cuando lo haga, ya se habrá acostumbrado al papel de tu madre y al mío. Comprenderá que velamos por el interés de todos. Lo demás es agua pasada.

—¿Quieres que mi hermano confíe en vosotros? ¿Después de lo sucedido?

—¿Por qué no habría de confiar en nosotros? —Casi se echó a reír.

—Estoy segura de que confiará en vosotros tanto como yo.

—Si me entero de que has desobedecido a tu madre, verás una parte de mí que quizá todavía no conoces. Debajo de las mazmorras hay otro piso. —Señaló hacia abajo con el dedo, como si yo no supiera dónde se encontraban las mazmorras—. Y, como te he dicho, tu madre me ha pedido que te deje claro que no quiere que hables nunca de ese asunto, ni siquiera cuando estéis a solas las dos. Ya ha oído bastante.

No se molestó en negar las palabras de Mitros. Al contrario: trasladó su exigencia de que no las repitiera delante de mi madre a la esfera de una realidad incómoda y espinosa, las convirtió en un hecho que podía alterar la tranquilidad que mi madre fingía sentir.

Había matado a mi padre y había dejado que el cadáver se pudriera al sol. Nos había arrojado a las tinieblas a mi hermano y a mí. Había ordenado el rapto de los niños. Y pretendía dejar todo eso a un lado, como quien aparta un plato poco apetitoso.

Sentí el deseo de ir a su alcoba a exigirle que oyera una vez más lo que nos había hecho a mi hermano y a mí para que no fuéramos testigos de su decisión —tomada sin permiso de los dioses, sin consultar a uno solo de los ancianos— de que mi padre debía morir. Sentí el deseo de asegurarme de que me oyera repetir las palabras de Mitros a fin de que las oyeran los dioses mismos: que ella y solo ella había empuñado el cuchillo que mató a mi padre.

Me acordé de cuando llegó tras el sacrificio de mi hermana. Recordé su mirada callada y sus arranques de ira, sus rápidos cambios de humor, su terquedad, sus silencios tristes, su altanería.

Por fin se había proclamado quién era mi madre: una mujer intrigante con sed de matar.

Cuando se dispuso a esperar para dar la bienvenida a mi padre, con Egisto dentro de palacio, se inició una larga representación; una representación que comenzó con sonrisas y terminó con alaridos.

¿Acaso no se daba cuenta de que los sirvientes sabían lo que había hecho?, ¿de que los sirvientes la habían visto apartarse del cadáver ensangrentado de mi padre con los ojos llenos de satisfacción?, ¿de que la noticia de lo que había hecho se había propagado como el fuego en un día seco y de viento?

Aun así, Egisto y ella representaban su ficción todo el día. Si evitaban que les recordáramos lo que habían hecho, conseguirían vivir en un mundo de su propia invención. Deseaban el silencio a fin de seguir interpretando sus papeles de los inocentes, puesto que no podían encarnar otros personajes sin sentir la acuciante necesidad de atacarse el uno al otro y de atacarnos a todos nosotros. Comprendí que el papel de asesina y raptora le venía grande a mi madre. Para ella, era algo que solo ocurría una vez. Era agua pasada y no había que mencionarlo. Y a Egisto no le resultaría fácil interpretar el papel de títere y ayudante de una asesina sin sentir deseos de que hubiera más dramas, más sangre y más brutalidad.

Mientras Egisto seguía escrutándome sin ocultar su maldad, me percaté del peligro que corría si no me plegaba a ser la hija débil, la boba tierna que visitaba la tumba del padre y hablaba con su fantasma, la testigo que apenas si recordaba todas las pruebas que conocía.

Participaría con ellos en el juego de la inocencia durante el tiempo que fuera preciso. Ayudaría a mi madre a representar su papel de mujer que había conocido el sufrimiento y se había convertido en una necia distraída e inofensiva. Interpretaríamos juntas esos papeles incluso cuando regresara mi hermano.

—Te tendremos vigilada —dijo Egisto—. Y si apareciera tu hermano, te vigilaremos aún más. Si en algún momento quieres visitar el piso de debajo de las mazmorras, avísame. Te está esperando. Y si aprecias tu seguridad, será mejor que no te arriesgues a salir de los terrenos del palacio. Queremos saber dónde estás.

Cuando se marchó me dije que, llegado el momento, mandaría matar a mi madre. Y a la primera oportunidad mandaría matar también a Egisto. Pediría a los dioses que estuvieran de mi parte mientras planeaba cómo conseguirlo.

Varios días después del enfrentamiento entre mi madre, Mitros y Teodoto, un guardia me paró en el pasillo cuando regresaba de acompañar a mi padre a su tumba, junto a la cual me había quedado hasta que su espíritu volvió a reposar.

—Tengo un mensaje para ti. Es de Cobón, el hijo de Teodoto. Quiere que vayas a su casa. Dice que debes ir sin demora. Él no puede venir. Tiene miedo. Todos ellos tienen miedo. No debes mencionar que he hablado contigo.

—Me han prohibido salir del palacio y su recinto.

—Cobón no te lo pediría si no fuera importante.

Al principio pensé que no debía ir y me pregunté si no se trataría de una trampa tendida por Egisto. Oscilé entre la decisión de salir por la puerta lateral que usaba para ir a la tumba de mi padre y la imagen de mí misma cruzando valientemente la puerta principal y bajando la escalinata, consciente de que los guardias me verían y avisarían de inmediato a Egisto de mi marcha. Oscilé entre instantes de temeridad en los que estaba dispuesta a desobedecerle y la estremecedora certeza de que no podría soportar las mazmorras otra vez. Resolví salir por la puerta lateral.

Al llegar a la tumba de mi padre, me cercioré de que nadie me vigilaba. Avancé a hurtadillas entre las lápidas hasta encontrar el viejo sendero cubierto de maleza; el sendero junto al torrente seco por el que antes se transportaban los cadáveres para enterrarlos. Muy pocos lo utilizaban ya. Nadie quería pisar esos espacios espectrales.

Aunque pasé por delante de casas donde me constaba que vivían familias enteras, reinaba un silencio de puertas y postigos cerrados. Me deslicé veloz de una sombra a otra y enseguida comprendí que no debería haber salido. Estaba convencida de que ya me habían visto. Seguí caminando hacia la residencia de Teodoto, segura de que algún hombre ya se habría dirigido a palacio y, con el deseo de congraciarse con Egisto, le habría informado de mis pasos.

Incluso la casa de Teodoto tenía las puertas y los postigos cerrados. Avancé hacia un lado y di unos golpecitos en la ventana. Al poco oí a alguien susurrar. Mientras esperaba, capté movimientos en el interior, un cerrojo que se descorría y pisadas. Luego, una voz femenina. Al cabo de un rato, Raisa —la esposa de Cobón— y su madre aparecieron en la puerta y me hicieron señas de que entrara. Con voz queda me indicaron que las siguiera a un cuarto interior que estaba casi a oscuras.

Cuando los ojos se me acostumbraron a la penumbra, vi que en la habitación se encontraba la familia entera: la esposa de Teodoto, llamada Dacia; los padres, la hermana, el cuñado y los sobrinos de Raisa, cinco o seis de estos apiñados en torno a sus padres, y Raisa, Cobón y su hermana, Yante, que me miraba desde un rincón con los puños crispados junto a la boca. No la veía desde que era una niña; se había convertido en una jovencita.

—¿Qué ha ocurrido? —pregunté.

Nadie respondió y un niño rompió a llorar.

—¿Dónde está Teodoto?

—Por eso queríamos verte —dijo Cobón—. Creíamos que a lo mejor tú lo sabrías.

—Yo no sé nada.

—Los hombres que raptaron a Leandro, esos mismos hombres, se presentaron por la noche y se llevaron a mi suegro —contó Raisa.

—Esta vez no hablaron —añadió Yante, que se echó a llorar—, pero cuando vinieron a por mi hermano dijeron que seguían órdenes de tu madre.

—Yo no soy mi madre.

Advertí al instante que sus miradas eran acusadoras. Traté de encontrar algo más que decir para dejarles claro que me resultaba imposible ayudarlos. Sin embargo, al reflexionar permití que el silencio se alargara en exceso. Permití que las miradas acusadoras me marcaran.

—¿No puedes preguntarle? —dijo Cobón con amabilidad—. ¿No puedes preguntarle a tu madre?

Comprendí que si les revelaba cómo vivía y cuánto me había distanciado de mi madre les parecería un embuste. Esas personas buscaban ayuda; no tenían el menor interés en saber lo asustada que estaba.

—Carezco de poder. Solo soy…

—Aún hay más —me interrumpió Raisa.

Me pregunté si habrían raptado a algún otro miembro de la familia. Miré de una en una las caras envueltas en la penumbra sin saber si faltaba algún otro.

—¿Qué? Contadme.

—Mitros —dijo Cobón.

—¿También se lo han llevado?

—No lo sabemos.

—No está en su casa.

—Su casa ya no existe —musitó Raisa—. Saldré contigo para enseñarte dónde estaba.

—Es peligroso salir —le advirtió su padre.

—Se llevaron a mi hijo y se han llevado al padre de mi esposo —repuso ella—. Si me quieren a mí también, que me apresen.

No se les ocurrió pensar que para mí podría ser igualmente peligroso salir. Raisa me indicó con un gesto que la acompañara. Una vez en la calle, observé lo orgullosa e insolente que se mostraba. Parecía una mujer que pidiera a gritos que la apresaran, una mujer dispuesta a entregarse en sacrificio. Caminé a su lado con paso lento y cauteloso.

En el lugar donde antes se alzaba la casa de Mitros no había nada, tan solo maleza y algunos árboles. No se advertía ninguna señal de que hubiera habido una mansión y un jardín rodeados de olivos.

—Hace dos días aquí había una casa en la que vivía una familia —dijo Raisa en voz alta—. Quienes pasaban sabían que era la casa de Mitros. Ahora no queda nada. Esos árboles los plantaron anoche. Ayer no estaban. Los arrancarían de algún otro sitio. Redujeron la casa a escombros y se llevaron los cascotes en carretas. Taparon los cimientos. ¿Dónde están? ¿Dónde está la familia de Mitros? ¿Dónde están sus sirvientes? Alguien quiere que parezca que nunca vivieron aquí. Pero sí vivieron aquí. Yo me acuerdo de ellos. Los recordaré mientras tenga aliento.

Entretanto se había congregado un grupo de personas que la escuchaban. Raisa se volvió hacia mí. Quería que fuera testigo de aquello. Entonces comprendí que debía alejarme de ella; no obstante, no quería que creyera que estaba confabulada con mi madre y Egisto. Me quedé a su lado como si estuviera sola. Contemplé el terreno donde antes se alzaba la casa. No agaché la cabeza. Cuando me volví hacia Raisa, noté que me infundía fuerzas, las suficientes para que sintiera el deseo de expresarle mi apoyo. Con todo, estaba decidida a que ninguna de las personas reunidas a nuestro alrededor pudiera transmitir mis palabras a Egisto o a mi madre.

Solo quería que Raisa volviera a su casa y regresar yo a la mía.

—¿Dónde está mi hijo? —exclamó dirigiéndose al gentío—. ¿Dónde está el padre de mi marido? ¿Dónde están Mitros y su familia? —Se volvió hacia mí—. ¿Preguntarás a tu madre dónde están?

Desafiante, esperó una respuesta. Comprendí que si me alejaba sin decir nada daría la impresión de que era cómplice de mi madre y su amante. Por otro lado, si me quedaba donde estaba no tendría más remedio que contestar.

Invoqué al espectro de mi padre y al cadáver de mi hermana. Invoqué a los dioses en las alturas. Les supliqué que acallaran a esa mujer, que la apartaran de mí.

Me la quedé mirando, y fue mi incertidumbre lo que al parecer la desconcertó. Intenté señalar que si los hombres podían acudir por la noche y arrasar una casa, que si podían apresar a dos de los ancianos más poderosos, entonces era una necedad pedirme ayuda a mí.

Pero también deseaba recalcar que poseía un poder que procedía de la tumba y de los dioses, un poder que no resultaba fácil nombrar ni descartar. Quería que supiera que, pese a mi debilidad, en el futuro vencería.

—Ahora carezco de poder —dije—, pero llegará un día… Llegará un día…

Raisa se dio la vuelta y se encaminó ufana hacia su casa y su familia. Se hallaba ya a bastante distancia cuando observé que se le doblaba el cuerpo y oí sus gemidos entrecortados.

Inspiré hasta llenarme los pulmones y, sin moverme del sitio, obligué a los curiosos a dispersarse. Decidí regresar por espacios abiertos. Caminé sin mirar a las personas con que me cruzaba y al acercarme a palacio atisbé a Egisto, que me esperaba sonriente. Era la misma figura de encanto puro que había cautivado a mi madre hacía años. Cuando llegué a la escalinata hizo ademán de ayudarme. Permití que me guiara al interior y me condujera por los pasillos hasta la habitación como a la hija descarriada de mi madre.

Durante los años siguientes perdí la esperanza de volver a ver a mi hermano y comprendí que, como mujer sin marido, carecía de poder, y así continuaría. Solo tenía a mis fantasmas y mis recuerdos. Mi inquebrantable voluntad no serviría de nada, no llevaría a nada.

Observé a los hombres que acudían a la mesa de mi madre, aquellos soldados de mi padre a los que ella había elegido para que protegieran los lugares que él había conquistado. En ocasiones venían a consultarle y se quedaban varias semanas.

Aquellas noches en que se les ofrecían banquetes en el comedor advertía una actitud de alerta vertiginosa, pues los invitados sabían que ahí fuera había yacido el cadáver desnudo de mi padre junto al cuerpo sin vida de una hermosa mujer vestida de rojo a la que había traído consigo de las guerras.

Los invitados se hallaban ante la mujer que lo había asesinado, y lo había matado, como bien se sabía, sin permiso de los dioses. Esto le otorgaba un curioso poder maligno y conseguía que su presencia resplandeciera durante la velada. Mi madre dominaba la estancia. Aun así, nadie parecía asustado; al contrario: parloteaban enardecidos, entusiasmados. La muerte y el consiguiente drama les proporcionaban una satisfacción que duraba hasta el final de la velada.

Pensé que el paso del tiempo y las circunstancias lograrían que alguno de esos hombres se diera cuenta del poder que podría caer en sus manos si yo, con el fallecimiento de mi hermana y la desaparición de mi hermano, me convertía en su esposa.

Ordené a las costureras que revisaran la ropa de Ifigenia —más elaborada que la mía, pues era la favorita—, a ver qué quedaba después de los años transcurridos. Elegimos algunas túnicas y vestidos que podían adaptarse para una hermana menos hermosa.

Al principio no lucí en ninguna cena las prendas que me arreglaron, si bien me las probaba muchas tardes y me las ponía estando sola.

Cuando asistía a los banquetes, me imaginaba ataviada con los ropajes de mi hermana, el cabello ensortijado con esmero, el rostro blanqueado y los ojos perfilados con líneas negras. Imaginaba lo que sería llamar la atención e impresionar a todos.

Permanecería callada cuando llevara puestas esas prendas nuevas, me decía. Sonreiría, aunque no mucho, y me mostraría satisfecha, como si poseyera una luz interior.

Observaba a los visitantes y soñaba lo fácil que sería que uno de ellos se quedara con nosotros y cómo sellaríamos nuestra alianza. Imaginaba la estupefacción de mi madre y Egisto al ver que me casaba.

Mi esposo y yo tendríamos guardias leales y fuentes de riqueza que serían solo nuestras. Y esperaríamos pacientes o actuaríamos con rapidez según juzgáramos mejor. Haríamos lo que yo sola no podía hacer.

Escogería la velada. Elegiría entre una de las cenas discretas que ofrecía mi madre o un gran banquete, quizá la celebración de una victoria reciente, de un nuevo botín.

Llegó la noticia de que en uno de los territorios más distantes se había producido una revuelta y que los rebeldes habían resistido varias semanas. Habían asesinado y sembrado el caos, habían matado a la esposa de un viejo aliado de mi padre y habían pasado a cuchillo a sus hijos. No tardamos en enterarnos de que Dinos, el guerrero en cuestión, y un pequeño grupo de soldados suyos habían sobrevivido a las primeras matanzas y habían logrado derrotar a los saqueadores, de modo que volvía a reinar la paz. Se habían llevado a cabo numerosas ejecuciones.

A mi madre le alegró sobremanera saber que Dinos, con todo lo que había perdido, se había mantenido leal. Envió tropas bien pertrechadas a ayudarlo, además de múltiples regalos personales. Otorgó tierras a su padre, que vivía cerca de palacio. Mandó incluso a un estrecho aliado de Egisto a reemplazarlo por si Dinos deseaba venir a ver a su padre y disfrutar de un recibimiento esplendoroso. Hablaba a menudo de la valentía de este guerrero, de su apostura y de la admiración que sentía por él.

Pensé que un marido como ese me proporcionaría libertad. Debía de ser lo bastante astuto y fuerte para oponerse a mi madre y a Egisto, y todos debían de conocer su nombre dado que se habían difundido sus hazañas. Si deseara volver a casarse, nadie plantearía ninguna objeción. Y si deseara desposar a la hija de Agamenón, en cuyo ejército había luchado a menudo, se consideraría algo natural, algo que en parte se le debía.

Al principio actuaríamos con cautela, pensé. Dinos aconsejaría a mi madre y a Egisto. Poco a poco se daría cuenta de la perversidad de ambos, de que apestaban a sangre y de la necesidad de enviarlos a los dos a algún lugar donde no pudieran causar más mal.

Comenzaron los preparativos para la llegada de Dinos. Se acordó organizar en las calles un gran espectáculo en su honor, al que seguiría un banquete.

Decidí que la costurera me confeccionara para la ocasión un suntuoso vestido de forma y textura muy parecidas a las de uno que mi hermana había lucido una vez. Todos los días venía una sirvienta a peinarme y otra con ungüentos y agua dulce para suavizarme la piel. Al cabo de unas semanas, con el vestido ya acabado, la costurera, sus ayudantes y otras criadas entraron en mi habitación para ver cómo me arreglaba.

Cuando me hallaba a solas con el espíritu de mi padre y el de mi hermana, me ponía el vestido y me echaba el cabello hacia atrás para que se me viera bien la cara. Ufana, daba vueltas por la estancia con la sensación de que ellos cuidaban de mí. Deseaba su aprobación antes de que se celebrara la cena en honor de Dinos.

Llegó a palacio días antes del espectáculo y el banquete. Lo recibieron mi madre y Egisto, que, según se me informó, tuvieron con él reuniones formales en las que hablaron del suministro de tropas y otros refuerzos que necesitaba para garantizar que no estallaran más rebeliones. Se celebró asimismo una cena privada en su honor y en el de su padre, durante la cual, según me contó una sirvienta, manifestó que sentía una pena inconsolable por la muerte de su esposa y sus hijos. Sin embargo, no lloró. Mantenía las distancias en todo momento, como un comandante. Una criada mía me comentó que era apuesto, uno de los hombres más apuestos que había visto.

Como durante esos días no vi a mi madre, mandó a una sirvienta a decirme que se llevaría un disgusto si yo no asistía al banquete, aunque por motivos de seguridad sería aconsejable que no saliera a la calle a ver el espectáculo.

Me imaginé entrando en el espléndido comedor una vez que todos hubieran pasado al interior. Veía abrirse la puerta y oía el silencio, los dos o tres segundos en los que al parecer nadie hablaba, en los que era probable que la atención de todos se dirigiera hacia la puerta. Veía al padre de Dinos, que avanzaba hacia mí, me acompañaba hasta la mesa de honor y me hacía un hueco. Y a continuación imaginaba a Dinos dándose la vuelta.

Las sirvientas se ocuparon de mi cabello y mi piel durante toda la tarde. Se llevaron el vestido porque necesitaba algún otro retoque y volvieron a traerlo. Una hora antes de que llegaran los invitados, ya estaba preparada. En cuanto me pintaron las líneas alrededor de los ojos, pedí a la costurera y a las criadas que me dejaran a solas para serenarme. No obstante, indiqué a una sirvienta que no se alejara de mi habitación, para que me avisara cuando hubieran llegado todos los invitados.

Invoqué al espíritu de mi hermana. Me toqué la cara como si fuera su cara. Hablé en susurros con mi padre. Ya estaba preparada cuando la sirvienta me hizo una seña. Recorrí sola el pasillo hasta el comedor. Retrocedí para que el criado abriera las puertas y entré sola en la estancia, sin mirar directamente a nadie pero dispuesta a volver los ojos hacia quien me mirara.

La voz de mi madre fue lo primero que oí. Contaba que había apelado a los dioses nada más enterarse de la insurrección y que, siguiendo el consejo de estos, había enviado a sus soldados de mayor confianza para apoyar a Dinos y así había sofocado la revuelta de manera rápida y eficaz. Hablaba de los dioses a la ligera, casi con desdén, y me pareció que todos los presentes debían de advertirlo.

Entonces me vio. Yo seguía junto a la puerta. En cuanto levanté la vista clavó los ojos en mí. Se interrumpió.

—¡Oh, no! —exclamó alzando la voz—. Durante toda la semana he oído decir que se tramaba algo con Electra, pero no imaginaba algo así.

Se apartó de los invitados y avanzó unos pasos hacia mí, pero aún nos separaba un amplio espacio, por lo que tuvo que hablar a voces para que la oyera.

—¿Quién es el responsable de esto?

Lancé algún que otro vistazo a los presentes, que me miraban con fijeza. No había nadie a mi lado. Las puertas se habían cerrado a mi espalda.

—Anda, ven a sentarte antes de que te vea demasiada gente —añadió—. Egisto, ¿te importaría traer a Electra a la mesa y hacerle compañía? O busca a alguien que lo haga.

Egisto susurró algo a uno de sus camaradas, que me acompañó a la mesa. Me senté entre él y un amigo suyo y aparté la vista o la clavé al frente en tanto intercambiaban comentarios banales. En varias ocasiones miré a Dinos, que ni una sola vez dio muestras de reparar en mí. Corrió el vino. Se sirvieron numerosos platos y se pronunciaron discursos magníficos. Por lo visto el recuerdo del asesinato de mi padre se había borrado de la memoria de la mayoría de los invitados. Pero no de la mía. Mientras veía a mi madre conversar con Dinos, mientras observaba cómo le destellaban los ojos al contarle no sé qué historia, mientras la veía derrochar encanto cuando lo escuchaba, me acordaba de mi padre, hasta que se volvió más real y estuvo más vivamente presente en la estancia que todas esas personas subyugadas por mi madre, por su amante y por el poder de ambos.

Al final de la velada logré salir en el momento en que se marchaban algunos de los otros comensales. De ese modo regresé a mi habitación sin que nadie se percatara.

Solo deseaba que mi padre y mi hermana me enviaran una señal de que mi hermano seguía con vida y de que volvería. Aun así, esperé antes de pedirla; esperé hasta estar segura, hasta tener la certeza de que pronunciar el nombre de mi hermano no provocaría una mera agitación en el aire.

Un día lo susurré. Pronuncié el nombre. Al principio reinó el silencio. Con voz queda les pedí que me enviaran una señal si seguía con vida. Estaba apoyada contra la puerta para asegurarme de que nadie nos molestara.

No hubo nada, ninguna señal.

Más tarde fui a la tumba de mi padre. Estaba convencida de que el espíritu de mi hermana aún me acompañaba. El ambiente era tormentoso, y la luz, morada. Junto a la sepultura traté de acercarme al espíritu de mi padre como nunca lo había hecho. Y entonces, cuando la lluvia empezó a caer en grandes goterones, supe lo que ocurriría.

Orestes estaba vivo. Tuve la certeza en ese momento. Se hallaba en una casa donde estaba a salvo, protegido. Tardaría en regresar. Y sería ahí, junto a esa tumba, donde lo vería.

Se me comunicó que regresaría, que con el tiempo regresaría. Solo me cabía esperar.

Orestes

Las piedras, que habían escogido con cuidado para defenderse de los perros de la granja, pesaban y les obligaron a ir despacio cuando partieron. Era de madrugada. Mientras caminaban, Leandro hablaba de estrategias y tácticas y se mostraba tan lleno de determinación que Orestes se dio cuenta de que era una forma de evitar que los dos pensaran en Mitros, la anciana y aquella casa que, ocurriera lo que ocurriese, suponía que no volverían a ver.

Avanzaron aún con mayor cautela al acercarse al lugar donde los perros los habían cercado. Cada pocos pasos Leandro se llevaba un dedo a los labios y le indicaba que debían pararse a escuchar. Solo se oía el canto intermitente de los pájaros y el rugido lejano de las olas al romper contra las rocas.

Al llegar a la casa vieron que estaba deshabitada, casi en ruinas. Se quedaron quietos y miraron atrás y luego a los lados. Mientras recorrían cautelosos el sendero cubierto de maleza que conducía a la entrada, Orestes prestaba atención por si oía perros o cabras, pero no captaba nada. La puerta estaba medido podrida e, inestable, osciló sobre los goznes cuando la abrió de un empujón.

Orestes evocó la escena que recordaba: el hombre y su esposa, los perros, las cabras, el ambiente agrícola y la armonía que al parecer sus dos compañeros y él habían puesto en peligro. Se preguntó cómo habría acabado así aquel lugar, si algo habría asustado al hombre y a su esposa o si bien habrían tomado la decisión pausada y razonada de marcharse.

Como habían dado por sentado que los atacarían, que el campesino azuzaría a los perros contra ellos apenas los viera acercarse, y como habían llegado tensos y alertas, aquel espacio vacío, el silencio, casi supuso una decepción. Cuando Leandro lo miró, Orestes intuyó que su compañero también se había llevado un chasco al no encontrar nada.

Leandro le indicó por señas que debían seguir adelante. Propuso dejar un saco de piedras y llevar solo el otro por si les atacaban perros por el camino.

Avanzaron en dirección al sol de la mañana. Les extrañaba no encontrar señales de vida, salvo zorros en la maleza, algunos conejos y liebres que corrían espantados y el canto de los grillos y los pájaros. Las viviendas que dejaban atrás habían sido incendiadas o se hallaban en ruinas.

Orestes no habría puesto ningún reparo si Leandro hubiera sugerido que volvieran a casa de la anciana, si hubiera señalado que el viaje había sido una forma práctica de reconocer el terreno. Pero Leandro estaba decidido a seguir adelante.

—Subir es la opción más segura —dijo Leandro—. Si continuamos por estos senderos, no tardaremos en toparnos con alguien. En las montañas encontraremos arroyos. Si racionamos la comida que tenemos, nos alcanzará para dos o tres días más.

—¿A qué distancia estamos de palacio?

—Es difícil saberlo. En cualquier caso, creo que este es el mejor camino. Conozco la dirección por el sol.

Orestes asintió. Intuyó que la temporada pasada en casa de la anciana significaba ya muy poco para su amigo. Era tan solo el sitio donde se habían alojado. Leandro pensaba únicamente en el viaje y en llevarlo a cabo sin peligro.

Escalaron y, tras encontrar huevos de codorniz y frutos silvestres, descansaron unas horas antes de reanudar la marcha. Leandro miraba el cielo cada dos por tres, pero con frecuencia parecía dudar de qué camino debían seguir. Como los senderos de montaña no eran rectos, resultaba difícil avanzar sin cambiar de dirección.

El palacio se hallaba en una llanura. Por lo tanto, por mucho que subieran o bajaran, para llegar a él tendrían que caminar dos días o incluso tres por terreno llano y habitado. Orestes pensó que si encontraban alguna vivienda, se identificarían y ofrecerían una recompensa a quien les acompañara el resto del trayecto, aunque cabía la posibilidad de que volvieran a raptarlos.

Cuando el paisaje pedregoso dio paso a colinas suaves, Leandro montó una trampa y logró cazar un conejo y matarlo. Llevó lo necesario para encender una hoguera, lo que consiguió con cierta dificultad. Pese al hambre que tenían, les costó comerse la carne, que estaba quemada por fuera y casi cruda por dentro.

Echaron a andar de nuevo y se toparon con un rebaño de ovejas. Se pararon un momento y aguzaron el oído.

—A lo mejor estamos mucho más cerca de lo que creemos —comentó Leandro—. O quizá llevemos todo el día caminando en la dirección equivocada. Tenemos que seguir el valle.

Como habían visto las ovejas, Orestes suponía que no tardarían en encontrar un pueblo o un conjunto de casas; sin embargo, el paisaje era cada vez más árido y desierto y el viento ululante les arrojaba arena a los ojos.

—¿Estamos cerca del mar? —preguntó Orestes.

—No lo sé, pero al menos estamos a salvo. Lo principal es que nos mantengamos ojo avizor. Es posible que alguien nos esté observando incluso ahora.

Orestes miró a su alrededor, consciente de lo desprotegidos que estaban, de que la palidez de los colores y la escasa claridad permitirían que cualquier persona, quizá incluso un grupo, los acechara sin ser vista.

No les cabía más que caminar. Orestes no necesitaba que Leandro le dijera que llegarían a terrenos más abrigados, con menos viento, en cuanto descendieran.

Cuando el viento dejó de silbar, lo reemplazó la niebla, al principio en forma de espirales y remolinos. De vez en cuando el sol la traspasaba y lograban ver a lo lejos, pero otras veces se espesaba hasta envolverlos en una densa bruma y tenían que avanzar pegados el uno al otro.

Orestes dejó de pensar en el hambre y la sed; hasta se olvidó del cansancio. Al poner la mano sobre el hombro de Leandro sentía el calor de este y su fuerte voluntad, y eso lo confortaba.

Más tarde, una vez disipada la niebla, vieron una estrecha cresta montañosa atravesada por un torrente impetuoso. Se sentaron en la orilla del agua y bebieron con las manos.

—Sé dónde estamos —dijo Leandro—. A medio día de camino hay una aldea. Una vez vine de caza con mis tíos y primos. La familia de mi madre es de la aldea. Si logramos llegar, estaremos a salvo. Sus hermanos viven allí. Pero debemos tener cuidado: de camino hay varias casas y no sé quién vive en ellas.

Orestes notaba el creciente entusiasmo de Leandro, que andaba muy deprisa y parecía aún más encerrado en su propio mundo. Era como si ya hubiera llegado a su destino. Pasaron por delante de casas vacías, en las que no encontraron nada cuando buscaron comida. No estaban en ruinas, pero daban la impresión de llevar tiempo abandonadas.

—Leandro…

—¿Qué?

—¿Es prudente que vaya contigo?

—¿Por qué lo dices?

—Por mi padre y por mi madre.

—Creo que será mejor para los dos que no digas quién eres. Diremos que eres uno más de los niños raptados.

Orestes se dio cuenta de que Leandro ya lo había meditado.

Leandro gritó su propio nombre al llegar a casa de su familia materna. Los parientes fueron apareciendo y corrieron a abrazarlo repitiendo el nombre. Una mujer rompió a llorar y aseguró que el muchacho había heredado la voz del abuelo y que lo habría reconocido en cualquier parte.

Orestes se quedó apartado hasta que alguien reparó en él. Aunque su amigo no lo presentó por su nombre, lo acogieron casi con la misma efusividad que a este. Observó la dignidad que mostraba Leandro, a quien acudían a saludar cada vez más parientes.

Pasaron el día y la noche en la casa, sin que la familia apenas dirigiera la palabra a Orestes, que dedujo que Leandro les había prohibido hablar a sus anchas delante de él.

Cuando fue a la habitación que les habían asignado, contaba con que Leandro lo seguiría. Pero este no acudió. Se presentó por la mañana para despertarlo e informarle de que no partirían hasta el anochecer, ya que la luna estaba casi llena y sería más seguro recorrer los campos aprovechando su luz.

Salieron acompañados de dos tíos de Leandro, que se despidieron de ellos en una encrucijada. En cuanto estuvieron solos, Orestes se atrevió a preguntar a su compañero si se había enterado de lo que había ocurrido durante su ausencia.

—La situación es mala —respondió Leandro.

—¿Dónde?

—En mi casa.

Leandro no contó nada más.

—Debemos ir a mi casa en primer lugar, los dos —añadió al cabo de un rato.

—¿Por qué?

—Es lo que me han aconsejado. Esta vez les diré quién eres.

—¿Mi madre aún vive? —preguntó Orestes.

—Sí.

—¿Y Electra?

—También.

—¿En el palacio?

—Sí.

Estuvieron un rato sin hablar. Mientras caminaban en la noche, Leandro lo tomaba del brazo, le cogía de la mano o lo abrazaba y aflojaba el paso. Esto confortaba a Orestes, si bien se daba cuenta de que quizá fuera una manera de indicarle que pronto se separarían, que lo sucedido entre ellos en casa de la anciana no se repetiría.

Al rayar la aurora, observó la ligereza de Leandro, que miraba a su alrededor con animado asombro y se paraba a examinar cualquier menudencia. Orestes no quiso romper el hechizo preguntándole cuánto tiempo debía quedarse en su casa. Tampoco habían hablado de qué harían con la familia de Mitros, que a buen seguro acudiría en busca del muchacho apenas se enteraran del regreso de Leandro.

Pasaron por delante de viviendas que reconocieron. Los perros ladraban al verlos, pero Orestes no tenía sensación de peligro. Al poco se percató de que habían dejado atrás el lugar donde tendría que haber doblado en dirección a palacio; seguía en silencio a Leandro, que caminaba hacia su hogar.

Al llegar ante la casa, Leandro chasqueó los dedos y silbó. Un perro de la familia se acercó y se pegó a él meneando la cola. El muchacho le susurró y le acarició la cabeza, se arrodilló y apoyó la cara contra la del animal. Luego los dos chicos se dirigieron a la parte posterior de la vivienda seguidos por todos los perros.

Era evidente que los de la casa aún dormían. Orestes se preguntó en qué momento Leandro llamaría a voces al padre, la madre, el abuelo o la hermana. En cambio, su compañero probó a abrir las puertas, que encontró atrancadas. Se quedaron sentados en un escalón, callados y con el oído alerta, hasta que una sirvienta salió a buscar agua y los vio. Del susto se le cayó la vasija. Entró corriendo, seguida por Leandro, que la alcanzó y, tras taparle la boca con una mano y sujetarla por las muñecas, le dijo en voz baja quién era. Con Orestes al lado, contó a la aterrada mujer que no deseaba que despertara a la familia para anunciarles su llegada. Quería que sirviera en la mesa agua y comida para Orestes y para él como si fuera una mañana normal y corriente y él nunca se hubiera ausentado.

Nerviosa y dubitativa, la criada puso la mesa y llevó huevos, embutidos, pan, queso y olivas. Cogió el cántaro y antes de salir a por agua miró con recelo a los dos visitantes; al regresar se mantuvo alejada de ellos.

La primera persona que entró en la cocina fue la madre de Leandro. Nada más verlos, lanzó un grito y echó a correr por el pasillo hacia las alcobas. Leandro fue tras ella y Orestes oyó a la mujer llamar a la familia, apremiarlos a levantarse de inmediato y a congregarse en la habitación cuya puerta disponía de cerrojo.

—¡Han vuelto! —vociferaba—. ¡Los hombres han vuelto!

Leandro corría por el pasillo pronunciando su nombre a gritos, anunciando a voces que había regresado. Pero sus palabras no lograron aplacar los chillidos que salían de las habitaciones. Al cabo de un rato, volvió a la cocina para hablar con la sirvienta.

—¿Te importaría decirles que soy Leandro, que he regresado?

—No me creerán.

—¿Y si me cortas un mechón y se lo enseñas a mi madre?

—Te ha cambiado el pelo. Todo tú has cambiado. No te he reconocido.

—¿No puedes convencerlos?

—La familia tiene miedo desde que apresaron al anciano.

Leandro dirigió una mirada torva a Orestes. No expresó sorpresa, lo que indicaba que ya se había enterado de eso en casa de su familia materna.

Fue hasta la puerta.

—¡Soy Leandro! —gritó—. Me raptaron, logré fugarme y he vuelto a casa. Salid, por favor. Estoy sentado a la mesa. Soy Leandro.

Volvió a la silla y se sentó.

—Comamos —indicó a Orestes—. Alguien tendrá que salir.

Orestes se preguntó si podría escabullirse. Notaba que Leandro apenas si le prestaba atención. La llegada, a todas luces planeada con sumo cuidado por su compañero, no había salido como este esperaba. Mientras comían sin que la atemorizada sirvienta les quitara el ojo de encima, no apareció nadie. Al final Leandro se levantó, salió y comenzó a gritar por las ventanas. Pronunciaba su nombre y repetía que había vuelto.

La primera persona en aparecer fue una joven. Se detuvo a la entrada de la cocina y se quedó mirando a los visitantes sin despegar los labios. Vestía ropa de dormir. Orestes se fijó en lo alta que era, en lo negro que tenía el cabello y en lo oscuros que eran sus ojos. La muchacha retrocedió unos pasos cuando Leandro se levantó de la silla para abrazarla.

—Queremos que os vayáis —dijo—. Ya hemos sufrido bastante. ¿A quién más pretendéis llevaros?

—Yante —murmuró Leandro—, eres mi hermana. ¿Qué puedo hacer para convencerte de que soy Leandro?

La joven lanzó un alarido antes de alejarse corriendo por el pasillo.

Al poco aparecieron en la entrada, de uno en uno o de dos en dos, Cobón y Raisa, los padres de ella, la madre de él —Dacia— y otra pareja con niños que Orestes supuso que eran parientes de Raisa.

Esta fue la primera en cruzar la cocina. Acarició a Leandro.

—¿Quién es ese? —preguntó señalando a Orestes.

—Orestes.

—¿Qué hace aquí?

—Se escapó conmigo.

—¿Y Mitros?

—Tenemos que ir a decirle a su familia que ha muerto.

Raisa soltó una exclamación que sonó casi como una risotada.

—No hay a donde ir. Los han matado o apresado a todos.

—¿A quiénes?

—A toda la familia de Mitros.

—¿Cuándo?

—Cuando mataron o apresaron a tu abuelo.

—No lo sabía —dijo Leandro, al que todos miraban—. En la aldea no me lo contaron.

Yante se acercó despacio a él. Le tocó la cara y los hombros, la espalda y el pecho. Los demás siguieron en la entrada de la cocina.

—Creíamos que habías muerto —dijo Yante—. Necesitaremos tiempo para convencernos de que estás vivo.

—¿Os ha seguido alguien hasta aquí? —preguntó Cobón cruzando la cocina.

—No, nadie.

—¿Estás seguro?

—Sí —respondió Leandro.

—¿Por qué ha venido contigo? —le preguntó su padre señalando a Orestes.

—En la aldea me dijeron que sería lo mejor.

—Quizá haya sido una decisión prudente —convino Cobón—. De momento debería quedarse aquí para que no se enteren de vuestra llegada.

—¿Quiénes no deben enterarse? —preguntó Orestes.

—Tu madre y Egisto —contestó Cobón. El odio que destilaba su voz era palpable.

Leandro y Orestes compartían un lenguaje privado. En casa de la anciana las conversaciones sobre el tiempo, la comida y los animales de la granja habían derivado en bromas afables con intercambio de numerosos comentarios sobre los defectos e ineptitudes del otro. Ahora tenían que reprimirse en presencia de la familia; no debían hablar demasiado porque a los demás les molestaba que charlaran entre sí.

Orestes se fijó en lo cautelosos que se mostraban los de la casa. Cobón salía a diario para supervisar la provisión de alimentos o ir al mercado, y regresaba alicaído y taciturno. Estaba claro que la única noticia que merecería la pena anunciar era la relativa al paradero de su padre; como Cobón no abría la boca, se daba por sentado que no había averiguado nada ni en las callejas ni en el mercado.

A diferencia de los demás, Yante parecía entender o apreciar las conversaciones de Orestes y Leandro, si bien solo lo manifestaba estando a solas con ellos. El resto del tiempo desaprobaba en silencio, como los demás miembros de la familia, la manera de charlar y bromear de los dos recién llegados.

Los primeros días intentaron varias veces hablar de su fuga y de la casa de la anciana, pero solo encontraron perplejidad y rostros de expresión ausente. La familia se pasaba las horas dando abrazos a Leandro y describiéndole la mañana en que lo raptaron. Sin embargo, nadie quería saber con precisión adónde lo habían llevado ni qué le había ocurrido. No había estado con ellos; eso bastaba.

Orestes no tardó en observar que los hombres cuchicheaban en la casa, cuchicheos en los que Leandro participaba y de los que él quedaba excluido.

Como el padre de Raisa no sabía hablar en voz baja, Orestes le oyó decir que Leandro debía volver a la aldea y ayudar a su familia a buscar a un hermano de su madre que había luchado con Agamenón en la guerra y al que, tras el victorioso regreso, se habían llevado junto con los esclavos apresados.

Estaban preparados para rebelarse, oyó decir Orestes al abuelo materno de Leandro, pues sus captores habían bajado la guardia, se habían vuelto más indolentes y no estaban tan bien armados como antes. Aunque no sería fácil vencerlos, aseguró el anciano, quizá nunca hubiera un momento mejor. Leandro debía marcharse enseguida.

De manera paulatina, y al parecer deliberada, la familia logró atraer a Leandro a sus conversaciones y dar al traste con la forma de comunicación privada que tenía con Orestes. De ese modo consiguieron dejar de lado al joven. Leandro se sentía incómodo al advertirlo, pero sus esfuerzos por incluir a su compañero en la vida doméstica no dieron resultado.

No manifestó sorpresa cuando finalmente Orestes le informó de que quería irse a casa.

—Tu hermana va al cementerio todas las tardes —le dijo Leandro.

—¿Tú la has visto?

—La han visto mi madre y mi hermana.

—Si vamos al cementerio, ¿la veremos?

—En cuanto salgas de esta casa llamarás la atención. Querrán que vuelvas a palacio.

—¿Hay algo que no deba contarles?

—No les cuentes que de camino visitamos a mi familia materna. Y no repitas nada de lo que has oído en esta casa.

—¿Puedo decirles que vine contigo?

Leandro dudó antes de responder.

—Mi padre temía que se hablara de mi regreso. Por eso quiso que te quedaras, para que nadie se enterase. Ahora está de acuerdo en que es mejor que te vayas, pues alguien acabará por descubrir que estás aquí. Cuenta lo menos posible.

—¿Hay algo que...?

—Si averiguas algo acerca de mi abuelo, avísanos. Hasta el más pequeño detalle.

—¿Quién lo capturó?

—No preguntes, Orestes.

—¿Lo raptó Egisto?

—Alguien cercano a Egisto.

—Haré lo que pueda.

Varios días después, guiados por Dacia y Yante, fueron por la tarde al cementerio por senderos y estrechas veredas. Se escondieron detrás de una lápida y Orestes observó a Electra, que, plantada ante una tumba, musitaba plegarias y levantaba los brazos al cielo.

—Es la sepultura de tu padre —susurró Dacia.

A Orestes le costaba imaginar que el hombre que recordaba, su padre, fornido e imponente, yaciera inerte bajo tierra, con el cuerpo reducido a cenizas.

Se acercaron despacio a la tumba, y Dacia y Yante permanecieron apartadas. Cuando Electra alzó la vista, Orestes sintió el apremiante impulso de ir a abrazarla, junto a un deseo igual de acuciante de mantenerla a distancia, como si la presencia de su hermana representara el mundo real con toda su crudeza y él prefiriese continuar en el sedoso refugio provisional que le habían creado.

Al principio Electra no lo miró, sino que dirigió la atención hacia Leandro. Luego clavó de lleno una mirada penetrante en Orestes.

—Mis plegarias han recibido respuesta. Los dioses me han sonreído.

—Lo traigo a casa —le dijo Leandro con tono amable—. Te lo entrego sano y salvo.

Varios guardias de palacio corrieron hacia ellos antes de que Leandro se apartara unos pasos y regresara hacia donde se encontraban su madre y su hermana. No volvió la vista atrás mientras Orestes lo seguía con la mirada.

Los guardias se adelantaron a la carrera para informar a Clitemnestra de que su hijo por fin había regresado. Ella lo esperaba sola, sin protección alguna, vulnerable, mientras Orestes caminaba con Electra hacia palacio por el sendero que salía del cementerio. Levantó los brazos al cielo cuando el muchacho se acercó.

—Esto es lo único que quería —dijo—. Debo dar gracias.

Lo abrazó y, tras indicarle que la siguiera al interior, dio órdenes a voces sobre la habitación de su hijo y sobre lo que comerían, y llamó a Egisto para que saliera de dondequiera que estuviese. Después de abrazar otra vez a Orestes y de besarle, mandó a los sirvientes a buscar un sastre para que le confeccionara ropas adecuadas.

Cuando apareció Egisto, Orestes se comportó igual que Leandro con su familia materna en la aldea: trató de conducirse con dignidad. Al ver que el amante de su madre quería abrazarlo, se apartó con cautela como si tuviera asuntos más importantes en los que pensar. Y en todo momento notó la atención con que lo observaba Electra.

Al día siguiente, cuando le tomaban medidas para confeccionarle nuevas prendas, su madre entró en la habitación y dio vueltas alrededor de él al tiempo que daba minuciosos consejos al sastre. Derrochaba calidez y comentarios animados.

—Has crecido mucho. Eres más alto que tu difunto padre.

Una sombra le cruzó el rostro y su voz delató cierto nerviosismo.

—Tengo que preguntarte algo —dijo Orestes.

—Habrá muchas cosas que querrás saber.

—Sí, en efecto, pero de momento solo deseo preguntarte si sabes algo sobre el abuelo de Leandro.

—Nada —respondió su madre—. Nada en absoluto. —Se sonrojó mientras le sostenía la mirada—. Hemos pasado una época difícil —continuó—, y corren muchos rumores. ¿Te ha pedido la familia que me preguntes por él?

—No. Me han dicho que lo raptaron. Están preocupados.

—Es una desgracia. De todos modos, más vale no entrometerse en lo que supongo que es una disputa entre familias. Espero que lo entiendas.

Orestes asintió.

—Lo más importante para nosotros es que estás en casa. Quizá no deberíamos pensar en nada más por el momento.

Aunque su madre y su hermana lo trataban como a un niño —le preguntaban si tenía suficiente comida y si la cama era cómoda—, allá adonde iba en palacio lo recibían con respeto, en ocasiones con una especie de temor reverencial. A ojos de los guardias y de los sirvientes, era el hijo de su padre y había regresado para ocupar el lugar que le correspondía.

Por ese motivo, cuando caminaba por los pasillos, o incluso a veces estando solo, se daba cuenta de su papel y su importancia. Sin embargo, en ocasiones era como si siguiera en casa de la familia de Leandro. Su madre tenía la costumbre de interrumpir las conversaciones para agradecer su regreso a los dioses, y entre las palabras de gratitud intercalaba numerosos comentarios sobre lo mucho que lo había echado de menos y cuánto habían hecho Egisto y ella para liberarlo.

Al igual que la madre, Electra prefería hablarle de lo que su ausencia había representado para ella y de lo contenta que se sentía tras su regreso. Orestes observaba que ambas se ponían nerviosas cuando tenían la impresión de que se disponía a hablar; en cuanto parecía que iba a decir algo, se apresuraban a preguntarle si se sentía a gusto, como si quisieran dejar claro que, por lo que a ellas concernía, seguía siendo un niño, el hijo, el hermano pequeño, al que habían raptado y que había vuelto a casa.

Notaba que, como a la familia de Leandro, no les interesaba lo que le había sucedido ni dónde había estado. Egisto sonreía siempre que lo veía, pero en las comidas permitía que dominara Clitemnestra y, cada vez que uno de sus secuaces acudía con un mensaje para él, salía de la estancia, a menudo con el semblante ensombrecido por un gesto de disgusto.

Desde el principio avisaron a Orestes del peligro que corría; varios guardias lo seguían allá adonde fuera. Sin embargo, en una ocasión logró despistarlos y se encaminó a casa de Leandro, donde Raisa le dijo con frialdad que su hijo se había marchado y que ella ignoraba su paradero.

Un día, estaba sentado a la mesa en la habitación de su madre con esta, Egisto y Electra cuando se dio cuenta de que habían agotado todos los temas de conversación banales y los relativos a su persona y su bienestar. Percibió tensión en la estancia y desplazó la mirada de uno a otro, a ver quién trataba de disiparla. Casi le pareció oír a su madre buscar algo liviano y apaciguador que decir.

—Todas las mañanas —dijo por fin su madre— se forma una cola de personas que desean verme, preguntarme algo acerca de tierras y derechos sobre el agua, o bien consultarme respecto a herencias y viejas rencillas. Egisto opina que es intolerable, que debemos echarlas. Que incluso es posible que algunos de esos visitantes sean peligrosos. Pero yo los conozco. Los conozco de cuando vivía tu padre. Vienen porque confían en mí como antes confiaban en él. Algunas mañanas ordeno que los dejen pasar. A menudo eso les basta, incluso también quizá a los que se quedan esperando: les hemos permitido entrar en palacio. Utilizo la sala donde antes estaban los guardias de tu padre. Los escucho. Un día de estos, Orestes, deberías venir conmigo y ayudarme. Tendrías que oírles tú también. ¿Querrás acompañarme?

Orestes asintió con frialdad, como suponía que habría hecho Leandro, y ella siguió describiendo, de manera cada vez más detallada y entusiasta, sus numerosas tareas mientras los demás guardaban silencio.

—¿Te importaría contarme qué sucedió cuando mi padre volvió de las guerras? —la interrumpió Orestes.

Su madre se llevó las manos a la boca, miró nerviosa a Egisto, hizo ademán de levantarse de la silla y volvió a sentarse. A continuación se aclaró la garganta y le lanzó una mirada penetrante.

—Somos muy afortunados —afirmó—. Tenemos la inmensa suerte de estar vivos. Y debemos agradecérselo a Egisto. Fue quien descubrió la conspiración que se tramaba contra nosotros, y sus huestes llegaron a tiempo para aplastar la revuelta que habría supuesto nuestro fin.

Electra fijó la vista en el suelo y luego en la ventana.

—¿Quién mató a mi padre? —preguntó Orestes.

—A eso iba. Algunos hombres de tu padre conspiraban contra él. ¡Y parecían amigos! ¡Y daba la impresión de que le obedecían de buen grado! He de reconocer que no advertí nada raro cuando llegó. Quizá porque sentí tal alivio al tenerlo en casa que no sospeché nada. Y me tranquilizó verme libre de las responsabilidades del cargo.

Se interrumpió. Volvió a llevarse las manos a la boca y dirigió la vista hacia la ventana.

—Pero ¿qué ocurrió? —preguntó Orestes.

—Me cuesta hasta contarlo. Lo descubrimos a tiempo para poneros a salvo a ti y a tu hermana y para esconderme yo misma. En cambio, para tu padre fue demasiado tarde…, demasiado tarde. No soporto recordarlo. —Se le entrecortaba la voz.

—¿Ponerme a salvo? —dijo Orestes—. ¿Has dicho «ponerme a salvo»?

—Intentamos asegurarnos de que estuvieras a buen recaudo.

—¿Por qué me llevaron tan lejos esos hombres si solo querían ponerme a salvo y asegurarse de que estuviera a buen recaudo?

—Para garantizar que salvabas la vida y que ningún enemigo nuestro daría contigo —respondió su madre—. De lo contrario, habrían ido a por ti.

—¿Quién dio la orden de que me llevaran precisamente a aquel sitio?

—Fue un error. Enseguida nos dimos cuenta de que había sido un error. Al reflexionar sobre ello más tarde comprendí que había sido una equivocación. —Le tembló la voz—. Orestes, yo no tenía ningún poder sobre esos individuos. Fue cosa de Egisto, pero tampoco él tenía ningún poder. Me pareció lo más seguro. Y después enviamos a aquellos dos hombres que no regresaron. Enviamos a otros y no te localizaron. Pensé que había fracasado y que te habíamos perdido. Había perdido a tu padre y te había perdido a ti. Y había perdido a Ifigenia. Creí que solo me quedaba Electra. Los que habían partido en tu busca nos comunicaron al volver que no había forma de dar contigo. Removimos cielo y tierra, pero carecíamos de poder. Egisto, ¿acaso teníamos algún poder?

Egisto tiró la copa. Acto seguido la recogió y lanzó a la madre de Orestes la mirada más torva y amenazadora. Luego volvió a llenar la copa con calma.

—Fueron momentos de pánico —prosiguió la madre—. Intentamos hacer todo lo posible. Y lo único que pude hacer yo fue agradecer a los dioses que al menos estuviéramos a salvo.

—Yo no estaba a salvo en el lugar al que me enviaste.

—No fue cosa mía, Orestes.

El muchacho apartó la silla, se levantó y cruzó la estancia.

—¿Por qué está Egisto aquí? —preguntó.

—Para protegernos.

—¿Por qué está en la habitación con nosotros?, ¿en la misma mesa que nosotros?

Orestes vio que Electra abría sorprendida la boca.

—Ha habido una revuelta —respondió su madre.

—¿Y por eso es preciso que se siente con nosotros? —Orestes miró a Egisto a la cara—. Sin duda podemos comer sin tenerlo en la mesa.

—Egisto es lo único que me queda —dijo la madre—. Todos corremos peligro.

Orestes regresó a la mesa y al pasar por detrás de Egisto se detuvo y le revolvió el pelo —un gesto que parecía de afecto y familiaridad—, como le hacía la anciana a Mitros.

Egisto se levantó como si le hubiera amenazado o atacado.

—¡No hagas eso, Orestes! —exclamó la madre.

—Estoy seguro de que Egisto es muy bien recibido aquí —afirmó Orestes antes de tomar asiento.

Más tarde, al reflexionar sobre las palabras de su madre, recordó la voz y la expresión de pena y perplejidad con que había nombrado a Agamenón e Ifigenia. Por otra parte, no había pretendido enfrentarse a Egisto tan descaradamente como lo había hecho. Había dicho lo que había dicho en son de broma; sin embargo, una vez pronunciadas, las frases habían escapado a su control y habían tomado un derrotero que en una conversación entre Leandro y él jamás habrían tomado, sino que habrían provocado risa. Y le había revuelto el pelo para dejar claro que había hablado sin mala intención. La reacción de su madre y de Egisto le había demostrado lo nerviosos que estaban.

Estuvo a punto de contarle todo esto a Electra cuando su hermana acudió aquella noche a su habitación y le dijo que no podía quedarse mucho rato, que solo quería advertirle de que tuviera cuidado, pues lo vigilaban y se tomaba nota de cada palabra que pronunciaba.

—¿Quién me vigila?

—Quieren saber de parte de quién estás.

—¿Te refieres a mi madre y a Egisto?

—Cuida lo que dices. No vuelvas a preguntar nada.

Electra miró hacia la puerta como si hubiera alguien escuchándolos.

—Debo irme —susurró.

Al día siguiente, cuando Orestes salió de su alcoba para dirigirse a los aposentos de su madre, vio que Egisto iba en su dirección. Se detuvo, dispuesto a saludarlo, contento con la posibilidad de estar un momento con él sin que los interrumpieran, un momento en el que, si tenía la oportunidad de hablar, comentaría lo ocurrido la víspera. Sin embargo, Egisto dio media vuelta apenas lo vio, como si hubiera olvidado algo.

Orestes tomó la costumbre de pasar todos los días un rato tanto con su madre como con Electra. A última hora de la mañana se sentaba con la primera en una sala de la parte delantera del palacio. Aunque muchas veces recibían suplicantes, por lo general estaban solos. Un día, después de que un visitante hablara de una revuelta, Clitemnestra esperó a encontrarse a solas con su hijo para sacar de nuevo el tema.

—Nos has oído hablar de una revuelta. Siempre ha habido revueltas. Siempre hay facciones y descontento. Siempre estamos en guerra. Recibimos informes diarios. Debes aprender lo que yo aprendí de tu padre: que un amigo de confianza es en quien menos hay que confiar. Por cada aliado, tengo un aliado en la sombra, y además tengo otros espías, y todos están al acecho y me informan. Conservamos el poder porque no confiamos en nadie. Te revelaré quiénes son. Además puedes hablar con Egisto, que está siempre alerta. Orestes, a nuestros enemigos les basta con tener suerte una vez; en cambio, nosotros debemos mantenernos vigilantes cada segundo de cada día. Ahora que estás aquí, puedes convertirte en mis ojos y mis oídos. Pero no debes fiarte de nadie.

Lo sorprendía observar que su madre se comportaba de manera diferente cuando comían juntos, al recibir un invitado o mientras paseaba con él por el jardín. Se mostraba preocupada y un instante después era todo cháchara y conversación afable y distendida.

Electra dejó claro que durante buena parte de la tarde no se la debía molestar. Todos los días iba a la tumba de su padre y luego regresaba a su habitación. Recibía a Orestes al declinar el sol. Hacía oídos sordos cuando su hermano mencionaba las advertencias que ella le había hecho sobre lo que debía decir y hacer, y se callaba y señalaba la puerta cada vez que le preguntaba si sabía cómo se llamaban los hombres que habían asesinado a su padre o algo acerca del abuelo de Leandro.

En cambio, en los ratos que pasaban a solas se interesaba por dónde había estado Orestes. En su compañía se mostraba menos inquieta. Escuchaba con detenimiento la narración de lo sucedido cuando lo raptaron y de la fuga.

Aunque él se lo contaba todo con pelos y señales, omitía que habían matado al guardia y a los otros dos hombres. Y procuraba no revelar demasiado acerca de Leandro. De todas formas, era la casa de la anciana lo que más interesaba a Electra. Orestes descubrió que hablarle de la anciana y de Mitros le proporcionaba una especie de consuelo y todos los días esperaba con ilusión el momento de ver a su hermana.

En ocasiones Electra le hablaba de los dioses y de su fe en ellos, invocaba sus nombres y le explicaba el poder que poseían.

—Vivimos una época extraña —dijo un día—. Una época en que los dioses se desvanecen. Algunos seguimos viéndolos, aunque hay momentos en que no los vemos. Su poder decae. Pronto el mundo será distinto. Se regirá por la luz del día. Será un mundo que apenas valdrá la pena habitar. Deberías considerarte afortunado por haber estado en contacto con el viejo mundo, por haber sentido el roce de sus alas en aquella casa.

Orestes no supo qué responder a esas palabras. Tras hablar de los dioses la embargaba una tristeza inconsolable y, después de comprobar que nadie escuchaba tras la puerta, empezaba a contar qué ocurría en el mundo, fuera del palacio. Cuando Electra mencionó la revuelta, Orestes comprendió que no debía repetir lo que había dicho su madre: que siempre había revueltas. Se limitó a escuchar con atención.

Le sorprendió lo mucho que por lo visto sabía Electra de las llanuras que se extendían al otro lado de las montañas, e igualmente le asombró enterarse de que los rebeldes escondidos en las montañas no estaban replegándose, sino cobrando fuerzas, sellando alianzas y aumentando de número.

No obstante, dudó de la exactitud de lo que le refería su hermana cuando esta no supo decirle el nombre de ninguno de los rebeldes. Orestes suponía que entre ellos se contaba Leandro, junto con algunos miembros de su familia, pero no lo mencionó.

Observó que su madre estaba más abstraída y que le dedicaba menos tiempo. Un día, se encontraba a solas con él cuando Egisto entró en la estancia y le hizo un gesto dando por sentado que Orestes no lo vería. Ella volvió al tema del que hablaban y el muchacho advirtió que ya no estaba concentrada. Al cabo de poco, su madre salió con el pretexto de que debía ocuparse de los sirvientes. Orestes no la creyó; adivinó que se trataba de un asunto más serio.

Por la noche reinaba el silencio en el palacio. A veces Orestes dormía profundamente y al despertar por la mañana deseaba que fuera la noche anterior para tener por delante sueños y olvido, en vez de la omnipresente inquietud del día, cuando llegaban cada vez más hombres para consultar con su madre y Egisto, y ella trataba de disimular la preocupación mostrándose más animada durante las comidas. Electra, por su parte, se volvió más retraída.

Cuando Orestes se acostumbró a él, se dio cuenta de que el silencio no era del todo real. Empezó a captar sonidos; por ejemplo, movimientos sigilosos en el pasillo, o débiles susurros, y luego, durante un rato, nada. Se apostó ante la puerta de su alcoba en las horas más oscuras y no tardó en descubrir que Egisto iba y venía presuroso, y que también su madre solía recorrer el pasillo, e incluso vio a Electra salir de su habitación para ir a la de enfrente.

Los guardias se limitaban a vigilar. Era evidente que su tarea no consistía en impedir que quienes estaban al mando deambularan por palacio, sino en protegerlos de los de fuera. Al principio Orestes supuso que nunca se movían de los puestos que tenían asignados, como si fuesen muebles. No obstante, una noche observó que Egisto salía de la alcoba donde solía dormir con Clitemnestra, se acercaba despacio a un centinela, le hacía una seña y le indicaba que lo siguiera. Ni uno solo de los otros guardias dio muestras de reparar en ellos cuando se dirigieron a un cuarto poco usado de la parte delantera del palacio. Orestes esperó un rato por si regresaban y, como no volvían, recorrió sigiloso el pasillo pasando por delante de guardias a los que fingió no ver. Se detuvo ante la puerta de la habitación donde habían entrado Egisto y el otro hombre.

Los ruidos que captó le resultaron conocidos. Eran inconfundibles. Se preguntó si su madre habría seguido alguna vez a Egisto por la noche y habría oído esos jadeos y esa respiración ardiente.

Además, se sintió intrigado al pensar en Electra. ¿También ella cruzaba el pasillo entre las sombras para acudir a una cita secreta con un amante? De inmediato pensó en lo que diría Leandro cuando se enterara, en las preguntas que plantearía y en los comentarios que haría. Sin embargo, se dio cuenta de que no podría compartir esa información con él. Tendría que guardársela para sí hasta el regreso de su amigo.

Una noche se despertó y vio en el pasillo a Electra y a un guardia que la seguía hasta una habitación. Apareció otro guardia que entró igualmente en el cuarto. Orestes escuchó tras la puerta y solo captó murmullos, voces tan bajas que le resultó imposible saber quién susurraba. Hablaran de lo que hablasen, el tono era serio.

Poco a poco aprendió a distinguir a los guardias. Con Egisto solo iban dos; en cambio, eran varios los que cruzaban el pasillo para cuchichear con Electra. Una noche vio que su madre recorría el pasillo arriba y abajo; se preguntó si también ella entraría a hurtadillas en una habitación, seguida por un guardia. Sin embargo, se la veía demasiado ensimismada; era como si fuese sonámbula o tratara de resolver un problema complicado. Orestes supuso que no repararía en él si pasara por su lado. La obsesionaba algo sobre lo que cavilaba en una enorme soledad imperturbable.

A menudo algunos centinelas apostados en palacio durante el día se convertían en guardias nocturnos. A uno de los que vigilaban por el día lo había conocido antes de que lo raptaran. El padre de ese guardia —guardia a su vez— siempre se había mostrado dispuesto a entretener a Orestes cuando este deseaba librar un combate a espada. Orestes recordaba que solía llevar consigo a su hijo, un niño despreocupado al que no le importaba jugar con él pese a sacarle varios años.

Ahora ese niño convertido en un hombre hecho y derecho vigilaba junto a la puerta de Orestes durante el día. Al principio se condujo con formalidad; apenas lo saludaba con un gesto al verlo. Se mostró seco y adusto cuando Orestes le recordó los combates a espada y le preguntó por su padre. Tras pasar al turno de noche, siguió sin saludarlo apenas.

Sin embargo, poco a poco empezó a cambiar. En cuanto entraba en servicio avisaba a Orestes de su presencia; le indicaba que el otro centinela se había ido y que él lo había reemplazado. Se habría dicho que creía que Orestes se sentiría más a gusto, más tranquilo, con un conocido.

Una noche Orestes se despertó y, tumbado en la cama, carraspeó. Fue un único ruido y pensó que no se habría oído en el pasillo. No obstante, el guardia lo oyó y entró, se sentó en un lado del lecho y le preguntó si necesitaba algo. Orestes le respondió que se había despertado y que creía que enseguida volvería a dormirse, y el guardia le acarició un segundo y apartó la mano.

—Estoy con Leandro —susurró—. Mi padre es amigo de su abuelo. Leandro me ha pedido que esté aquí. Ha costado tiempo conseguirlo porque nadie debe enterarse.

—¿Dónde está Leandro? —le preguntó Orestes.

—Con los rebeldes en las montañas.

Prestaron atención por si se oía algo en el pasillo.

—Leandro dice que estás con él —murmuró el guardia.

—Soy amigo suyo.

—Dice que lo apoyarás.

—Dile…

—Tengo que irme —lo interrumpió el guardia—. Volveré cuando pueda.

La siguiente vez que entró en la habitación, dejó claro que no debían hablar porque había demasiado movimiento en los pasillos. En una visita posterior se quedó más rato y le contó que no disponía de más información acerca de lo que ocurría ni sobre el paradero de Leandro, y que apenas le llegara alguna noticia se la transmitiría.

Su presencia en la alcoba algunas noches se convirtió para Orestes en parte del monótono ritual de estar de vuelta en palacio, con ratos destinados todos los días a Electra y ratos destinados a su madre, que necesitaba más su compañía desde que Egisto había partido a reunir un ejército con el que ocuparse de una vez por todas, en palabras de ella, de aquella última revuelta.

Al principio trató de interrogar al guardia, que se llevaba la mano a la boca para indicarle que tal vez hubiera alguien escuchando tras la puerta. Cuando estaban juntos, el guardia procuraba no hacer ruido y, ocurriera lo que ocurriese entre ellos en la oscuridad de la alcoba, lo animaba a no perturbar la quietud. También eso se convirtió en parte del ritual.

Una noche, cuando ya se disponía a regresar a su puesto, el guardia le indicó por señas que lo siguiera. Se detuvieron en el pasillo, y Orestes aguzó el oído. Cuando reinó un silencio absoluto, el guardia lo cogió de la mano, lo condujo a la habitación y lo llevó al rincón más alejado de la puerta.

—Teodoto y Mitros están vivos —susurró.

—No. Mitros murió. Estaba con él cuando falleció.

—Su padre, Mitros, está vivo, igual que Teodoto. Leandro ha pedido que vayas al lugar donde los tienen encerrados. Ese es el mensaje. El sitio no queda lejos.

—¿Están custodiados?

—Sí, pero por la noche no hay nadie.

—¿Podemos buscar ayuda para liberarlos? ¿Podemos pedírsela al padre de Leandro?

—Leandro dice que debe hacerse desde palacio, adonde Cobón no puede acercarse. Los tienen encerrados en un subterráneo de los jardines. Y hemos de actuar deprisa, porque Mitros no vivirá mucho más tiempo.

—¿Lo harás solo o con otros hombres? —le preguntó Orestes.

—Necesitamos alguien que nos dirija.

—¿Quién los retiene?

—Lo desconozco —respondió el guardia—. Solo sé que Teodoto es abuelo de Leandro. Y que Leandro lo quiere en libertad. Ese es el mensaje que me ha ordenado que te dé.

La noche siguiente el guardia le informó de que se había comunicado con Cobón, quien ya había preparado un escondite para los dos hombres. Cobón se reuniría con ellos pasado el cementerio.

Contaría con ayuda o bien se aseguraría de que en los caminos no hubiera nadie que los parara. Algunos guardias eran leales a Leandro y se encargarían de garantizar que así fuera.

Orestes no quería enviar un mensaje claro de apoyo a Leandro, pues este se hallaba con los sublevados. Si lo hubiera hecho, habría parecido un acto de deslealtad o de rebeldía contra su madre. Tampoco deseaba negar a su amigo lo que le pedía. Ni compartir con su hermana la información que le había facilitado el guardia. Comprendió que estaba solo en eso. Podía cruzarse de brazos o bien hacer lo que se le solicitaba: acompañar al guardia al sitio donde según este habían encerrado a los hombres.

Si optaba por esto último y los encontraba, tendría que tomar una decisión más. Reflexionó sobre las posibles consecuencias y se dijo que, como hijo de su padre, podía ejercer el poder en el palacio si así lo deseaba, pero que también era hijo de su madre, quien le había advertido de que no confiara en nadie.

Pensó que entonces su padre nunca habría hecho nada. Recordó su voz rotunda y su tono autoritario. De haber estado allí, habría obrado con cautela, pero no se habría quedado en su habitación movido por el miedo. Habría actuado.

Elaboró un plan con el guardia, que había conseguido una llave de una habitación situada más allá de las cocinas. El cuarto disponía de una puerta que era una entrada lateral del palacio, por la que los dos saldrían cuando no hubiera luna.

Dos noches después, Orestes ya estaba despierto y preparado cuando el guardia entró en la alcoba.

Una vez fuera, aguardaron un momento a que los ojos se les acostumbraran a la oscuridad antes de alejarse de palacio. Doblaron hacia el jardín hondo y lo bordearon en dirección a los descampados que se extendían más allá. Cruzaron el torrente seco sin pronunciar palabra.

Al llegar al lugar debajo del cual, según el guardia, se hallaban prisioneros los hombres, palparon a toda prisa el suelo en busca de la superficie dura de una trampilla bajo la capa de tierra. Cuando la encontraron y la levantaron, los asaltó un olor fétido, no solo a mantillo y a maleza podrida, sino también a excrementos humanos.

Orestes bajó por los escalones hacia la oscuridad. Al llegar al suelo de arcilla llamó por su nombre a los secuestrados. Al principio no captó ni un solo ruido, ninguna voz.

Cuando por fin oyó un gemido, pronunció su nombre y el de Leandro y añadió que había acudido a liberarlos. Oyó que alguien susurraba «Mitros». Con la intención de localizar la voz, exploró el subterráneo procurando no desorientarse. Pese a la falta de luz, percibió dónde se encontraban ambos hombres. Alargó las manos y en ese instante otro par de manos, fuertes y huesudas, lo agarraron a él, decididas a no soltarlo.

—Tendrás que ayudarme a ponerlo en pie —dijo una voz, una voz casi controlada.

Entre el guardia y él levantaron al hombre que Orestes suponía que era Mitros y lo condujeron hasta la escalera. Tuvieron que empujarlo peldaño a peldaño y sujetarlo para que no se cayera, pues le faltaba el aliento y no tenía fuerzas. Cuando ya se encontraban cerca de la superficie, Orestes se deslizó por su lado y Mitros se estremeció de dolor, porque lo había aplastado contra un costado de la abertura. Orestes lo aupó agarrándolo de las muñecas y lo ayudó a ponerse en pie mientras salía el otro hombre, que dedujo que era Teodoto.

Con paso lento salieron de los terrenos del palacio y atravesaron el cementerio. Mitros, al que sostenían entre Orestes y el guardia, gemía y musitaba para sí.

Comparada con la oscuridad de la cárcel subterránea, la noche parecía casi luminosa. Cuando dejaron atrás la primera casa en un recodo del sendero, el guardia indicó a Orestes que se detuviera. Cobón los esperaba apoyado contra un muro. El guardia dijo que regresaba a palacio y dejó a Orestes y a Cobón la tarea de llevar a los dos hombres al escondrijo.

Avanzaron sin toparse con nadie. Orestes ignoraba si durante la noche solía haber centinelas apostados en esos caminos, aunque imaginaba que estaban bien vigilados. En la fortaleza del palacio había dado por sentado que las inmediaciones, donde acechaban numerosos peligros potenciales, se hallaban sometidas a un estrecho control, sobre todo por la noche. Sin embargo, no había ni un alma. El guardia estaba en lo cierto, y Orestes comprendió que eso significaba que Leandro y sus camaradas debían de contar con un considerable apoyo secreto entre los guardias y que las medidas de seguridad se habían relajado durante la ausencia de Egisto.

Así pues, se dirigieron a su lugar de destino sin que nadie los parara. Por lo que Orestes logró atisbar, ni una sola alma los había visto pasar. La casa era pequeña y corriente. Una mujer abrió la puerta y los invitó a entrar. Les puso de comer y beber y acompañó a Mitros a una habitación interior para que se echara.

Orestes era consciente de que debía marcharse enseguida para regresar a palacio antes del amanecer. No quería tener que contar ni a su madre ni a Electra lo que había hecho.

—¿Dónde está Leandro? —preguntó Teodoto.

—No está aquí —respondió Cobón.

—¿Dónde está?

—Ha ido a liberar a sus tíos. Ha estallado una revuelta —contó Cobón.

—¿Dónde está Mitros, el chico? —preguntó Teodoto mirando a Orestes.

—Murió —musitó Orestes—. Murió antes de que volviéramos.

Teodoto suspiró.

—No se lo digáis a su padre. Ha vivido únicamente para ver al muchacho.

—Debo decírselo —afirmó Orestes—. Debo decirle que Mitros era feliz cuando murió.

—Nadie es feliz cuando muere —repuso Teodoto—. Su padre no vivirá mucho. Debes decirle que su hijo regresó con Leandro y contigo y que luego se fueron los dos pero que pronto volverá. Debes convencerlo de que es la verdad.

Orestes no se movió. Habría deseado marcharse en ese mismo instante.

—Debes ir a verlo ahora mismo. Está esperando y eso es lo que espera, y cuando venga su familia les dirás lo que le has contado para que ellos le digan lo mismo.

—¿Su familia? —preguntó Orestes mirando a Cobón.

—Alguien tiene que ir a anunciar a la familia de Mitros que lo habéis liberado —dijo Teodoto.

—No queda nadie de la familia —dijo Cobón muy deprisa—. Arrasaron su casa. Dicen que mataron a la familia de Mitros y que los enterraron allí mismo. Creíamos que él estaba enterrado con ellos. Debieron de raptarlo antes de asesinarlos.

Teodoto ahogó una exclamación e inclinó la cabeza.

—No vivirá mucho. Habría que decirle que pusieron en libertad a su hijo y que el muchacho se ha ido con Leandro, y habría que decirle también que su esposa y sus otros hijos e hijas huyeron después de que lo capturaran a él y que se encuentran lejos.

—Querrá verlos —señaló Cobón.

—Decidle que vendrán cuando no haya peligro.

—¿Y qué pasará si vive? —preguntó Cobón.

—No sé qué haremos si vive —contestó Teodoto.

Oyeron los débiles gemidos que llegaban de la habitación donde se hallaba Mitros.

—Ve con él —ordenó Teodoto.

Cuando Orestes entró en el cuarto, Mitros respiraba con gran dificultad. Estiró el brazo para asir la mano del muchacho.

—¿Está a salvo mi hijo? —preguntó.

—Sí. Nos fugamos del lugar donde nos tenían encerrados.

—¿Y qué ocurrió entonces?

—Encontramos una casa junto al mar. Una anciana cuidó de nosotros. Tu hijo era al que ella más quería.

Mitros tembló y pareció sonreír un instante. Trató de incorporarse.

—¿Dónde está tu madre? —preguntó.

—En palacio —contestó Orestes.

—Durmiendo —dijo Mitros—, como solo duermen los malvados.

Orestes creyó por un instante que se trataba de una broma.

—Todos los problemas empezaron con ella —continuó Mitros. Todavía intentaba incorporarse y apartó a Orestes cuando quiso ayudarle—. Ella ordenó los secuestros para asustarnos. Asesinó a Agamenón, tu padre, con sus propias manos y dejó que el cadáver se pudriera delante del palacio. Nos obligó a pasar junto al cuerpo insepulto.

—Mi madre no asesinó a mi padre. Mi madre…

—Lo mató con sus propias manos —lo interrumpió Mitros. Su tono era desapasionado, inexpresivo y casi de hastío. No cabía duda de que estaba convencido de que decía la verdad.

—¿Estaba Egisto con ella?

—Egisto no es nadie. Ella cometió los asesinatos. Todos los asesinatos. Todos y cada uno de ellos.

Mitros había logrado incorporarse y le agarraba con fuerza por la muñeca.

—Ella no mató a Ifigenia… —dijo Orestes.

—Los dioses exigieron el sacrificio de Ifigenia. Fue una decisión despiadada. En ocasiones los dioses son despiadados.

—Pero no fue mi madre. Lo hizo mi padre.

—Es cierto. No fue tu madre.

Siguió un momento de silencio. Orestes aguzó el oído para asegurarse de que Mitros todavía respiraba.

—¿Está mi hijo a salvo? —preguntó por fin el hombre.

—Sí. Está con Leandro. Volverá pronto.

A la media luz que ofrecía la lamparita de la habitación, Orestes notó la mirada de Mitros fija en él.

—¿Estás seguro de que fue mi madre quien asesinó a mi padre? —le preguntó.

—Sí. Fue su cuchillo.

—¿Lo sabe alguien más?

—Lo sabe todo el mundo.

Mitros le soltó la muñeca y le asió la mano. De repente empezó a sollozar.

—Mi familia, los niños y las niñas…

—Están todos bien. Vendrán cuando no haya peligro.

—Los asesinó tu madre —afirmó Mitros—. A mi esposa, a los

niños y a las niñas. Yo vi cómo los hombres de tu madre los mata-ban. Ella les dio la orden.

Orestes se disponía a contradecirle, a repetir que no tardaría en verlos a todos, pero Mitros ya no le escuchaba. Parecía hablar para sí.

—Los oí gritar cuando murieron. Y luego aquellos hombres me apresaron.

Orestes se dio cuenta de que, durante el tiempo que habían pa-sado sepultados juntos bajo tierra, Mitros no había contado a Teo-doto que había presenciado el asesinato de su familia. Por lo visto no habían hablado del tema.

—Pero tu hijo está vivo —le dijo con dulzura.

—Sí, sí —repuso el anciano con tono de tristeza y resignación.

Orestes no estaba seguro de que Mitros le creyera.

—Espera —dijo el anciano—. Acércate.

Orestes se arrodilló junto al lecho.

—Tu madre asesinó a tu padre —susurró Mitros—. Lo condu-jo engañado al interior del palacio. Preparó el cuchillo en cuanto se acercaron. Lo planeó todo ella misma. Quería el poder de Agame-nón. Juro por mis hijos que es la verdad. Y una sola persona, solo una, puede vengar ese asesinato y los otros que ha cometido, y esa persona eres tú. Eres el único que puede hacerlo. Por eso los dioses te han perdonado la vida y te han enviado de vuelta a casa. Por eso estás aquí, para que yo te lo diga. Como hijo de Agamenón, tienes el deber de vengar su asesinato.

Apoyó con delicadeza la mano sobre la cabeza de Orestes. Su respiración se había vuelto más sonora y regular.

Cobón entró a decir que Orestes debía marcharse y se ofreció a acompañarlo por los senderos.

—No, iré solo.

Regresó con las primeras luces de la aurora. Tras colarse por la puerta que se abría más allá de las cocinas, caminó sigiloso por los pasillos de esa planta y subió al pasillo principal por un corto tramo de escalera.

Una vez en su habitación, reflexionó sobre su madre y sobre cómo había tratado de ganarse su voluntad para que los apoyara a Egisto y a ella y aprendiera de ambos todo lo relativo al poder y la autoridad. Él mismo podría haberse convertido en uno de ellos.

Lo dominó la ira contra su madre y contra Egisto, que había ocupado el lugar de su padre e iba por palacio dándose ínfulas como si tuviera algún derecho a gobernar. Sin embargo, cuando analizó lo sucedido, la figura de su madre persistió en solitario. Pensar en ella le proporcionó una especie de fuerza. Su madre estaba al mando. Entre los primeros ruidos matinales, comprendió que era ella quien había tomado el poder. La venganza debía dirigirse contra Egisto también, pero primero se dirigiría contra ella.

Casi sonrió al pensar que no tenía por qué consultar a Leandro ni a Electra ni a nadie. Después se dio cuenta de que sí necesitaría el apoyo de su hermana. Tendría que ganársela. No podía actuar solo.

No obstante, al avanzar la mañana puso en tela de juicio el relato de Mitros. El hombre se había mostrado muy seguro. Había hablado como si contara la verdad. Por otra parte, había sufrido mucho. Era posible que se lo hubiera imaginado todo y después hubiera empezado a creérselo.

Orestes se dijo que, si en verdad su madre fuera la asesina, sin duda Electra se lo habría contado nada más verlo. Electra se hallaba en la estancia cuando su madre le había narrado el asesinato del padre. Si no hubiera dicho la verdad, a buen seguro Electra habría dado algún indicio de que así era.

Tras cavilar sobre lo que debía creer, decidió compartir con su hermana lo que Mitros le había referido y observar su reacción. Habría deseado tener a Leandro al lado para preguntarle cómo debía actuar.

Por la tarde, mientras conversaban los dos, su madre se inclinó con afecto hacia él.

—Orestes, necesito confiarme a ti —le dijo—. Como ya sabes, ha habido una revuelta y Egisto se ha ocupado personalmente de sofocarla. No obstante, esos rebeldes tienen una determinación mayor que los que los precedieron. No se quedan siempre en el mismo sitio. Se esfuman y luego reaparecen más fuertes. Egisto tiene numerosos incondicionales. Es un guerrero valiente, no un jefe militar como lo fue tu padre. Sus huestes son toscas. Saben atacar con ferocidad, pero antes que nada son bandidos.

Se levantó y se paseó por la estancia.

—Orestes, Egisto me ha traído grandes problemas. Quiero que lo sepas. A ti puedo contártelo.

Orestes observaba a su madre, que se dispuso a añadir algo y se interrumpió. De repente se acercó a él y lo agarró por los hombros.

—Esta revuelta es más implacable y grave que nada de lo que hemos conocido. Ahora solo te tengo a ti. Confío en ti y en Dinos, un guerrero tan astuto como lo fue tu padre. No me fío de nadie más. He mandado observar y vigilar a Dinos, y estoy tan segura de su lealtad como no lo estoy de la de ninguna otra persona. Quiero enviarte con él. No puedo perderte. Para quienes dirigen la revuelta, tú eres el trofeo. Electra y yo no le interesamos a nadie. Vendrán a capturarte a ti. Por consiguiente, no puedes quedarte. Aquí eres vulnerable.

Cuando acabó de hablar, Orestes la miró. Por un segundo tuvo la certeza de que su madre lo mandaba lejos porque se había enterado de lo que había hecho la noche anterior. Sin embargo, no estuvo tan seguro al oírla detallar la protección de que dispondría para viajar por el campo. Terminada la conversación, después de que acordaran reunirse al día siguiente para abordar las cuestiones de seguridad con los hombres que lo escoltarían durante el trayecto, solo sabía que su madre lo mandaba lejos, pero no estaba seguro de si se debía a que la había disgustado o si en verdad deseaba protegerlo.

Más tarde fue a la habitación de Electra, que manifestó su perplejidad.

—A la esposa y los hijos de Dinos los mataron en una revuelta, que él sofocó con tremenda ferocidad —le contó—. Aun así, sigue siendo un lugar peligrosísimo. ¿Y mi madre quiere enviarte allí?

Orestes asintió.

—Dice que confía en Dinos.

—Estoy segura de que lo admira mucho —afirmó Electra.

—Dice que la revuelta es grave.

—Y además está extendiéndose. Egisto intenta aplastar solo una de las que han estallado. Le resultará imposible sofocarlas todas. Estarán esperándolo. Mi madre lo ha mandado a una muerte segura.

—¿Quién decidió que debía partir?

—Ella lo convenció de que, como era un guerrero, debía ir. No le dejó otra opción. Maquinó para que Egisto partiera. No ocurre nada sin que ella intervenga. Es quien decide.

—El día que mi padre volvió de las guerras, ¿decidió mi madre...?

—Desde tu regreso derrocha encanto y dulzura —lo interrumpió Electra.

—¿Por qué no me respondes? Cuando volvió mi padre, ¿decidió mi madre lo que ocurrió?

—¿Por qué no se lo preguntas a ella? Pasas mucho tiempo a su lado.

—Si le pregunto si mató ella a mi padre —dijo Orestes—, ¿me contestará?

—¿Quién crees tú que mató a tu padre?

—¿Es una pregunta?

Electra reordenó las flores de un jarrón.

—Si lo es, a mí misma me gustaría oír la respuesta de mi madre.

—Y a mí me gustaría oír la tuya —repuso Orestes.

—¿No te lo contaron Teodoto y Mitros?

—¿Qué quieres decir?

—Cuando los rescataste…

—¿Cómo sabes que los rescaté?

Electra llevó el jarrón a una mesa cerca de la puerta.

—Esta es una casa de susurros y rumores —afirmó.

—¿Sabe mi madre que los rescaté?

—¿Por qué no le preguntas también eso a ella? Pero no ahora, ya que vamos a salir juntas a pasear por el jardín.

—¿Quién te ha contado lo del rescate?

—Eso da igual. Lo importante es que no debes inmiscuirte en asuntos que no entiendes.

—Leandro es amigo mío y Teodoto su abuelo.

—Leandro encabeza una revuelta —replicó Electra—. A menos que salga victorioso, no es amigo tuyo. Es tu enemigo.

—Ha ido a liberar a sus tíos, a los hermanos de su madre. Los raptaron cuando me raptaron a mí. Seguro que viste cómo me capturaban.

—En aquellos momentos estaba encerrada en las mazmorras —dijo Electra, que se hallaba de espaldas a la puerta.

—¿Quién te encerró?

—¿Por qué no le preguntas también eso a tu madre?

—Te lo pregunto a ti.

—Tienes que aprender a escuchar. Algunas noches noto que estás atento, escuchando, tras la puerta de la habitación donde me encuentro. Sin embargo, no oyes nada, ¿verdad que no?

—¿Estabas en palacio cuando mataron a mi padre?

—Sí, desde luego. Ya te he dicho que estaba en las mazmorras.

—Entonces supongo que no viste nada.

—La celda tenía un ventanuco. Veía un hilo de luz.

—Entonces ¿no sabes…?

—Claro que lo sé —lo interrumpió Electra—. ¡Lo sé todo!

—¿Y no quieres contármelo?

—Te lo contaré cuando pueda. Ahora tengo que salir a pasear por el jardín con mi madre y tú debes volver a tu habitación.

—Debes ir a casa de Leandro —le susurró el guardia cuando acudió aquella noche—. Ve apenas empiece el ajetreo de la mañana en palacio.

—¿Quién lo pide? —le preguntó Orestes.

—Es urgente.

—Mi hermana sabe que ayudé a rescatar a Teodoto y a Mitros.

—Te vieron —dijo el guardia—. Y también te verán ir a casa de Leandro. De todos modos, es más importante que vayas.

—¿Cobón ha pedido verme?

—No lo sé. El mensaje que me han dado es que debes salir cuando el sol esté en el cielo.

El guardia se quedó un rato con él, pero no volvió a hablar. Más tarde, cuando Orestes yacía solo en la cama, le vino al pensamiento la figura de Leandro. Lo imaginó resolutivo y alerta. Leandro no cometería ningún error. Contrapuso el sentido común y la clarividente determinación de este a la imagen de su madre y Egisto. Y tuvo la poderosa sensación de que, en una batalla entre ellos, Leandro vencería. Ignoraba qué sucedería entonces. En cualquier caso, al despuntar la aurora decidió acceder a lo que le habían pedido. Iría a la casa. Si su madre le reconvenía, siempre podría alegar que desconocía que Leandro participaba en la revuelta, ya que ella no se lo había dicho. Advertiría a Electra de que no revelara a su madre que lo sabía. Diría que había ido a ver a su amigo para informarle de su inminente partida.

Se despertó tarde, salió discretamente de palacio por la puerta lateral y bordeó el cementerio y el torrente seco. Pasó de sentirse valeroso a sentirse inquieto. Mantuvo la cabeza baja cada vez que se cruzaba con alguien y al atravesar un pequeño mercado muy concurrido.

Cuando llegó, le extrañó encontrar la puerta principal abierta de par en par y no ver ni rastro de los sirvientes ni de la familia en el zaguán. El lugar estaba desierto, silencioso. Llamó a Cobón y a Raisa, a Yante y a Dacia; a continuación pronunció a voces su propio nombre, como había hecho Leandro, para que supieran que no era un desconocido.

Al internarse en la casa percibió un olor que reconoció de la temporada que había pasado con la anciana, cuando en ocasiones una oveja o una cabra se despeñaba por el acantilado y empezaba a descomponerse.

El olor le llegó con más fuerza. Cuando volvió a llamar a la familia, su propio aliento se contaminó del intenso hedor que salía de la sala principal.

Vio un montón de cadáveres envueltos en el zumbido de negras moscas lustrosas. Era un montículo bien construido, con un cuerpo colocado encima de otro, cada pila en equilibrio contra otra, para crear lo que parecía una única masa. Tuvo que salir a vomitar. Al regresar advirtió que algo se movía sobre un fragmento de carne blanca y observó que la piel estaba plagada de gusanos que se retorcían.

Mientras se preguntaba preocupado por qué lo habrían enviado allí y si alguien lo aguardaba en alguna de las otras habitaciones, buscó un trapo y, tapándose con él la nariz y la boca, registró la casa. Ahogó un grito de espanto al encontrar los cuerpos de Teodoto y Mitros rodeados de moscas sobre un lecho empapado en sangre.

Regresó a la sala principal y, con asco y temor, tiró de los tobillos de un cadáver colocado en lo alto del montón hasta que cayó en el suelo con un ruido exánime. Al darle la vuelta vio la cara de Raisa, la garganta rebanada de oreja a oreja, los ojos abiertos como platos.

Por lo que veía, habían asesinado a toda la familia de Leandro y a todos los sirvientes. Las ruidosas moscas se le posaban en las manos y en la cara, y daba la impresión de que el fétido olor a descomposición se había intensificado después de que hubiera movido el cadáver. Decidió volver a palacio y buscar a Electra, contarle, antes que nada, lo que había visto. Su hermana lo acompañaría a la casa de la familia de Leandro y así no estaría solo cuando llegara más gente y encontraran la masa de cadáveres.

Mientras reflexionaba así, oyó unos gemidos apagados y se preguntó si algún animal —una comadreja o una rata— habría logrado llegar cavando hasta el montón de cadáveres. Luego oyó una voz de niña. Procedía del interior de la pila de cuerpos inertes, de modo que comenzó a apartarlos para localizarla. Al ver una mano que avanzaba hacia él, retrocedió corriendo hacia un rincón. Cuando se dio la vuelta, vio que Yante salía del montón a rastras, como de un túnel, y se ponía en pie. Gritó al reparar en él, gritó espantada, e intentó enterrarse de nuevo en la pila de cadáveres como si le ofrecieran un lugar seguro.

—Yante, soy Orestes. No voy a hacerte daño.

Se acercó al montón de cuerpos y apartó unos cuantos, entre ellos el de Cobón y el de la mujer que había acogido a Teodoto y a Mitros cuando escaparon del subterráneo, así como los de dos niños abrazados. Cuando intentó alcanzar a Yante, la muchacha se comportó como un animal salvaje que viera profanada su guarida. Se acurrucó y trató de refugiarse bajo un cadáver para impedir que la agarrara. Orestes la llamó por su nombre y pronunció el suyo propio, pero sus esfuerzos por calmarla solo la llevaban a gritar más, a chillar aterrada, a pronunciar el nombre de su madre y el de su padre, a llamar a Leandro.

—Te ayudaré —dijo agarrándola por las muñecas.

La puso en pie y estrechó contra sí el cuerpo de la joven, bañado en sangre viscosa como baba. Por la fuerza con que se resistió, dedujo que no tenía ninguna herida grave. Una vez que logró sacarla de la casa, alejarla del hedor y las moscas, vio que la sangre que le cubría la ropa y la piel no era de ella.

—Debes venir conmigo, marcharte de aquí.

Cuando Yante habló por fin, los sollozos le impidieron entenderla. Orestes tuvo que preguntarle una y otra vez qué intentaba decir, implorarle que hablara más despacio. Al final oyó las palabras.

—¡Es obra vuestra!

—¡No, yo no he hecho esto! —replicó Orestes.

—Lo hicieron los hombres de tu madre.

—Los hombres de mi madre nada tienen que ver conmigo.

—Nos preparábamos para huir. Teodoto y Mitros acababan de llegar —contó Yante entre sollozos—. Mitros estaba muy débil. Quería que lo dejáramos pero nos negamos. Teníais a alguien vigilándonos y debisteis de enteraros de que nos disponíamos a huir.

—Yo no tenía a nadie vigilando. No lo sabía. No me enteré de nada.

La obligó a caminar y en varias ocasiones tuvo que tirar de ella, pues la muchacha intentó volver a la casa. Recorrieron las callejas, atravesaron la plaza del mercado y la explanada de delante de palacio; quienes los veían se escondían, asustados por el desaliño de Yante y por la sangre seca que llevaba adherida a la ropa y al cabello.

Una vez en palacio, Orestes buscó a Electra, que condujo a su habitación a la muchacha.

—Electra, han matado a la familia de Yante. Están todos muertos.

Su hermana fue hacia la puerta como si quisiera custodiar la estancia e impedir la entrada de intrusos.

—Me ha dicho quién ordenó los asesinatos —añadió Orestes.

Al ver que Yante gritaba de miedo y dolor, los dos fueron a ayudarla.

—¿Por qué la has traído? —preguntó Electra.

—¿A qué otro lugar podíamos ir? —preguntó a su vez Orestes.

Electra le lanzó una mirada torva, impaciente.

Mientras Orestes esperaba fuera, Electra bañó a Yante y la vistió con ropa limpia. Finalmente llamó a su hermano, y estaban abrazando a Yante, que lloraba y temblaba, cuando de pronto se encontraron frente a la madre, que entró en la habitación con dos guardias.

—¿Qué hace aquí esta muchacha? —preguntó.

Habló con una mezcla de mando y furia pura que Orestes nunca le había oído.

—De momento se quedará aquí —afirmó Electra.

—¿Quién ha ordenado que venga? —preguntó la madre.

—Yo —respondió Electra.

—¿Con qué autoridad?

—Con la mía —contestó Electra—. Con la que tengo como hija de mi padre e hija de mi madre y hermana de Orestes y de Ifigenia.

—Sé de quién eres hija y de quién hermana. ¿Te das cuenta de que ha habido una revuelta? No puede quedarse aquí.

—Se irá dentro de un par de días —anunció Electra con calma—. Le he dado mi palabra de que puede quedarse.

—No quiero que se acerque a mí —replicó la madre.

—No saldrá de esta habitación —repuso Electra.

—¡Ten por seguro que no lo hará!

Orestes, que observaba a su madre y a su hermana, advirtió que ninguna de las dos le lanzaba siquiera un vistazo. La cólera que las dominaba lo había vuelto invisible a los ojos de ambas. Mientras se fulminaban mutuamente con la mirada, resolvió no caer en la tentación de decir que era él quien había encontrado a Yante. No diría que la muchacha había ido al palacio porque él lo había decidido. Sabía que era mejor guardar silencio. De momento le convenía que su madre tuviera la vista puesta en Electra y no en él.

Poco tiempo antes le habría extrañado que su madre no se interesara por lo que le había ocurrido a Yante; se habría preguntado por qué su madre no exigía que se le informara del motivo por el cual la ropa de Yante descansaba en el suelo empapada de sangre y la muchacha permanecía inmóvil e impasible en la habitación, como una cautiva desvalida.

Ahora no le extrañaba. Ahora lo veía claro. Su madre había ordenado los asesinatos, igual que había ordenado los raptos, igual que había empuñado el cuchillo que había matado a su esposo.

La escudriñó con fría cólera.

Más tarde cenó a solas con su madre, que se mostró más apagada y se quejó de que le dolía la cabeza.

—Tu hermana se ha convertido en un verdadero incordio —comentó—. Imagínate que precisamente ahora viniera a cenar con nosotros y a hacernos compañía. Cuando rezo por las noches, agradezco a los dioses lo que me han dado. Les agradezco tenerte a ti. Al menos mi hijo ha regresado y está conmigo. Les doy las gracias a pesar de todo, a pesar de los chascos, a pesar de las traiciones.

Esbozó una sonrisa amable y afectuosa, con un asomo de paciencia y resignación. Sin embargo, su postura y su voz insinuaron de forma siniestra que estaba enterada de lo que Orestes había hecho: que había participado en el rescate de Mitros y Teodoto y que había ido solo, sin consultarle, a casa de Leandro, donde había encontrado los cadáveres. En su tono Orestes detectó asimismo una advertencia, un atisbo del acero y de la dureza que había mostrado en la habitación de Electra. Sintió deseos de alejarse de ella.

—Dame un beso antes de irte —le dijo su madre al ver que se levantaba—. En estos momentos todos debemos tener cuidado. Hemos de estar alertas y atentos al menor susurro.

El guardia de Orestes no acudió y ningún otro se presentó a reemplazarlo ante la puerta. Orestes durmió mal, y al cabo de un rato le despertó un ruido en la alcoba. Se incorporó asustado y Electra le susurró que no hablara, que no se moviera.

—Tu madre duerme y los guardias que le son leales no me han visto entrar —le dijo—. He apostado a uno mío ante la puerta. Si oyes un ruido, será una advertencia para que guardemos silencio, absoluto silencio.

—¿Qué quieres? —le preguntó Orestes.

—Ahora que no está Egisto, podemos actuar. Tu madre se ha quedado sin su protector. Ya no querrá estar a solas conmigo, ni siquiera cerca de mí. Cuando hoy hemos salido a pasear por el jardín antes de que tú llegaras, se ha mantenido a distancia. No volverá a pasear conmigo por el jardín. No querrá arriesgarse. Tiene miedo.

—¿De qué?

—De lo que pretendo hacerle.

Por un instante Orestes se sintió como si hubiera dejado de respirar.

—La escalera que baja al jardín hondo tiene algunos peldaños flojos —prosiguió Electra—. Ella va todos los días. Forma parte de su paseo diario cuando nos despedimos. Mañana por la tarde la acompañarás. Te comportarás como siempre. Os seguirán tres guardias. Cuando os acerquéis a la escalera, dos derribarán al tercero y se retirarán. Se hará con discreción. No mires demasiado. Disimula. Encontrarás el cuchillo bajo la losa suelta del tercer escalón según bajas. Dispondrás de una sola oportunidad. Si no la aprovechas, mandará que nos maten a los dos.

—¿Quieres que la apuñale?

—Sí. Mató a tu padre con sus propias manos y ordenó que te raptaran a ti y que apresaran a Teodoto y a Mitros. Ordenó que asesinaran a sus familias.

—Vi cómo mataban a Ifigenia —dijo Orestes, casi como si deseara cambiar de tema, distraer a su hermana—. Lo vi.

—Lo que viste no importa.

—Fue mi padre —continuó Orestes—. Vi que mi padre observaba...

—¿Tienes miedo? —le preguntó Electra.

—¿De qué?

—De matar.

—No.

—Una vez consumado, los guardias que nos son leales abrirán las puertas de palacio y vendrán otros a expulsar a los que se han mantenido leales a ella. Matarán a los hombres a los que envió a aniquilar a la familia de Teodoto. Entonces el palacio será nuestro.

—¿Por qué tienes la certeza de que dos de los guardias de mañana están de tu parte? —le preguntó Orestes.

—He trabajado para preparar lo de mañana. Tu madre no sospechará de ti. Nadie sabe lo valiente que eres.

—¿Y tú cómo sabes que lo soy?

Electra reflexionó un instante y sonrió.

—Lo he pedido en mis rezos —respondió—. Que seas valiente. No me cabe duda de que lo eres.

—He matado otras veces —afirmó Orestes.

—En cuanto conquistemos el poder, tendremos que ocuparnos de nuestros enemigos —prosiguió Electra como si no le hubiera oído.

Orestes guardó silencio.

—El plan está trazado —añadió Electra—. Eres el único que puede hacerlo.

—¿No podemos apresarla? ¿Mandarla lejos?

—¿Mandarla adónde? Escucha: no tardará en venir al pasillo alguno de los otros guardias. Me es imposible quedarme contigo. No podré verte cuando me apetezca hasta que se ejecute el plan. Me quedaré en mi habitación con Yante hasta que se me comunique la noticia de la muerte de mi madre. Rezaré a los dioses para que todo salga bien.

—¿El cuchillo estará en su sitio?

—Ya lo está. El tercer peldaño, la losa que está suelta.

Y acto seguido lo dejó solo.

Al avanzar la noche, Orestes comprendió que haría lo que su hermana le había pedido. Vengaría la muerte de su padre. Al día siguiente procuraría por todos los medios ganarse la confianza de su madre. La trataría con amabilidad y se mostraría dócil y dispuesto a obedecerla, y después actuaría con valentía.

Con la plena claridad de la mañana, se dio cuenta de que casi envidiaba a su madre por ser tan resolutiva para asesinar a una familia entera y luego mostrar la tranquilidad necesaria para pasear por el jardín o charlar despreocupadamente durante las comidas. Pensó que así debía de haberse comportado el día en que asesinó a Agamenón. La recordó: sonriente a las puertas de palacio, derrochando calidez.

Se dijo que su madre sabía cómo matar; sabía lo que era matar. Y cayó en la cuenta de que él también lo sabía, de que no había esperado a recibir las órdenes de Leandro para dar muerte a aquel guardia y a los otros dos hombres que habían visto dirigirse hacia la casa de la anciana. Había aprovechado el momento. Ahora tan solo le cabía pedir ayuda al espíritu de su padre, pedirle que le proporcionara fuerza, y pedirle asimismo que le otorgara el don de no manifestar su fuerza hasta que la necesitara.

No tendría que rogar que le infundiera valor, pensó. El valor ya lo tenía.

Cuando entró en la habitación de su madre, ella le informó de que había tenido que precipitar la partida.

—Algunos caminos no tardarán en volverse peligrosos —dijo—. Es una época azarosa. Dinos ha mandado un mensaje para comunicarnos que está en condiciones de garantizar tu seguridad. Se reunirá contigo a medio camino, pero antes habrá enviado a algunos hombres suyos en tu busca. Es mejor que salgas al alba. He elegido a los guardias más aptos y fieles para que te protejan en la primera etapa del viaje. No sabemos qué sucederá aquí. Como ya te dije, el trofeo más preciado para los rebeldes eres tú, el único hijo varón de tu padre.

Orestes pensó que, si su madre era capaz de fingir con una desenvoltura tan pasmosa, él también podía hacerlo. Se concentró en cada inflexión de su propia voz, en cada gesto. Se obligó a parecer dispuesto a asentir, pero también interesado por conocer todos los datos, como si tuviera algún poder y quisiera rumiarlos. Consiguió dar la impresión de que tan solo le preocupaba la mejor manera de emprender el viaje.

Mientras comían la escuchó con atención procurando no observarla con excesivo detenimiento. Cuando le dijo que estaba cansado, que no había dormido bien y que esa noche se acostaría temprano, su madre respondió que también ella se iría temprano a la cama a fin de levantarse antes del amanecer para verlo ponerse en camino.

Se quedó en la habitación mientras ella se preparaba para salir a pasear por el jardín. Evitó mirar a los guardias que esperaban en el pasillo para acompañarla cuando, con toda la naturalidad posible, dijo que a lo mejor pasearía con ella, que caminar le ayudaría a dormir en cuanto anocheciera.

Puesto que había rogado la ayuda de su padre, Orestes consideraba que lo que se avecinaba era algo ordenado y controlado por completo por los dioses.

Su madre cortó flores y, tras mirar el cielo y el sol, habló del bochorno y opinó que la habitación de Orestes era ideal en invierno, ya que retenía el calor, y la peor en verano. Al caminar hacia la escalera que conducía al jardín hondo se preguntó si Orestes no debería cambiar de habitación, ocupar una más fresca, a su regreso.

Habían descendido dos o tres peldaños cuando Orestes oyó el grito ahogado de un guardia. Miró atrás y vio que los otros dos lo habían derribado.

Su madre también lo oyó y se volvió. Estaba casi de cara a Orestes cuando este se agachó a buscar el cuchillo. No bien lo vio empuñarlo, ella lanzó un chillido, intentó alejarse pasando por su lado y lo tiró a los arbustos. Pero él avanzó hacia el muro y logró atraerla hacia sí, le apuñaló la espalda y arrancó el cuchillo. La empujó con todas sus fuerzas para arrojarla entre la profusa vegetación.

La encontró tendida de espaldas. Le vio con claridad los ojos, el pánico que reflejaban, cuando intentó acuchillarle el cuello. Ella se defendió con los brazos, lo agarró hasta que se quedó sin fuerzas. Lo único que pudo hacer entonces fue pedir socorro. Orestes le hundió el cuchillo en el pecho y el cuello y la sujetó hasta que expiró.

Clitemnestra

Llegará un momento en que las sombras me envuelvan. Lo sé. De todos modos, ahora estoy despierta o casi despierta. Recuerdo cosas…, me vienen a la memoria siluetas y voces apagadas. Lo que persiste más tiempo son rastros, rastros de personas, presencias, sonidos. Camino sobre todo entre las sombras, aunque en ocasiones percibo cerca un indicio de alguien, alguien cuyo nombre conocía, o cuya voz y cara fueron reales para mí, alguien a quien quizá quise. No estoy segura.

Con todo, hay un vestigio que aparece y perdura. Es mi madre en un momento del pasado lejano; está indefensa, alguien la tiene sujeta. Oigo gritos, los suyos, y los gritos, más agudos, de una figura por encima de ella, o tendida sobre ella, y luego gritos más fuertes cuando la figura se aleja con presteza; una figura con pico y alas, con la forma de unas alas, y las alas baten el aire y mi madre yace sin aliento, sollozando. Sin embargo, ignoro qué significa esto y por qué me viene al pensamiento.

Tengo la sensación de que si me quedo quieta me vendrá algo más. Cuesta no deambular por estos espacios cuando reina el silencio. Hay presencias con las que deseo toparme, presencias que están cerca aunque no tanto para que pueda tocarlas o verlas. No recuerdo los nombres, sus nombres. Tampoco veo con nitidez las caras, si bien hay momentos en los que he estado tranquila, en los que durante unos instantes no me he esforzado por recordar o concentrarme, momentos en los que un rostro se acerca, el rostro de alguien a quien he conocido, pero se desdibuja antes de que llegue a convertirse en el de alguien reconocible.

Sé que hubo sentimientos, y ahí reside la diferencia entre donde me encuentro ahora y el lugar donde estaba antes. Sé que hubo un tiempo en que sentía cólera y sentía pesar. Ahora he perdido lo que conduce a la cólera y al pesar. Tal vez el motivo por el que vago por estos espacios tenga que ver con algún otro sentimiento o con lo que quede de él. Tal vez ese sentimiento sea el amor. Hay alguien a quien todavía quiero, o a quien he querido y protegido, pero no estoy segura. No me viene ningún nombre a la cabeza. Me vienen palabras, aunque no las que yo deseo, es decir, los nombres. Si logro decir los nombres, sabré a quién quise y lo encontraré, o sabré cómo verlo. Lo atraeré a las sombras cuando llegue el momento.

En su mundo ignoran lo poco que hay aquí. Todo es negrura, extrañeza, silencio. Casi nada se mueve. Se oyen ecos que semejan una corriente de agua que fluyera bajo las rocas a lo lejos; en ocasiones percibo más cerca ese sonido, que aun así sigue siendo débil. Si escucho con excesiva avidez, desaparece.

Tal vez haya cosas que no terminaron con mi llegada aquí y que persisten como palabras que es preciso decir, palabras que he olvidado y que vendrán o acaso vengan, o que deben venir, mientras aguardo en este lugar. Llevará tiempo. Ignoro de cuánto tiempo dispongo o cuánto tiempo hay. Sea como sea, sé que debo disolverme, que no puedo perdurar en este estado. La disolución será paulatina. Al final no sabré nada. Tan solo espero un impulso más, volver unas horas o apenas unos momentos al mundo e incorporarme a él como si estuviera viva.

Entretanto queda la memoria, que conecta, une y aparta. Es casi algo. Flota un pensamiento impreciso, pero no es inmutable. Como una figura con alas, avanza poco a poco hacia lo que ha sido o lo que fue. Vivo en el interior de lo sustancial. Siento que un conjunto grande de deseos imperiosos pasa por mi lado, rozándome.

Sin embargo, a mí solo me quedan indicios, rastros grises.

Así debe de ser una sombra o una estela: unas líneas o formas que debieron de tener sentido en el pasado, o que quizá todavía lo tengan, y que ahora parecen arbitrarias. Ojalá consiguiera entender cuál era su propósito o hablar en susurros a quienquiera que las creó. Ese deseo es la cosa más próxima a un sentimiento que he experimentado y no se le parece en nada. Permaneceré aquí las horas, días o años que me correspondan. Ni un segundo más.

La perplejidad y la estupefacción reemplazan a la verdad y al conocimiento, reemplazan a lo que es real y tangible. El espacio que habito es como un regalo desafortunado que se me ofreció y que pronto me quitarán.

Y entonces me vino una palabra a la mente, una palabra de la que estaba segura. La palabra era «sueño». Una vez que surgió, supe lo que era o había sido «sueño» y tuve la certeza de que no estaba soñando esta vacuidad, de que nada de lo que ocurre es sueño: es real, auténtico.

Y luego aparecieron otras palabras como estrellas en el cielo a medida que oscurece. Deseé con todas mis fuerzas apoderarme de ellas, pero no lograba aferrarlas. Se caían, parpadeaban o se alejaban. No obstante, me bastó verlas para hacerme una idea de su poder y comprender que algunas regresarían y, como la claridad de la luna llena en una noche oscura, se convertirían en parte de la sombría estabilidad que me guiaba.

Caminé por los pasillos de aquel palacio donde había vivido. Casi logré recordar algunos hechos que habían acontecido. La imagen de alguien en un jardín, o en la escalera que conducía a un jardín, su mirada severa, su respiración afanosa, y luego nada, tan solo silencio en el jardín, y por último desapareció hasta el jardín, no quedó más que un espacio.

Pero seguía despierta. Esperaba, consciente de que se produciría un cambio, de que no sería siempre así. Sabía que en cuanto regresara a aquellos pasillos, sería fácil que un guardia reparara en mí si hacía ruido o avanzaba presurosa para ocasionar una agitación en el aire. Y poco a poco comprendí por qué me encontraba aquí y a quién buscaba. Si bien no recordaba su nombre ni acertaba a verle la cara, presentía que lo tenía cerca.

Imaginaba que el guardia que me había visto, o que había percibido mi presencia, consultaba a un compañero y que ambos iban a hablar con él, con aquel al que busco, o con el amigo que cuida de él.

Mi esposo y mi hija están muertos. Se han convertido en sombra. Mi otra hija está aquí, pero yo busco a mi hijo.

Estoy despierta; las palabras que conocía duermen. De vez en cuando se mueven en la noche o emiten algún ruido en su inmenso soñar y se despiertan. Suelen abrir los ojos, aunque solo sea un segundo, y me observan. Les sostengo la mirada para que me recuerden cuando vuelvan a dormirse. Las escudriño en su estado inerte. Estoy pendiente de cualquier movimiento que hagan. Oigo sus lóbregos gemidos en la noche, entrecortados sobre la respiración. Les veo estirar los brazos hacia mí para que las coja.

Sé distinguir la noche y el día. Conozco el silencio que se impone en los jardines y en los pasillos por la noche, un silencio roto tan solo por los movimientos suaves de los guardias o de los gatos. Este es mi reino, por donde vago a mi antojo. Al volver del jardín me doy cuenta de que los guardias perciben un movimiento en el aire. Solo haría falta una cosa más para que se percataran de que estoy con ellos. Un ruido. Un gesto veloz.

Sabía que, llegado el momento, oiría su nombre, el nombre de mi hijo, lo suficiente para susurrarlo, como quien implora. Vendría a mí cuando lo necesitara.

—Orestes —susurré una de aquellas noches, y me retiré hacia las sombras—. Orestes —repetí, y el eco de mi voz resonó en el pasillo.

Vi que dos guardias corrían de aquí para allá y después llamaban al otro, al amigo de mi hijo, que caminó pavoneándose arriba y abajo para inspeccionar puertas y rincones.

Aguardé hasta que se fue y entonces susurré a un guardia:

—Dile a Orestes que soy su madre. Debe venir él solo al pasillo. Tiene que estar solo.

El guardia hizo como si fuera a echar a correr y luego se refrenó.

—Vuelve a hablar —dijo en voz baja, con la cabeza inclinada.

—Dile a Orestes que venga solo.

—¿Ahora? —preguntó.

—Pronto. Orestes debe venir pronto.

—¿Pretendes hacerle daño?

—No, no pretendo hacerle daño.

Orestes

Cuando llegó la noticia del asesinato de Dinos, de la captura de Egisto, de la aplastante derrota de las tropas de ambos y de la marcha de Leandro hacia palacio con un ejército, Electra ya se había instalado en la habitación de su madre y había puesto un lecho para Yante en un rincón. Algunos días que comía con ellas, Orestes se daba cuenta de que su hermana trataba a los sirvientes exactamente igual que su madre. La voz de Electra, como la de su madre, conseguía subrayar que lo controlaba todo incluso cuando saltaba a la vista que estaba absorta en otros asuntos. En ocasiones apenas si importaba lo que decía.

A Orestes eso casi le tranquilizaba, pues él mismo tenía poco que decir. Yante no despegaba los labios; permanecía con los ojos clavados en una distancia intermedia como si el habla fuera un concepto ajeno a ella, una distracción innecesaria.

Electra no había ido a la habitación de su hermano tras el asesinato de la madre. Al regresar a su aposento aquel día, Orestes la había oído gritar en el pasillo. Había dado por sentado que en algún momento acudiría y hablaría con él sentada junto al lecho, lo consolaría, lo elogiaría, le pediría que compartiera con ella todos los detalles de lo ocurrido. Sin embargo, Electra había estado demasiado atareada asegurándose de que se pillara por sorpresa a los guardias de su madre para estrangularlos o matarlos a cuchilladas, y de que se encerrara en las mazmorras a aquellos de lealtad dudosa.

Aquella noche Orestes comió a solas en su habitación. Tras la cena durmió un rato. Al despertarse salió al pasillo y vio que faltaba su guardia. Caminó arriba y abajo fijándose en los centinelas apostados a intervalos y sintió el deseo irresistible de que alguno fuera a visitarlo a la alcoba. Caviló sobre las señales que había utilizado Egisto para conseguir que uno lo siguiera a un cuarto por la noche. A la luz parpadeante de los braseros de la pared, observó con atención a cada uno de los guardias al pasar, pero todos se comportaron como de costumbre: fingieron no verlo.

Una vez en la cama, reflexionó sobre el inminente regreso de Leandro. Reflexionó sobre el hecho de que Leandro había perdido a toda su familia salvo a su hermana. Si bien la noticia de lo que les había ocurrido a Dinos, a Egisto y a su ejército había llegado a palacio, dudaba que circularan mensajes en la otra dirección. Así pues, se preguntó si Leandro sabría que no le quedaba más familia que Yante, igual que él, Orestes, no tenía a nadie más que a Electra.

Cuando estuviera a solas con Leandro, le contaría que había encontrado los cadáveres y que había matado a su madre, quien había ordenado los asesinatos. Pensó que lo que había hecho los uniría más, de la misma manera que estaban unidas Electra y Yante. En efecto, ambas se habían vuelto inseparables, igual que ellos dos habían estado siempre juntos en los meses posteriores al fallecimiento de Mitros. Visualizó la habitación de su madre por la noche e imaginó que Yante, con su peculiar belleza, se acercaba a Electra para estar con ella, del mismo modo que en el pasado Leandro avanzaba en la oscuridad para estar con él. En cuanto recordó esto, el deseo de volver a verlo y de estar con él por la noche se intensificó y perduró hasta la mañana, y empezó a llenar sus días mientras esperaba el regreso de su amigo.

Una mañana, al entrar en el aposento de su hermana, la encontró muy alterada. Mientras Yante los observaba sosegadamente, Electra le informó de que Leandro había enviado a Clitemnestra un mensaje que era una orden militar. Leandro quería que se hiciera espacio para encerrar prisioneros y deseaba que se reunieran doce de los ancianos y que no se diera ningún paso sin la conformidad de estos hasta que él llegara con su ejército. Además, quería que se notificara a su familia que pronto regresaría a casa.

—Resulta difícil saber qué decirle —reconoció Electra—. No puedo mandarle un mensaje para comunicarle lo que le ha ocurrido a su familia porque prohibió al emisario que nos revelara su paradero. Y, desde luego, no puedo transmitirle la noticia de la muerte de mi madre. Su mensaje da a entender que tiene alguna autoridad, pero en este palacio la autoridad somos nosotros.

Orestes habría querido decirle que ni ella ni ninguna otra persona del palacio tenían autoridad. Contaban con la protección de los guardias, aunque no estaba seguro de que todos ellos les fueran leales tras propagarse la noticia de la derrota del ejército.

—¿Debo entender que estás de acuerdo conmigo? —dijo Electra, exasperada.

—¿Qué tamaño tiene el ejército de Leandro? —le preguntó Orestes.

—Lo ignoro.

—¿Qué tamaño tiene el nuestro?

—Nosotros no tenemos ejército. Lo que quedaba de él se fue

con Dinos. De todos modos, tenemos el palacio protegido y bien protegido por hombres leales a mí.

—¿Leales a ti?

—Leales a nosotros. A los dos.

—¿Estás segura de que en verdad Leandro dirige un ejército?

—Eso me han dicho. Dirigía el ejército que resultó vencedor, o bien es el único superviviente de los que dirigían ese ejército. También me han informado de que tiene prisionero a Egisto. Y me aseguraré de que si Egisto viene a palacio, Leandro lo castigue de inmediato.

Orestes lanzó un vistazo a Yante, que se apartó el cabello de la frente y los miró a él y a Electra como dando a entender que tenía preocupaciones más acuciantes que las de sus dos compañeros. Orestes cayó en la cuenta de que la muchacha tendría que comunicar a su hermano lo que le había ocurrido al resto de la familia.

El ejército llegó por la noche. Lo primero que hizo Leandro fue cercar el palacio. Acto seguido exigió reunirse con Clitemnestra y los ancianos. Electra llamó a Orestes a su aposento apenas recibió la petición.

—No he respondido a su mensaje —dijo.

En un rincón, Yante se cubría el cuerpo con una manta.

—Propongo que dejemos entrar a Leandro en palacio ahora mismo —dijo Orestes.

—¿En calidad de qué? —le preguntó Electra.

—Es mi amigo y hermano de Yante.

—Es el jefe de un ejército —replicó Electra.

—Leandro entrará tanto si estamos de acuerdo como si no lo estamos. No tiene sentido oponerse a él.

—¿Pretendes dejarme en la estacada? —le preguntó su hermana. Orestes no contestó.

—Su mensajero espera a la puerta —prosiguió Electra en voz baja, con ira contenida—. Si lo invitamos a pasar, será bajo tu responsabilidad.

Orestes y su hermana se encaminaron hacia las puertas de palacio y ordenaron que se abrieran. En el exterior, Leandro estaba rodeado de sus huestes. Como todos gritaban y lanzaban vítores, nadie oyó a Orestes cuando invitó a Leandro a entrar.

—Debes venir solo —añadió.

Cuando Leandro se detuvo y le tocó suavemente el hombro, Orestes vio la herida recién cicatrizada que le cruzaba un lado de la cara. Una espada había hendido la carne.

—Debes venir solo —repitió en voz más alta.

—Entraré con mis guardias —afirmó Leandro—. Nadie que llegue solo a esta casa está a salvo.

Acompañado de cinco guardias, pasó junto a Orestes. Mientras marchaba por los pasillos, Orestes trataba de seguirle el paso, con Electra a la zaga. En varias ocasiones se esforzó por captar la atención de Leandro, quien, decidido a llegar a la habitación de Clitemnestra sin que nadie lo detuviera, no le hizo el menor caso.

Cuando Leandro y sus guardias irrumpieron en la estancia, Yante se encontraba entre las sombras, por lo que al principio no la vio.

—¿Dónde está tu madre? —preguntó a Electra apenas esta entró con su hermano.

Como ella no respondió, se volvió hacia Orestes.

—Exijo ver a vuestra madre.

—Está muerta —dijo Electra.

—Nadie me lo ha comunicado —repuso Leandro.

—No había forma de localizarte —señaló Electra.

En ese momento Orestes tuvo la impresión de que cambiaba la luz de la estancia, como si las lámparas que ardían en la pared hubieran desarrollado la potencia de la pura luz del sol. Yante se acercó a su hermano. Llevaba los pies descalzos, el cabello suelto; su aspecto era de extrema fragilidad, casi fantasmal.

—¿Por qué está aquí mi hermana? —preguntó Leandro.

Miró a Electra, que no le respondió. Se volvió hacia Orestes y, bajando la voz, se dirigió directamente a él.

—¿Por qué está aquí mi hermana?

—Asaltaron la casa —dijo Orestes.

—¿Mi casa? ¿Nuestra casa?

—Sí —musitó Orestes sosteniéndole la mirada—. Tu padre…

—¿Dónde está mi padre?

—Ha muerto. —Orestes suspiró—. Todos están muertos.

—¿Mi madre?

—Sí. Todos.

—Tu hermana… —empezó a decir Electra.

—¿Qué pasa con mi hermana? —la interrumpió Leandro—. ¿Qué tiene que ver mi hermana con vosotros?

—La encontramos —respondió Electra—. Hemos cuidado de ella.

—¿Quién la encontró? —preguntó Leandro. La cicatriz de su rostro se encendió con tonos morados y rojos.

—Yo —contestó Orestes.

Leandro se llevó las manos a la cara y a continuación echó los brazos hacia delante, moviéndolos como si no los controlara.

—¿Asaltaron la casa? —preguntó.

—Sí —respondió Orestes.

—¿Dices que los mataron a todos? —murmuró Leandro—. ¿Que están todos muertos?

Se acercó a Orestes, lo miró y se volvió hacia Electra antes de ir hacia la ventana.

—Permitidme que durante un minuto no me lo crea —añadió—. Después decidme si es cierto.

El silencio duró apenas unos segundos antes de que Leandro volviera a hablar.

—¿Es cierto? —preguntó.

Al no obtener respuesta repitió la pregunta, con cólera fría en la voz.

—¿Es cierto?

—Sí, es cierto —susurró Electra.

—Y vuestra madre…, ¿cómo murió?

—Yo la maté —respondió Orestes.

—¿Has matado a tu madre?

—Sí.

—¿Quién dijo que podías matarla? —le preguntó Leandro.

En lugar de esperar la respuesta, repitió varias veces la pregunta a voz en cuello, hasta que Electra le espetó con insolencia:

—Yo dije que podía. Los dioses dijeron que podía.

—¡Los dioses no tienen nada que ver con nosotros! —exclamó Leandro—. ¡Nada! No recibiremos nada más de ellos. Su tiempo ha quedado atrás.

—Mi madre ordenó los asesinatos —dijo Orestes—. Ella…

—No quiero saber qué hizo —lo atajó Leandro—. Ahora está muerta. ¿No es suficiente?

Se acercó a Yante y la estrechó sin despegar los labios. Orestes estaba pendiente de Electra, convencido de que, al igual que él, se daba cuenta de que había habido un momento en que podía haber tratado de hacer valer su autoridad, pero que, si lo hubiera hecho, Leandro habría mandado que los apresaran a los dos. Leandro resollaba y su mirada volaba de un objeto a otro de la habitación mientras Electra parecía recitar una plegaria.

—Quiero que se abran las cocinas —dijo Leandro al cabo de unos instantes—. Las tropas llevan días sin comer. Y quiero que se reúnan los doce ancianos que pedí. Quiero espacio libre en las mazmorras. ¿Están vacías las celdas?

Miró a Electra y luego a Orestes.

—¿Alguno de los dos piensa contestar?

—No, no están vacías —dijo Electra con calma—. Están ocupadas por los guardias que eran leales a mi madre.

—Aseguraos de que están desarmados y encerradlos en alguna sala —ordenó Leandro—. Quiero que se abran las cocinas ahora mismo y que manden venir a los ancianos. Quiero verlos sin demora.

Orestes observó cómo Electra, con el ceño fruncido y movimientos imperiosos, cruzaba la habitación para hablar con un guardia.

Avanzada la mañana, el palacio semejaba un mercado: vituallas que se llevaban a las cocinas; salas abarrotadas de soldados que comían, dormían o charlaban sentados en grupos; en los pasillos, bullicio de mensajeros, cautivos y mujeres que buscaban al marido, a un hermano o a un hijo.

Cuando los ancianos se congregaron en un edificio contiguo al palacio que no se usaba desde hacía años, Leandro manifestó la necesidad de que le aconsejaran sobre lo que debía hacerse con Egisto, quien en esos momentos se hallaba bien custodiado en las mazmorras. Electra opinó que era evidente lo que había que hacer con él, y algunos ancianos estuvieron de acuerdo.

—No es evidente —repuso Leandro—. Egisto conoce hasta el último detalle de lo que ha pasado aquí. Es la única persona viva que lo sabe todo. Es posible que secuestrados como mi abuelo y Mitros y su familia estén presos en sitios aislados. Solo él sabe dónde se encuentran esos lugares. Es el único a quien podemos recurrir para rescatarlos.

Mientras Leandro hablaba, Yante avanzó hacia él, esperó a que acabara y entonces le susurró al oído. Leandro la escuchó con atención, asintiendo con la cabeza, como si su hermana le hubiera revelado algún dato interesante aunque sin excesiva trascendencia. Luego se apartó y se dobló de dolor. Orestes pensó por un instante que debía ir a consolarlo, pero Leandro, arrodillado, convulso por los sollozos, era inaccesible. Lo único que podía hacer era observarlo en silencio. Cuando Yante estiró los brazos hacia él, Leandro le cogió la mano y no la soltó.

Más tarde Leandro y la mayoría de los ancianos decidieron que se perdonara la vida a Egisto, pero que se le rompieran las piernas para impedir de ese modo que deambulara por palacio e instigara conspiraciones. Una vez recuperado, decretó Leandro, se le trasladaría a las asambleas y participaría en las deliberaciones, si bien estaría sometido a una estrecha vigilancia.

Electra protestó y exigió su ejecución, propuesta que fue desestimada.

—Ya ha habido bastantes muertes; ya hay suficientes cadáveres —afirmó Leandro.

Orestes procuraba sentarse al lado de Yante porque había encon-

trado en ella una compañía más agradable que la de Leandro y Electra, quien ya no le hacía caso y que, durante esas reuniones acerca
del destino de los enemigos, a menudo actuaba como si él no estuviera presente.

Yante comenzó a acudir por la noche a la habitación de Orestes,
quien no le preguntaba si la enviaba Electra, ni cómo justificaba su
ausencia ante esta, ni si Leandro estaba al corriente de lo que hacía.

Cuando estaban tumbados juntos, a Orestes le sorprendía lo mucho que la deseaba y cómo la perspectiva de estar con ella por la noche
volvía más llevaderos los días. Al principio Yante se mostraba indeci-
sa con él, casi temía que la tocara. Sin embargo, pronto empezó a
abrazarlo y a dejarse estrechar y durmieron pegados el uno al otro.

Orestes observó un cambio en Electra tras el regreso de Leandro.
Ya no iba a la tumba de su padre. Se había vuelto enérgica, casi de-
sabrida. Como pasaba los días impartiendo órdenes, consultando
con Leandro y los ancianos y ejerciendo el mando, sus movimientos
eran resolutivos y directos; su voz, más grave; su tono, más exigente
y preciso. No nombraba a los dioses ni los espíritus de los difuntos,
sino que hablaba de regiones lejanas que había que controlar. Era
como una persona que se hubiera despertado de un sueño.

Orestes se preguntaba cuánto de todo esto sería una farsa y qué
presiones conseguirían que la ficción se viniera abajo, del mismo
modo que se había venido abajo su anterior papel de hija que vivía
a la luz de los dioses.

Electra pasaba los días con Leandro en el salón más espacioso.
Cuando necesitaban a los ancianos, los llamaban. Orestes pensaba
a veces que a su madre le habrían encantado el nuevo sistema, los
mensajes urgentes, impartir órdenes, asignar tiempo para reuniones
con quienes aguardaban en fila a las puertas de palacio.

Se fijó en lo mucho que su hermana y Leandro se plegaban a la opinión de Egisto, quien poseía un conocimiento pormenorizado y preciso de viejas rencillas familiares y disputas ancestrales sobre lindes, de qué tierra era la más fértil y de las personas en quienes no había que confiar. Egisto estaba sentado en una silla como si nada hubiera ocurrido. Cuando debía desplazarse, la pérdida de la facultad de andar parecía tan solo una molestia insignificante, o bien una cualidad adicional que lo volvía adorable.

De hecho, desde que se había instalado en la antigua habitación de Electra, donde, en respuesta a las protestas de esta, Leandro había afirmado que podría sometérsele a una vigilancia más estrecha, Egisto recibía muchas visitas por las noches, empezando por las de los sirvientes, que le llevaban comida y saludos afectuosos de los criados de la cocina. Electra se había opuesto a la presencia de Egisto en las comidas y lo desterraba a sus aposentos una vez concluidas las tareas de la jornada, algo de lo que él se aprovechaba. Corrió la voz de que a su mesa solitaria llegaban las mejores tajadas de carne y los pastelillos recién cocidos. Una vez tomados los alimentos, acudían otros visitantes, algunos de los cuales no se marchaban hasta el amanecer.

Desde su salida de las mazmorras, Egisto prestaba gran atención a Orestes. Sin duda le habían informado de que había matado a Clitemnestra, y Orestes se daba cuenta de que eso intrigaba al que había sido amante de su madre al tiempo que aumentaba el interés que sentía por él.

Un día, cuando hablaban de un proyecto de regadío con los ancianos y Egisto tomó la palabra, Orestes miró a Electra, que le dirigió una sonrisa torva. Él asintió con la cabeza. Comprendió con toda claridad que su hermana no tenía intención de tolerar la presencia de Egisto durante mucho más tiempo. Comprendió que, opinaran lo que opinasen Leandro y los ancianos, habría que asesinar a Egisto con discreción una vez que todo se hubiera calmado. Orestes conservaba todavía el cuchillo con el que había matado a su madre. Lo tenía escondido en su habitación. Estaría preparado para usarlo en cuanto Electra le diera la señal.

Desde que habían regresado, Leandro y él no hablaban jamás del sitio donde los habían retenido ni de la fuga, ni de la casa de la anciana ni de Mitros. A Orestes le venían a la memoria momentos de lo ocurrido, imágenes sueltas, ráfagas de recuerdos, cosas que resultaban tanto más luminosas por cuanto no era fácil relacionarlas. Le parecía que Leandro no quería mencionar aquellos años porque se había enterado de que estaban a punto de ponerlos en libertad cuando se escaparon. Aquellos años quedarían relegados al olvido, suponía Orestes. Aunque no podía revivirlos con Leandro, sí los revivía en su imaginación estando a solas. Sin embargo, no bastaba; se apergaminarían, se marchitarían, se irían desvaneciendo hasta que llegara un momento en que lo sucedido tal vez no hubiera existido. Él sería el único que lo recordara.

Y en las contadas ocasiones en que coincidía con los niños, convertidos ya en hombres hechos y derechos, que habían estado recluidos con él, se daba cuenta de que lo habían rehuido tras su regreso. En efecto, solo ahora volvía a oír sus nombres. Cuando acudían a palacio con sus padres, le saludaban educadamente con un gesto, pero nada más.

Leandro había ocupado una habitación de la parte delantera, desde donde controlaba la llegada de las tropas. Decidía qué guardias debían estar de servicio y, como estos tenían que informarle, Orestes suponía que todas las noches se enteraba del momento exacto en que Yante entraba en su habitación, de donde salía antes de despuntar la aurora para volver a la alcoba de Electra. En varias ocasiones, al acompañar a Yante a la puerta, sintió la tentación de recorrer el pasillo para ver si Leandro estaba despierto, pero temió lo que pudiera encontrar si lo sorprendía en sus aposentos.

A veces tenía la sensación de que su hermana y Leandro lo habían abandonado a propósito; de que les recordaba hechos que preferían enmascarar, olvidar. Evitaban quedarse a solas con él. Ya no sentían ningún interés por Orestes, del mismo modo que, al parecer, a Electra ya no le interesaban los dioses ni los espíritus, ni a Leandro los acontecimientos del pasado.

Orestes seguía habitando un espacio tortuoso y sombrío; era una región donde tanto Electra como Leandro habían vivido, si bien la habían abandonado por un lugar que brillaba con una promesa que la presencia de aquel parecía diluir. Había algo que le llamaba la atención: mientras que él había permanecido en palacio, Leandro había salido al mundo; mientras que él se había quedado en la órbita de su madre, de Electra y de Yante, Leandro se había convertido en un guerrero como Agamenón. Cada vez más, le parecía casi irreal que hubiera matado a su madre; era un hecho que nadie mencionaba, como si no hubiera sucedido.

Un día, al entrar en el aposento de Electra, la encontró enfrascada en una conversación con una figura solitaria al lado de la ventana. Orestes los observó durante un rato sin decir nada. Cuando el hombre se dio la vuelta, vio que era el guardia junto al que había rescatado a Teodoto y Mitros. La postura relajada del guardia y el hecho de que no dudara en interrumpir a Electra dejaban claro que hablaban de igual a igual, o como dos personas que se conocían bien.

La conversación cesó de inmediato, el guardia se apartó fingiendo estar ocupado con otro asunto y Electra cruzó afanosa la estancia en dos zancadas. Era como si los hubieran descubierto.

Orestes los observó hasta que lo distrajo Yante, quien le pidió que fuera a sentarse con ella. Mientras fingía escucharla, analizó la escena que acababa de presenciar, la evidente familiaridad entre su hermana y el guardia, y la impresión de que habrían preferido que no los viera juntos.

Dado que en ocasiones Electra parecía no verlo siquiera, que Leandro seguía sin hacerle caso y que tanto ellos dos como los ancianos lo excluían de todos sus planes, Orestes tenía la creciente sensación de que era el único que estaba solo. Todos, tal vez incluso Yante, se sentían a gusto en la compleja red de proyectos y alianzas cuyos entresijos solo ellos entendían. Por eso habría deseado volver a ser pequeño, vivir en una época en la que nada de eso le importara, en la que fuera un niño que quería enzarzarse en simulacros de combate a espada con los adultos.

Yante pasaba los días en la sala donde había más actividad. Conocía a todos los mensajeros por su nombre y tomaba nota de cuándo se marchaba cada uno y de cuándo estaba previsto que regresara. Además, recordaba las decisiones adoptadas y en qué asuntos los diversos ancianos habían solicitado que se les consultara. En general hablaba poco. Orestes se fijó en la costumbre que tenía Yante: escuchaba, por un momento parecía que se disponía a decir algo y al final cambiaba de parecer. Daba la impresión de que estaba absorta en sus pensamientos al tiempo que prestaba atención a todo.

Cuando le comunicó que estaba embarazada, Orestes le pidió que esperara un tiempo antes de decírselo a Electra y a Leandro.

Quería que algo de palacio fuera solo suyo, un secreto que no conociera nadie más que él.

—Ya se lo he dicho —repuso Yante.

—¿Antes de decírmelo a mí?

—Te lo estoy diciendo ahora.

—¿Por qué se lo dijiste antes a ellos?

Yante no respondió.

Al día siguiente Orestes observó que Leandro fingía estar absorto en una conversación con algunos ancianos. Al cabo de un rato apartó a los hombres que lo rodeaban.

—Necesito hablar contigo —le dijo.

—Hoy tenemos que enviar mensajeros, de modo que es un día ajetreado.

—Este es el palacio de mi padre —replicó Orestes—. Nadie me habla en ese tono.

—¿Qué quieres?

La indignación de Leandro era evidente. Varios ancianos se acercaron a escuchar la conversación.

—Quiero estar a solas contigo.

—Quizá cuando terminemos los asuntos de la jornada.

—Leandro —susurró Orestes—, voy a mi habitación y espero que me sigas.

Orestes preparó en la habitación lo que diría. Sin embargo, en cuanto apareció Leandro, comenzó a caminar de un lado para otro mientras hablaba como si pensara en voz alta y se dirigiera a alguien acostumbrado a recibir órdenes.

—Durante tu ausencia ocurrieron muchas cosas. Estudié los sistemas que utilizamos. Por ejemplo, cómo aumentamos los tributos y cómo nos ocupamos de las regiones remotas. Aparte de Egisto, yo soy quien más sabe. Algunos ancianos conocen bien ciertos asuntos, pero más vale no fiarse de ellos. Conviene vigilarlos.

Leandro lo escuchaba apoyado contra la pared.

—Cuando se me permite participar, presto gran atención a las deliberaciones —prosiguió Orestes—, y opino que sería mejor limitarlas a un grupo más reducido. Por otro lado, algunos datos que se aportan son erróneos, y algunas decisiones, equivocadas. Me consta que la información es errónea. Estoy seguro de que las decisiones son equivocadas.

—¿Con quién estudiaste nuestros sistemas para estar tan seguro? —le preguntó Leandro.

—Con mi madre.

—¿Y pretendes que creamos que es cierto lo que te explicó?

—Estudiamos los sistemas de administración.

—Y después la asesinaste.

—Ordenó que acabaran con tu familia. Los mataron siguiendo sus órdenes. Mató a mi padre.

—Ya lo sé.

—Leandro, estoy contigo. Durante tu ausencia hice lo que me pediste.

—Yo no te pedí nada.

—Me enviaste un mensaje pidiendo que ayudara a rescatar a tu abuelo y a Mitros.

—No te envié ningún mensaje. Estaba combatiendo. No sabía dónde se encontraba mi abuelo. Si no lo hubieras rescatado, quizá seguiría entre nosotros.

—Entonces ¿quién mandó el mensaje si no fuiste tú?

—Tengo otros asuntos en los que pensar —dijo Leandro.

Mientras se miraban de hito en hito y el ambiente se volvía más hostil, Leandro le indicó con un gesto que se acercara. Cuando Orestes se aproximó, Leandro le acarició el rostro y el cabello.

—Los ancianos no quieren que intervengas en nada —dijo—. Ni siquiera les parece bien que estés en el salón escuchándonos. Si se permite tu presencia es porque Electra y yo insistimos. Los ancianos desean que te mandemos lejos de palacio.

—¿Por qué?

—¿Puedes nombrar a otro hombre que haya hecho lo que hiciste tú?

—Si no hubiera matado a mi madre, tú no estarías aquí.

—Sí que estaría. —Leandro acercó aún más a Orestes—. Mi hermana es una persona frágil. Cuando la encontraste, buscaba la muerte. Quiero que estés con ella, que le hagas compañía. Que no te apartes de su lado.

—Hay asuntos graves… —empezó a decir Orestes.

—Yo me ocuparé de ellos, junto con tu hermana y los ancianos.

—Soy el hijo de mi padre —afirmó Orestes.

—Tal vez deberías rezar para que se te librara de ese peso. Quizá fuera el último deseo que concedieran los dioses.

Orestes temblaba. Empezó a sollozar.

—Debes vivir con lo que hiciste —añadió Leandro—. No tienes más que lo que hiciste. De todos modos, ahora que mi hermana está embarazada, te casarás con ella y la cuidarás. Y nada más. Se ha decidido que no participes en nada más.

Cuando se anunció que Orestes y Yante contraerían matrimonio, tanto ella como su hermano defendieron con firmeza la opinión de que la ceremonia nupcial fuera breve y privada. Se celebró en una salita contigua al amplio salón donde tenían lugar las asambleas, en los jardines de palacio. Tras el intercambio de promesas, nadie habló. A Orestes casi le pareció notar que su esposa, Electra y Leandro miraban alrededor en silencio, alertas al nombre de los difuntos, alertas a los asesinados, cuya ausencia poblaba el aire.

Durante las comidas, cuando los ancianos ya se habían marchado y no se esperaba la llegada de mensajeros, Leandro y Yante hablaban sin rebozo de sus padres, abuelos y primos. El tono de ambos destilaba pura tristeza y orgullo. En un par de ocasiones Orestes se sorprendió mirando a Electra y preguntándose si también ellos podían comenzar a mencionar a su hermana y a sus padres, a pronunciar siquiera sus nombres o a recordar algo que hubieran dicho o hecho, pero la cabeza inclinada de Electra le indicó que jamás ocurriría.

Un día, al ver que el guardia con el que había rescatado a Teodoto y Mitros conducía a otro lugar de reclusión a un grupo de prisioneros sacados de las mazmorras, abarrotadas a más no poder, quiso pararlo para preguntarle quién le había informado de dónde estaban encerrados los dos hombres y cómo había conseguido Electra enterarse tan rápido de lo sucedido. Estaba incluso dispuesto a acusarlo de colaborar con Electra, hasta que se dio cuenta de que el guardia le diría que fuera a preguntárselo él mismo a su hermana. Orestes sabía que no podía hacerlo. Mientras se miraban, por un instante percibió una expresión de culpa, casi de vergüenza, en el rostro del guardia cuando pasó por su lado con los presos.

Todas las noches Yante se preparaba para acostarse en la habitación de Orestes, pero en algún momento se dirigía a los aposentos de Electra, de donde regresaba al cabo de un ratito con información o con alguna opinión que esta había compartido con ella. A Orestes le gustaba ponerle la mano en el vientre y pedirle que imaginara qué parte del cuerpo de la criatura tocaba y preguntarle si era un niño o una niña.

Una noche Yante le anunció cuándo suponía que daría a luz y a Orestes le sorprendió la fecha. La muchacha se arrimó a él.

—Electra es la única que está enterada —le susurró—. Leandro no lo sabe. Tu hermana me aconsejó que no se lo dijera, y también me aconsejó que no te lo dijera a ti.

Orestes notó que se ponía tenso al sospechar que la partera que había acudido a palacio había comunicado a Yante y a Electra que la criatura corría peligro o tal vez no viviera.

—No debes decirle a Electra que te lo he dicho —le pidió Yante—. Accedí a avisarte tan solo de que era posible que la criatura naciera antes de tiempo.

—¿Qué quieres decir?

—Cuando me encontraste, ya estaba encinta —musitó Yante.

—¿Estás segura?

—Sí. Entonces ya lo intuía. Mi madre y mi abuela me habían contado lo que sentiría. Cuando me trajiste a palacio, no tenía la certeza, pero la tuve al cabo de poco.

—¿Con quién yaciste?

—Me forzaron…, aquellos hombres me forzaron delante de los demás, incluido mi abuelo, y luego, ante mis ojos, les quitaron la vida y los apilaron con sumo cuidado, como viste. Supuse que sería la última a quien darían muerte y esperé a que me mataran. Sin embargo, se fueron y no volvieron, de modo que busqué un hueco bajo los cadáveres. Quería estar con los que habían muerto, que me enterraran con ellos.

—¿No soy el padre de la criatura? —le preguntó Orestes.

—Dudo que hubiera podido quedarme embarazada con lo que hacemos a oscuras. Para que eso ocurra, tiene que ser distinto.

Orestes la atrajo hacia sí y no dijo nada.

—A Electra no le he contado eso —agregó Yante—. Ni pienso contárselo.

Suspiró y abrazó a Orestes.

—Cuando me enteré de que iba a tener un niño —prosiguió—, quise estrellarme la cabeza contra una piedra o buscar un cuchillo. Quise hacerlo hasta que tu hermana empezó a lavarme por las noches y a acariciarme; luego tú empezaste a abrazarme y más tarde regresó mi hermano. Ahora deseo irme. Nuestro matrimonio ha sido un error. Pediré a mi familia materna que me acoja. Limpiaré para ellos, haré lo que sea. Tendré el niño en la aldea. La criatura ya se mueve. Iré a pie hasta allí.

—No quiero que te vayas —dijo Orestes.

—No me querrás cuando nazca el niño.

—¿Viste al hombre que te hizo esto? —le preguntó Orestes tocándole el vientre—. ¿Le viste la cara? ¿Sabes cómo se llama?

—Fueron cinco —respondió Yante—. Me agredieron los cinco. No fue solo uno.

—El pequeño está dentro de ti, no dentro de ellos. Esos individuos están muertos. Los mataron.

—Sí, el pequeño está dentro de mí.

—Y crecerá aquí, en nuestra casa, y nacerá en nuestra casa.

—No, no nacerá aquí. Me iré.

—¿Quiere mi hermana que te vayas?

—No le he dicho que tengo previsto irme.

—Soy tu esposo. No quiero que te vayas.

—No querrás al niño.

—Es el niño que crece dentro de ti. Es tuyo.

—Pero no tuyo.

—Ha crecido dentro de ti mientras yo te abrazaba. Ha crecido por las noches mientras estabas conmigo.

—No puedo contárselo a mi hermano —dijo Yante—. No puedo contarle esto. Han pasado demasiadas cosas.

—Dile a Electra que tampoco me has contado nada a mí.

—Cuando nazca la criatura, pensarás en aquellos hombres. Es en lo que pensarás.

—¿Mi hermana quiere que tengas el niño y te quedes aquí? —le preguntó Orestes.

—Sí. Y también quería que no contara lo que había pasado.

—Pero ¿quiere que te quedes?

—Sí.

—Entonces así lo haremos. Nadie más…

A Orestes le pareció que se ahogaba al tratar de contener el llanto.

—¿Qué dices, Orestes? No te oigo.

—No podemos perder a nadie más. Perdí a mi hermana, perdí a mi padre y… —Titubeó y estrechó más a Yante—. Mi madre recorre el pasillo por las noches.

Yante se incorporó y miró a su alrededor.

—¿Has visto a tu madre? ¿La has visto?

—No, pero está ahí. No viene a diario ni se queda mucho rato, pero una parte de ella acude algunas noches y luego se marcha. En ocasiones está cerca. Ahora lo está.

—¿Qué quiere?

—No lo sé. En cualquier caso, no puedo perder, no podemos perder a nadie más. Ya ha habido suficientes muertes.

—Sí, ha habido suficientes muertes.

Durante las semanas siguientes, al ir y venir de su habitación al salón donde se reunían los otros y donde Yante pasaba los días, una estancia que se llenaba de visitantes, de mensajeros y de la voz de Leandro —con la cicatriz de la cara a menudo enrojecida— dando órdenes, Orestes empezó a notar la animadversión de los ancianos. Advirtió que no le querían allí, del mismo modo que nunca se le había necesitado en ninguna parte, excepto cuando a Electra le había convenido que hiciera algo que ella no deseaba hacer y cuando Leandro lo había necesitado para que se fugara con él y así proteger a Mitros entre los dos.

Al entrar en las salas se percataba de que nadie alzaba la vista y de que la gente pasaba deprisa por su lado. Podía quedarse si lo deseaba o regresar a su habitación, a escuchar los ruidos cotidianos del pasillo, plenamente consciente de que nada tenían que ver con él. Podía pensar que, comparados con lo que había ocurrido, esos ruidos eran irrelevantes, o quizá el irrelevante fuera él. Se daba cuenta de que, al igual que los mensajeros que iban y venían con misivas urgentes, en ocasiones él también resultaba útil. Les había demostrado que era capaz de hacer cualquier cosa.

Y ahora vivía en las sombras, pasaba todos los días en una pálida estela de lo ocurrido.

Cuando por las noches se acostaba con Yante, tenía la sensación de que también ella se encontraba lejos de él, como lejos estaba la criatura que llevaba dentro, la que él había creído suya, la criatura de la que sería mentor, padre sustituto, puesto que el padre verdadero, fuera quien fuese, estaba sepultado en el polvo.

Yante, que notaba su apatía, lo animó a quedarse más rato cuando acudía a la asamblea a oír los debates entre Electra, Leandro,

Egisto y los ancianos. En varias ocasiones, al ver que hacía ademán de levantarse para irse, le indicó por señas que se quedara con ella a escuchar.

Debatían lo que debía hacerse con los esclavos capturados por el padre de Orestes hacía años. Se les había obligado a trabajar retirando piedras de los campos y construyendo acequias de riego, pero tras la victoria de Leandro vagaban en grupos por la campiña y se dedicaban a saquear poblaciones y a asaltar casas.

Orestes los escuchaba sorprendido de que nadie propusiera enviar tropas para acorralarlos, matar a los cabecillas y poner de nuevo a los esclavos a trabajar. Estaba convencido de que, no hacía mucho, así habrían opinado su madre y Egisto, y quizá fuera incluso lo que habría hecho su padre, y con la conformidad de los ancianos. Ahora, en cambio, Egisto hablaba de un territorio con abundante agua de manantial, aunque sin canalizar, donde hacía falta labrar la tierra.

Cuando Egisto describió el terreno, Leandro propuso que se cediera no solo a los esclavos, sino también a los hombres a los que habían expulsado con ellos y que no tenían familia. Se dividiría en parcelas pequeñas para que cada uno poseyera una finca. A continuación Electra habló de las semillas y aperos que podrían repartir, y de los posibles cultivos. Un anciano les recordó que había esclavos en cautividad cerca y planteó que se les dejara en libertad, y Egisto lo interrumpió para señalar que algunos de ellos eran peligrosos y que habría que liberarlos de dos en dos o de tres en tres después de haber investigado sus antecedentes. Opinó que habría que trasladar por la fuerza a ese nuevo territorio a los esclavos que vagaban por el campo, puesto que no se trasladarían por voluntad propia.

Añadió que algunos albergaban incluso la esperanza de que los enviaran a su tierra de origen, lo cual no ocurriría, pues el territorio se había repoblado con soldados que habían combatido en las guerras contra ellos.

Ya al final Leandro preguntó con tono desganado a Orestes si tenía algo que aportar y este negó con la cabeza, no sin antes reparar en que los ancianos miraban hacia otra parte y que Electra y Egisto se enfrascaban en otro asunto. Orestes se preguntó si Leandro no habría dirigido la atención hacia él con el único propósito de burlarse.

No obstante, cuando se quedaba en el salón con ellos se daba cuenta de que, como escuchaba con detenimiento y no estaba absorto pensando en lo que diría, recordaba con precisión argumentos ya expuestos y soluciones que los demás no tenían presentes. Cuando había debates complejos o se presentaban pruebas detalladas que contradecían otras pruebas, se acordaba de lo que los otros habían olvidado o recordaban vagamente. En varias ocasiones habría querido corregirlos, referirles con exactitud lo que se había dicho o acordado. Pero se abstenía de intervenir porque notaba que no les interesaba lo que él pudiera decir.

No solo se fijaba en ellos y en las palabras que empleaban, sino que al mirarlos percibía otras presencias en el salón, personas que en el pasado habían abordado de manera distinta esos mismos asuntos. Sentía flotar el espíritu de su padre, así como los de Teodoto, Mitros y otros cuyo nombre desconocía.

Pero por encima de todo veía a su madre en la estancia y la veía en Electra. Veía el rostro de su madre y oía su voz cada vez que miraba a Electra y la escuchaba. Y advertía una tenue presencia o un cambio de luz y comprendía que se trataba de su madre. Entonces aferraba la mano de Yante y la abrazaba para que la agitación se desvaneciera y la atmósfera volviera a calmarse.

A Orestes no le sorprendió que Leandro acudiera a solas a su habitación una noche cuando Yante estaba con Electra. Casi esperaba que ocurriera. En la penumbra, observó que la cicatriz de Leandro tenía los bordes blancos y parecía abierta como unos labios.

—Los guardias han oído una voz en el pasillo por las noches —dijo Leandro—. Según cuentan, al principio era solo una agitación en el aire. Sin embargo, anoche corrieron a mi habitación porque habló una voz de mujer.

—¿Y qué dijo?

—Dijo tu nombre. El guardia la oyó pronunciar tu nombre y corrió aterrorizado a mi habitación. Cuando salí, noté una sensación de frío en el pasillo. Nada más.

—Entonces no había nada.

—Orestes, el guardia vio a tu madre. Era tu madre. El guardia la había conocido y la reconoció. Oyó la voz de tu madre y le preguntó si pretendía hacerte daño.

—¿Y qué contestó ella?

—Contestó que no pretendía hacerte daño, pero que debías salir al pasillo, solo. Me he encargado de que los guardias no ocupen sus puestos esta noche. Durante unas horas, en la noche inexpugnable, no habrá nadie en el pasillo.

—¿Está enterada mi hermana?

—Solo lo sabemos el guardia que oyó la voz y yo.

—¿Estarás cerca?

—Estaré en mi habitación.

—¿Qué le digo a Yante?

—Pídele que se quede con tu hermana. Pronto saldrá de cuentas, conque quizá necesite estar con ella. Le diré a Electra que la partera ha mandado recado de que es mejor que tenga a Yante en su habitación. Estarás solo.

—¿Estás seguro de que debo hacerlo? —preguntó Orestes—. ¿Estás seguro de que no se trata de una trampa tendida por Egisto o por alguno de nuestros enemigos?

—Te juro por la memoria de mi querido abuelo que estoy convencido de que tu madre ha caminado por el pasillo.

Comieron con Electra y Yante como si nada raro sucediera. Orestes y Leandro se retiraron en cuanto acabó la cena. Al pasar por delante de los guardias del pasillo Orestes observó lo nerviosos que parecían. Cuando llegaron a la puerta de la habitación de Orestes, Leandro lo estrechó en un abrazo cariñoso e íntimo, de consuelo, antes de alejarse por el pasillo hacia su dormitorio. Orestes esperó a solas, mirando de vez en cuando si los centinelas continuaban en sus puestos.

Cuando vio que ya no estaban, aguardó en el pasillo, sin saber si quedarse quieto o si pasear arriba y abajo para ver si aparecía su madre.

Volvió hacia la puerta de la habitación y se detuvo. Nada. Ni un solo ruido, ningún cambio en el aire. Se alejó unos pasos y luego retrocedió. De pronto, como le ocurría a veces estando solo por la noche, recordó los bramidos lejanos de bestias espantadas, y a continuación los gritos, más agudos, de las vaquillas, seguidos del olor a sangre, a miedo y a intestinos de animales que surgía del lugar de sacrificio. Y por último a su hermana vestida de blanco y los chillidos proferidos por ella y su madre.

Mientras le venían a la memoria esos sonidos, miró a su alrededor. Había avanzado hasta el centro del pasillo y ahí estaba su madre, pronunciando palabras que él no lograba entender. Le susurró que era Orestes y que la estaba esperando. De repente dos manos lo agarraron con firmeza por la cintura y lo giraron. Después lo soltaron. Sabía que debía hablar en susurros, que no podía gritar, no fuera a ser que asustara a Electra y a Yante.

—Estoy aquí —murmuró.

Cuando su madre reapareció, iba de blanco, como si se hubiera vestido para una boda o un banquete. Era más joven de como Orestes la recordaba. Él la siguió cuando ella se alejó, y se detuvo al ver que se detenía.

—Soy Orestes —susurró.

—Orestes —susurró ella.

De pronto la vio con toda claridad. Tenía el rostro aún más joven.

—No hay nadie —susurró ella.

—Sí hay alguien. Estoy aquí. Soy yo.

—Nadie —repitió ella.

Pronunció la palabra «nadie» dos veces más, y mientras su imagen comenzaba a disolverse y las sombras aumentaban a su alrededor, a Orestes le pareció que su madre tenía un súbito atisbo brutal de lo sucedido, de cómo había muerto. Lo miró, primero asombrada y luego con dolor, y lanzó un grito ahogado de angustia antes de desaparecer.

Orestes notó un viento frío en el pasillo y supuso que su madre no regresaría.

Esperó un rato a solas en el silencio y, una vez convencido de que no quedaba ningún rastro de su madre, se dirigió a la habitación de Leandro. La encontró vacía. Corrió hasta el otro extremo del pasillo en busca de su hermana y de Yante, pero no logró dar con ellas. Fue a la alcoba de Egisto, a quien sorprendió en el lecho con el guardia, el que le había llevado mensajes diciendo que eran de Leandro. Cuando preguntó por este, Egisto le respondió que un rato antes lo había oído llamarlo a él, a Orestes, por su nombre en el pasillo, y le aconsejó que preguntara a los centinelas adónde había ido.

—No hay centinelas en el pasillo —dijo Orestes.

Pareció que Egisto iba a abalanzarse asustado hacia la puerta, pero indicó con una seña al guardia que fuera a mirar.

—Están en sus puestos —afirmó este tras inspeccionar el pasillo.

Al pasar por delante del guardia, Orestes lo miró de arriba abajo, hasta que tuvo la certeza de que le había dado a entender que, de un modo u otro, se ocuparía de él a su debido tiempo.

Apenas salió al pasillo, dos guardias se acercaron a él.

—Leandro ha estado buscándote —le informó uno—. Ha mandado guardias en tu busca.

—No está en su habitación —dijo Orestes.

—Ha ido con su hermana, que está de parto.

—¿Dónde está Yante?

—En su nueva alcoba.

Los guardias lo acompañaron al aposento que se había decorado para Yante y su hijo. La halló tumbada en el lecho. Electra la abrazaba y la confortaba. Leandro estaba al lado.

—No ha habido forma de dar contigo —dijo Leandro.

—Estaba en el pasillo.

—Estábamos todos en el pasillo —repuso Leandro—. No logramos localizarte. Era una noche tranquila hasta que Yante empezó con los dolores. No te encontramos en tu habitación ni en ninguna otra parte, de modo que mandé a unos guardias en tu busca y a otros a por la partera.

Yante gritó. Era incapaz de controlar la respiración. Electra le apartó el pelo de la frente y le humedeció la cara con agua fría al tiempo que le hablaba para tranquilizarla.

—Ya no queda mucho —le dijo—. La partera no tardará.

Leandro indicó con una seña a Orestes que debían salir. A Orestes le resultó extraño pensar que apenas unos minutos antes había buscado con desesperación a Leandro para contarle lo que había visto, y que en cambio ahora —mientras se dirigían a la escalinata de palacio a esperar a los guardias y a la partera, y la luz de la aurora teñía las piedras de rojo y dorado— parecía que lo ocurrido se hubiese disipado, igual que se había disipado la oscuridad.

Caminó al lado de Leandro y le puso una mano en la espalda sin despegar los labios. Ni siquiera dijeron nada al ver que los guardias se acercaban presurosos, con la partera entre los dos. Cuando la mujer llegó al escalón superior, Leandro ordenó a los guardias que se quedaran a las puertas de palacio en tanto Orestes y él la acompañaban a la habitación donde aguardaban Yante y Electra.

—Llega a tiempo —susurró Leandro a Orestes—. Ha llegado a tiempo.

La condujeron a la alcoba y se quedaron en la entrada mirándose nerviosos mientras Yante gritaba de dolor. La partera la examinó y con tono severo ordenó a los hombres que salieran.

No les cabía más que esperar oyendo los ruidos que hacía la gente al prepararse para la jornada y las voces de Electra y la partera calmando a Yante, cuyos chillidos oían con claridad mientras recorrían juntos el pasillo.

Se encaminaron hacia el exterior y se detuvieron en lo alto de la escalinata, donde recibieron la luz de la aurora, más plena ahora, más completa, como lo era siempre una vez comenzado el día, sin importar quién fuera y viniera, quién naciera, qué cayera en el olvido o qué se recordase. Con el tiempo, cuando ellos mismos se hubieran internado en la oscuridad y en las sombras perdurables, lo que había sucedido no atormentaría a nadie ni sería de nadie.

Orestes propuso a Leandro volver y esperar a la puerta de la alcoba. Leandro asintió con la cabeza y le acarició el hombro. Casi temerosos de mirarse el uno al otro, se adentraron en el pasillo y aguardaron juntos sin pronunciar ni una palabra, atentos a cada sonido.

Agradecimientos

Gran parte de esta novela se basa en la imaginación y no bebe de ningún texto. De hecho, algunos personajes y numerosos episodios de *La casa de los nombres* no aparecen en versiones anteriores de la historia. Sin embargo, los principales protagonistas —Clitemnestra, Agamenón, Ifigenia, Electra y Orestes— y la estructura narrativa están tomados de la *Orestíada* de Esquilo, de *Electra* de Sófocles, y de *Electra*, *Orestes* e *Ifigenia en Áulide* de Eurípides.

Estoy agradecido a los muchos traductores de esas obras, en particular a David Grene, Richmond Lattimore, Robert Fagles, W. B. Stanford, Anne Carson, W. S. Merwin, Janet Lembke, David Kovacs, Philip Vellacott, George Thomson y Robert W. Corrigan.

Estoy asimismo agradecido a mi agente, Peter Straus; a Catriona Crowe, Robinson Murphy y Ed Mulhall, que leyeron el libro a medida que lo escribía; a Natalie Haynes y Edith Hall; a Mary Mount, de Penguin en Reino Unido; a Angela Rohan, como siempre, y a Nan Graham y Daniel Loedel, de Scribner, en Nueva York.

Fuentes de las citas

P. 18 y ss.: *Tragedias III*, Eurípides, introducción, traducción y notas de Carlos García Gual y Luis Alberto de Cuenca y Prado, Madrid, Gredos, 1979.

Pp. 55-56: *Macbeth*, William Shakespeare, traducción de José María Valverde, Barcelona, Planeta, 1992.